NOSOTROS

Yevgueni Zamiatin

NOSOTROS

Traducción del ruso de
Marta Rebón

Notas a esta edición de
Ferran Mateo

Papel certificado por el Forest Stewardship Council®

Título original: *Mi*
Autor: Yevgueni Zamiatin
Primera edición: mayo de 2023

Publicado con el auspicio del programa TRANSCRIPT
en apoyo de las traducciones de la literatura rusa

Printed in Spain – Impreso en España

ISBN: 978-84-18363-36-8
Depósito legal: B-5.746-2023

Impreso en Romanyà-Valls
Capellades, Barcelona

SM63368

PRÓLOGOS

Introducción

por Margaret Atwood

No leí *Nosotros*, la extraordinaria novela de Zamiatin, hasta los años noventa, mucho después de haber escrito *El cuento de la criada*. ¿Cómo es posible que pasara por alto una de las grandes distopías del siglo xx, una obra que ejerció una influencia directa sobre el George Orwell de *1984*, quien a su vez ejerció una influencia directa sobre mí?

Quizá porque yo era lectora de Orwell, pero no estudiosa suya, así como lectora de ciencia ficción, pero no estudiosa del género. Cuando finalmente llegué a *Nosotros*, me deslumbró. Y ahora, tras releerla en la fresca e intensa traducción al inglés de Bela Shayevich, he sentido lo mismo.

Nosotros tiene muchos elementos que parecen proféticos: el intento de abolir al individuo fusionando a todos los ciudadanos con el Estado; la vigilancia de casi todas las acciones y pensamientos, en parte a través de esas gigantescas y simpáticas orejas rosadas que escuchan todo cuanto se dice; la «liquidación» de los disidentes —en un escrito de Lenin de 1918, la «liquidación» es metafórica, pero en *Nosotros* es literal, ya que aquellos a quienes se liquida se transforman literalmente en líquido—; la construcción de un muro fronterizo que no sólo sirve para prevenir invasiones, sino para impedir que los ciudadanos puedan salir; la creación de un Gran Hermano Benefactor sabio y omnisciente que en realidad podría no ser más que una imagen o un simulacro: todos estos detalles presagiaban cosas que estaban por venir. También el uso de letras y números en lugar de nombres: los campos de exterminio de Hitler aún no les habían tatuado números a sus reclusos, y nosotros todavía no nos habíamos convertido en carne de algoritmo. Stalin todavía no había instaurado el culto a su persona, faltaban décadas para el Muro de Berlín, las escuchas electrónicas no existían, los juicios farsa y las purgas masivas de Stalin tardarían aún una década en llegar. Sin embargo, en *Nosotros* distinguimos, claro como el agua, el plan general de las futuras dictaduras y de los capitalismos de vigilancia.

Zamiatin escribió *Nosotros* entre 1920 y 1921, cuando todavía no había acabado la guerra civil posterior a la Revolución de Octubre comandada por los bolcheviques. El propio Zamiatin, que había formado parte del movimiento antes de 1905, era un viejo bolchevique (grupo al que Stalin trató de liquidar en la década de 1930 porque se aferraba a sus ideales democrático-comunistas originales, en lugar de bailar al son de la autocracia del camarada Stalin), pero ahora que los bolcheviques estaban ganando la guerra civil, a Zamiatin no le gustaba el cariz que estaban tomando las cosas. Las asambleas comunales originales se estaban convirtiendo en meros instrumentos de la poderosa élite surgida con Lenin y más tarde consolidada con Stalin. ¿Era eso la igualdad? ¿En eso consistía el florecimiento de los dones y talentos individuales que tan románticamente había propuesto el partido años atrás?

En un ensayo de 1921 titulado «Tengo miedo», escribe Zamiatin: «La verdadera literatura sólo puede existir en manos, no de funcionarios diligentes y fiables, sino de locos, ermitaños, herejes, soñadores, rebeldes y escépticos.» En esto fue un hijo del movimiento romántico, como lo fue la propia revolución. Sin embargo, los «funcionarios diligentes y fiables», al ver por dónde soplaba el viento leninista-estalinista, se aplicaron enseguida a censurar, emitir decretos sobre temas y estilos preferibles, y arrancar las malas hierbas de la heterodoxia. Ésta es siempre una práctica peligrosa, ya que en los totalitarismos las malas hierbas y las flores pueden intercambiar posiciones en un abrir y cerrar de ojos.

Nosotros puede interpretarse, en parte, como una utopía: el objetivo del Estado Unido es la felicidad universal, y, como a su juicio no es posible ser feliz y libre a la vez, la libertad debe desaparecer. Los «derechos» por los que tanto había luchado la gente en el siglo XIX (y por los que tanto sigue luchando aún hoy) se consideran ridículos: si el Estado Unido tiene todo bajo control y actúa en pro de la mayor felicidad posible para todo el mundo, ¿quién necesita derechos?

La novela de Zamiatin proviene de un largo linaje de utopías decimonónicas que también proponían recetas para la felicidad universal. Se escribieron tantas utopías literarias en el siglo XIX que Gilbert y Sullivan hasta crearon una parodia operística titulada *Utopía, S.L.* Algunas de las más destacadas son *La raza venidera* de Bulwer-Lytton (en el subsuelo de Noruega vive una raza humana superior que posee una tecnología avanzada, alas inflables, privilegia la razón sobre la pasión y sus mujeres son más corpulentas y fuertes que los hombres); *Noticias de ninguna parte* de William Morris (novela socialista e igualitarista, con guiños a las artes y oficios, ropajes artísticos y mujeres fascinantes al estilo prerrafaelita) y *La era de cristal* de W.H. Hudson (donde los personajes no sólo poseen belleza y ropas artísticas, sino que, como los *shakers*, son felices gracias a que no sienten interés alguno por el sexo).

Los autores de finales del siglo XIX estaban obsesionados con «el problema de la mujer» y «la nueva mujer», y no había utopía —ni distopía— que se abstuviera de experimentar con las convenciones existentes en materia sexual. Tampoco la URSS. Sus primeros intentos de abolir la familia, criar a los niños de forma colectiva, permitir el divorcio instantáneo y, en algunas ciudades, estipular como delito el que una mujer se negase a tener relaciones sexuales con un comunista (¡buen intento!) degeneraron en una farsa que sólo ocasionaba caos y sufrimiento, tanto es así que Stalin revirtió de golpe esas medidas en los años treinta.

Pero Zamiatin escribió durante ese primer período de fermentación, y es ese conjunto de actitudes y políticas lo que satiriza en su novela. Aunque la gente vive en casas literalmente de cristal, donde todas sus acciones se ven de forma transparente, bajan las cortinas con recato para mantener relaciones sexuales, actividad que se reserva por anticipado sacando un billete rosa y que, con la normativa en la mano, debe quedar debidamente registrada por las señoras que controlan los vestíbulos de los edificios de apartamentos. Sin embargo, aunque todo el mundo practica el sexo, sólo las mujeres que cumplen ciertos requisitos físicos pueden tener hijos: y es que la eugenesia se consideraba «progresista» por entonces.

Al igual que en *El talón de hierro*, la novela de Jack London de 1908 —una distopía donde la gente espera un futuro utópico—, o en *1984*, las fuerzas que promueven la disidencia en *Nosotros* son femeninas. D-503, el protagonista masculino, empieza siendo un miembro convencido del Estado Unido que se dispone a enviar un cohete al universo con el objetivo de compartir la receta para la felicidad perfecta con otros mundos desconocidos. Los personajes distópicos son propensos a escribir diarios, y D-503 escribe el suyo con las miras puestas en el universo. Pero enseguida la trama se complica, al igual que la prosa de D. ¿Habrá estado leyendo alguna de las morbosas obras de Edgar Allan Poe? ¿O a los románticos góticos alemanes? ¿O a Baudelaire? Es posible. O quizá sea su autor quien los ha leído.

La causa de este trastorno emocional es el sexo. ¡Si D pudiera ceñirse a las citas sexuales programadas y a los billetes rosados! Pero no puede. Entra en escena I-330, una disidente de rasgos angulosos, individualista, bohemia y aficionada al alcohol que lo seduce en un nido de amor oculto y lo lleva a cuestionarse el Estado Unido. Contrasta acusadamente con O-90, una mujer curvilínea y complaciente a la que han prohibido tener hijos porque es demasiado baja, y que resulta ser la pareja sexual registrada de D. A O podemos interpretarla como un círculo —compleción y plenitud— o como un cero, un vacío: Zamiatin da pistas en ambos sentidos. Al principio pensamos que O-90 es un ser nulo, pero cuando se queda embarazada a pesar del veto oficial, nos sorprende.

Mucho se ha escrito sobre la diferencia entre las culturas del yo y las culturas del nosotros. En las culturas del yo, como la estadounidense, la individualidad y la decisión personal son casi una religión. No es casualidad. Estados Unidos es una creación puritana, y lo importante en el protestantismo es el alma individual frente a Dios, no la pertenencia a una Iglesia universal. Los puritanos eran muy dados a escribir diarios, en los que registraban todas y cada una de sus peripecias espirituales: hay que tener una opinión muy elevada de tu propia alma para hacer eso. En las escuelas de escritura norteamericanas hay un mantra que siempre se repite: «Encuentra tu voz», es decir, tu singularidad. Lo de la «libertad de expresión» se entiende como que uno puede decir lo que quiera.

En cambio, en las culturas del nosotros, ¿para qué hace falta encontrar la propia voz? Lo que tiene valor es la pertenencia a un grupo: hay que actuar en interés de la armonía social. La «libertad de expresión» significa que uno puede decir lo que quiera, pero lo que quiera estará naturalmente limitado por los efectos que pueda provocar en los demás. Así pues, ¿quién debe tener la última palabra? El «nosotros». Ahora bien, ¿en qué momento el «nosotros» se transforma en una turba? Cuando D explica que todo el mundo sale a pasear al compás, ¿estamos ante un sueño o una pesadilla? ¿En qué instante ese «nosotros» armonioso y unido se convierte en un mitin nazi? Éste es el fuego cruzado cultural en el que nos hallamos hoy en día.

Todo ser humano es ambas cosas: un yo especial, discreto, y un nosotros, parte de una familia, de un país, de una cultura. En el mejor de los mundos, el nosotros —el grupo— valora al yo por su particularidad, y el yo se conoce a sí mismo a través de sus relaciones con los demás. Cuando ese equilibrio se entiende y se respeta —o eso nos gusta creer—, no tiene por qué haber conflicto.

Pero el Estado Unido ha roto el equilibrio: ha intentado suprimir el yo, que no obstante se empeña en resistir. De ahí las tribulaciones del pobre D-503. Las discusiones que D mantiene consigo mismo son las discusiones de Zamiatin con el incipiente conformismo y la opresión de los primeros años de la URSS. ¿Qué había sido de aquella maravillosa visión que propugnaban las utopías del siglo XIX y hasta el propio comunismo? ¿Qué había salido mal?

Cuando Orwell escribió *1984*, las purgas y liquidaciones de Stalin ya se habían producido, Hitler había llegado y se había ido, y se sabía hasta qué punto era posible humillar y desfigurar a una persona mediante torturas, por eso su visión del mundo es mucho más oscura que la de Zamiatin. Las dos heroínas de Zamiatin son incorruptibles, como las de Jack London, mientras que la Julia de Orwell capitula y traiciona a Winston casi de inmediato. El S-4711 de Zamiatin es un agente del servicio secreto, pero su número delata su *alter ego*: 4711 es el nombre de un perfume creado en la ciudad alemana de Colonia, que en el año 1288 protagonizó una exitosa revuelta democrática contra las autoridades de la Iglesia y el Estado, y se convirtió en ciudad imperial libre. Sí, S-4711 es en realidad un disidente favorable a la revuelta. En cambio, en *1984*, O'Brien finge ser un disidente, pero en realidad es un miembro de la policía estatal.

Zamiatin se aferra a la posibilidad de escapar: al otro lado del Muro hay un mundo natural habitado por «bárbaros» libres que van cubiertos con... ¿podrían ser pieles? Para

Orwell, nadie puede escapar del mundo de *1984*, aunque hace la concesión de un futuro lejano en el que esa sociedad represiva ya no existe.

Nosotros se escribió en un momento histórico muy concreto: el momento en que la utopía prometida por el comunismo empezaba a desvanecerse en la distopía; el momento en que, en nombre de la felicidad general, la herejía suponía un delito de pensamiento, la discrepancia con un autócrata equivalía a deslealtad a la revolución, los juicios farsa proliferaban y las liquidaciones estaban a la orden del día. ¿Cómo pudo Zamiatin ver el futuro con tanta claridad? No lo vio, por supuesto. Lo que vio fue el presente y lo que acechaba entre sus sombras.

«Las acciones de los hombres presagian ciertos fines, y si perseveran, éstos pueden volverse inevitables», dice Ebenezer Scrooge en la *Canción de Navidad* de Dickens. «Sin embargo, si cambian de rumbo, cambiarán también los fines.» *Nosotros* era una advertencia para sus coetáneos, una advertencia de la que nadie hizo caso porque nadie pudo oírla: los «funcionarios diligentes y fiables» y la censura se encargaron de ello. El rumbo no cambió. Millones de personas perecieron.

¿Es también una advertencia para nosotros, para el presente? Y si lo es, ¿de qué clase de advertencia se trata? ¿Estamos dispuestos a escuchar?

MARGARET ATWOOD, 2020

La libertad y la felicidad

por George Orwell

Bastantes años después de saber de su existencia, por fin tengo en las manos un ejemplar del *Nosotros* de Zamiatin, una de las curiosidades literarias de esta época caracterizada por la quema de libros. Al consultar la entrada correspondiente en la obra de Gleb Struve, *25 Years of Soviet Russian Literature*, encuentro que su historia ha sido ésta:

Zamiatin, muerto en París en 1937, fue un novelista y crítico ruso que publicó varios libros antes y después de la revolución. Hacia 1923 escribió *Nosotros*. A pesar de que la novela no trata sobre Rusia ni guarda relación directa con la política contemporánea —se trata de una fantasía ambientada en el siglo XXVI—, se denegó su publicación al considerarla ideológicamente poco recomendable. Una copia del manuscrito llegó al extranjero, y el libro ha aparecido en inglés, francés y checo, pero nunca en ruso. No he conseguido un ejemplar de la traducción inglesa, publicada en Estados Unidos en su día, pero circulan ejemplares de la traducción francesa (con el título *Nous Autres*), y finalmente he logrado que me prestasen uno. Desde mi punto de vista, no es un libro de primer orden, pero sí claramente original, por lo que resulta asombroso que ningún editor inglés haya tenido la visión suficiente para reeditarlo.

Lo primero en lo que se repara al leer *Nosotros* es en el hecho —no mencionado hasta la fecha, que yo sepa— de que debe de haber influido en la escritura de *Un mundo feliz*, de Aldous Huxley, aunque sólo sea en parte. Ambos libros tratan de la rebelión del espíritu humano primitivo contra un mundo racionalizado, mecanizado, donde no existe el dolor, y se supone que ambas historias tienen lugar dentro de unos seiscientos años. La atmósfera es parecida en los dos libros y, en términos generales, la sociedad que se describe viene a ser la misma, si bien la novela de Huxley tiene menor trasfondo político y está más influida por las recientes teorías biológicas y psicológicas.

Llegado el siglo XXVI, según imagina Zamiatin, los habitantes de Utopía han perdido su individualidad hasta tal punto que sus nombres sólo son números. Viven en casas de cristal (el libro fue escrito antes de que se inventara la televisión), lo que facilita la vigilancia de la policía política, conocida como «los Guardianes». Todos visten uniformes idénticos y utilizan la expresión «un número» o «un unifo» (uniforme) para referirse a sus semejantes. Se nutren de comida sintética y su pasatiempo favorito es desfilar en grupos de a cuatro mientras el himno del Estado Unido resuena por los altavoces. Cada cierto tiempo, tienen derecho a bajar las cortinas de sus apartamentos de cristal durante una hora exacta (la llamada «hora del sexo»). Por supuesto, el matrimonio no existe, aunque no parece que la vida sexual sea del todo promiscua. Con el propósito de satisfacer los instintos sexuales, cada ciudadano tiene una especie de cartilla de racionamiento con unos talones de color rosado, y la pareja con la que pasa una de estas horas de sexo autorizado firma el correspondiente talón o matriz. El Estado Unido está gobernado por un personaje conocido como el Benefactor, a quien todos los ciudadanos reeligen anualmente, en unas votaciones que siempre son unánimes.

El Estado se basa en un único principio: la felicidad y la libertad son incompatibles. El hombre era feliz en el jardín de las delicias, pero su imprudencia lo llevó a exigir la libertad, por lo que fue desterrado al árido desierto. Y el Estado Unido ahora le ha devuelto la felicidad a cambio de eliminar su libertad.

Hasta aquí, las semejanzas con *Un mundo feliz* son llamativas. Sin embargo, aunque el libro de Zamiatin no está tan bien estructurado —su trama es algo floja y episódica, demasiado compleja para ser resumida—, tiene una intención política de la que el otro adolece. En el libro de Huxley, el problema de la «naturaleza humana» en cierta forma encuentra solución, porque se da por sentado que, con la ayuda del tratamiento prenatal, la medicación y la hipnosis, es posible moldear el organismo humano y especializarlo a voluntad. Es tan fácil producir un científico de primer orden como un Epsilón medio tarado, y en uno u otro caso resulta sencillo manejarse con los vestigios de instintos tan primitivos como el cariño maternal o el afán de libertad. A la vez, no termina de quedar claro por qué es preciso estratificar la sociedad de un modo tan elaborado como el que se describe en la novela. El objetivo no es la explotación económica ni el ansia de amedrentar y dominar a la población. No vemos que haya muestras de hambre de poder, de sadismo o intransigencia. Los que están en lo alto no tienen un aliciente poderoso para seguir allí encaramados, y aunque todo el mundo vive en un estado de felicidad vacua, la vida se ha vuelto tan carente de sentido que resulta difícil creer que una sociedad así pueda perdurar.

En conjunto, el libro de Zamiatin tiene más que decirnos sobre nuestra propia situación. A pesar de la educación y la vigilancia de los Guardianes, muchos de los antiguos instintos humanos siguen presentes. El narrador, D-503, un ingeniero competente pero también un pobre hombre anodino y convencional, una especie de utópico Billy Brown de London Town (el personaje de la tira cómica del humorista gráfico David Langdon), que no puede evitar sentirse horrorizado por los impulsos atávicos que se adueñan de él. Se enamora (lo que es un delito, claro está) de una tal I-330, miembro de un movimiento de resistencia clandestino, que durante un tiempo se las arregla para sumarlo a la rebelión. Cuando la revolución estalla, se descubre que el Benefactor en realidad cuenta con numerosos enemigos; además de conspirar para derrocar al Estado, esta gente incluso se entrega a vicios como el tabaco y el alcohol, una vez bajadas las cortinas. Al final, D-503 se salva sin atenerse a las consecuencias de su propia temeridad. Las autoridades anuncian que han descubierto la causa de los recientes desórdenes: algunos seres humanos sufren una enfermedad llamada «imaginación». El centro nervioso responsable de la imaginación ha sido descubierto y es posible sanarlo con un tratamiento con rayos X. Tras someterse a la intervención, a D-503 le resulta fácil cumplir con su deber: esto es, traicionar a sus cómplices y delatarlos a la policía. Su imperturbabilidad es total mientras contempla cómo torturan a I-330 con aire comprimido bajo una campana de cristal:

> Me miró fijamente, agarrándose con fuerza a los brazos de la silla – miró fijamente hasta que sus ojos se cerraron del todo. Luego la sacaron; la hicieron volver en sí rápidamente con ayuda de electrodos y la volvieron a poner debajo de la Campana. Esto se repitió tres veces – pero ella siguió sin decir una palabra. Los demás, a quienes llevaron junto con esa mujer, resultaron más honestos: muchos de ellos empezaron a hablar desde el primer momento. Mañana subirían todos por los peldaños de la Máquina del Benefactor.

La Máquina del Benefactor es la guillotina. En la utopía de Zamiatin abundan las ejecuciones. Tienen lugar en público, en presencia del Benefactor, con el acompañamiento de las odas triunfales recitadas por los poetas oficiales. La guillotina, por supuesto, no es el tosco artefacto de siempre, sino un modelo muy mejorado que literalmente liquida a la víctima, que en un instante queda reducida a una nubecilla de humo y un charco de agua clara. La ejecución es, de hecho, un sacrificio humano, y la escena donde se describe remite de forma directa a las siniestras civilizaciones esclavistas del mundo antiguo. Zamaitin capta de forma intuitiva el aspecto irracional del totalitarismo —el sacrificio humano, la crueldad como finalidad en sí misma, el culto a un líder al que se atribuyen cualidades divinas—, por lo que *Nosotros* es superior a *Un mundo feliz* de Aldous Huxley.

Es fácil entender que se prohibiera su publicación. Una conversación como la que sigue (que resumo ligeramente), entre D-503 y I-330, habría sido motivo suficiente para que el censor echara mano de su lápiz azul.

> —¿Es que no te das cuenta de que ese plan es una revolución?
>
> —¡Sí, una revolución! ¿Por qué debería ser ridículo?
>
> —Es ridículo – porque no puede haber revolución. Porque nuestra revolución – nuestra revolución fue la última. Y no puede haber más revoluciones. Todo el mundo sabe que...
>
> —Querido: eres – un matemático. Así que: dime el último número.
>
> —¿Qué significa? Yo... no te entiendo: ¿qué quieres decir con el *último*?
>
> —Bueno, el último, el más alto, el más grande.
>
> —Pero, I, eso es ridículo. Dado que la cantidad de números es infinita, ¿a qué tipo de último te refieres?
>
> —¿Y a qué tipo de última revolución te refieres tú?

Hay otros párrafos parecidos. En todo caso, es muy posible que la sátira de Zamiatin no tuviera el propósito específico de ensañarse con el régimen soviético. El libro fue escrito en los albores de la época de la muerte de Lenin, y por tanto su autor no podía estar pensando en la dictadura de Stalin. Por lo demás, las condiciones de vida en la Rusia de 1923 no invitaban a rebelarse con el pretexto de que la existencia se había vuelto demasiado cómoda y segura. Zamiatin no parece estar pensando en un país en particular, sino en los objetivos inherentes a la civilización industrial. No he leído otros libros suyos, pero Gleb Struve me ha dicho que vivió muchos años en Inglaterra y escribió unas cuantas sátiras descarnadas de la vida inglesa. La lectura de *Nosotros* deja claro su fuerte querencia por lo primitivo. El gobierno zarista lo encarceló en 1906, y los bolcheviques hicieron otro tanto en 1922, recluyéndolo en el mismo corredor de la misma cárcel, por lo que tenía motivos para mirar con aversión el régimen político bajo el que había vivido; no obstante, su libro va más allá de la simple expresión de un resentimiento. De hecho es un estudio de la Máquina, del geniecillo que el hombre, atolondradamente, ha dejado salir de la botella y no consigue volver a meter en ella. Es un libro a tener en cuenta cuando se publique en Inglaterra.

George Orwell,
Tribune, 4 de enero de 1946

Cuando Stalin se te mete en el alma

por Ursula K. Le Guin

Esbozo de una novela de ciencia ficción

Nuestro héroe, Y, ingeniero naval, se encuentra en el extranjero cuando en su país natal por fin estalla la revolución. De ideas políticas radicales, hasta el punto de haber sufrido numerosas detenciones, interrogatorios, penas de cárcel y arrestos domiciliarios, Y regresa de inmediato para saludar el amanecer del nuevo día.

Escritor de enorme talento, se integra en un grupo de jóvenes autores que, liberados de la antigua censura, experimentan con potentes y rompedoras formas artísticas. No tarda en convertirse en un autor de prestigio. Sin embargo, este período de libertad sólo durará unos años. Con el tiempo y mucho esfuerzo, la revolución consolida la victoria y logra formar un gobierno estable. Pero Y no aprecia esa estabilidad; lo siguen considerando un hereje. Él mantiene su postura independiente, una actitud incisiva, el pensamiento crítico. No acepta valores ni recompensas sin haberlos cuestionado antes, así que el nuevo gobierno lo considera un elemento carente de fervor patriótico, destructivo y peligroso. Igual que el antiguo gobierno. A Y no le importa;

no tiene miedo. Sigue escribiendo. En el momento álgido de su creatividad, escribe una novela. Una novela de ciencia ficción: una utopía negativa. Una brillante denuncia del autoritarismo y el anquilosamiento que vive su país, al tiempo que una apasionada afirmación de libertad. Es un libro romántico e imaginativo, inteligente, incisivo y hermoso a la vez: quizá se trate de la mejor novela de ciencia ficción jamás escrita. El manuscrito debe pasar por la censura gubernamental antes de su publicación. La censura no lo deja pasar.

Tres años más tarde, una editorial extranjera publica una copia del manuscrito, que había salido del país de forma clandestina. La obra se traduce y se publica en numerosos idiomas... Pero no en el idioma ni el país del escritor.

Diez años después, agotado por la incesante campaña en su contra que despliegan no sólo los burócratas sino también otros escritores deseosos de ganarse el favor del gobierno, Y solicita al jefe del Estado permiso para irse del país. «Ruego que se me autorice a marchar al extranjero con el derecho a regresar tan pronto como en nuestro país sea posible servir a las grandes ideas con la literatura sin la obligación de arrastrarse ante según qué hombrecillos», escribe. No es una carta humilde, desde luego, pero se le concede la autorización. Se establece en París. Mientras tanto, aquellos de sus amigos que se han quedado en el país poco a poco se ven silenciados por la censura; entre ellos se suceden los juicios, las penas de cárcel y las ejecuciones. Pero la fuga de Y solamente es pura apariencia: en realidad guarda el mismo silencio que sus amigos desterrados a los campos de prisioneros o sepultados en las fosas comunes. Intenta ganarse la vida escribiendo guiones de cine, pero no llega a crear nada relevante. Tras siete años de exilio, Y muere.

En 1973, treinta y seis años más tarde, cincuenta y dos después de terminar de escribir su gran obra, ésta sigue sin publicarse en su país natal.

Todo esto, por supuesto, parece el esbozo de una novela. Una novela biográfica. El protagonista, Y, no es otro que Yevgueni Ivanovich Zamiatin; y su novela, para mí el mejor libro de ciencia ficción jamás escrito, se titula *Nosotros*. En Rusia carece de nombre, por así decirlo. Porque tal novela no existe. Porque fue censurada.

Cuando el mercado es el censor

La vida de Zamiatin fue una tragedia, pero también representa un triunfo: nunca recurrió al poder para perjudicar a sus enemigos; nunca se sirvió de la violencia, y ni siquiera era una persona rencorosa. Habló con claridad, en voz alta y firme, con humor y valentía, mientras pudo hacerlo sin traicionar aquello que amaba; cuando se encontró en el exilio y ya no pudo seguir haciéndolo, guardó silencio.

Vale la pena tener presente a Zamiatin, porque en Estados Unidos cuando hablamos de censura somos propensos a la queja y el reproche. Los radicales de izquierda se quejan de los poderes establecidos; la Casa Blanca se queja de la prensa. No sois imparciales —se dice—, sois tendenciosos, ocultáis la verdad... A la menor ocasión, nos las pagaréis todas juntas.

La única forma de imponerse a la ocultación y la opresión —en definitiva, a la censura; y allí donde hay poder institucionalizado hay censura— es negándose a aceptarla. No se trata de responder del mismo modo —si intentas silenciarme, trataré de silenciarte a mi vez—, sino de negarse a aceptar tanto sus medios como sus fines. Hay que eludirla por completo, estar por encima de ella; como hizo, justamente, Zamiatin. De más altura humana que sus enemigos, se negó rotundamente a que éstos lo contagiasen con sus bajezas y redujeran su estatura moral. Se negó a entrar en juegos sucios. Se negó a que Stalin se le metiera en el alma.

A fin de llegar a algo parecido a ese rechazo rotundo, lo primero que hay que hacer es reflexionar con seriedad sobre la censura en general. La supresión de los contenidos considerados pornográficos sólo es un aspecto del problema, un aspecto que —a mi modo de ver— no resulta primordial, por mucho que la retrógrada decisión tomada recientemente por el Tribunal Supremo haya vuelto a abrir esta caja de los truenos. En paralelo, y siempre ciñéndonos al caso estadounidense, la censura política directa no pasa de ser un aspecto más del problema. Por urgente que resulte abordarla, por mucho que el gobierno sea libre de clasificar cuanto le plazca como «secreto de Estado» y esconderlo bajo siete llaves, por mucho que la policía y la Agencia Tributaria puedan ser utilizadas como armas con las que hostigar a los escritores marxistas declarados o sospechosos de marxismo, la censura política no es —todavía— el problema principal. Porque tan sólo afecta a unos pocos. Lo que afecta a todo escritor, lo que influye en la suerte de todo libro publicado en Estados Unidos, es la censura que ejerce el mercado.

No somos un Estado totalitario; seguimos siendo una democracia —y no sólo de nombre—, pero la nuestra es una democracia capitalista, corporativa. Nuestra forma de censura tiene su origen en la naturaleza de nuestras instituciones. Nuestros censores son los ídolos venerados por el mercado.

Por esta razón, nuestra forma de censura es sorprendentemente fluida y variable; nadie puede estar seguro de haberla definido. La represión empieza antes de que nos demos cuenta; se produce a nuestras espaldas.

No contamos con un Zhdanov que nos diga: «No puedes criticar al gobierno, no puedes escribir sobre cosas desagradables. Tienes que escribir sobre los soldados de la patria, siempre valerosos, y los felices obreros de las centrales hidroeléctricas. Tienes que hacer obras realistas, socialistas, y tienes que sonreír.»

No nos dan órdenes de este tipo, no hay unas reglas absolutas, ni positivas ni negativas. La única regla es la que establece el mercado: ¿Se venderá este libro? ¿Sí o no? Lo que, de forma inevitable, es una regla ambigua y en constante transformación.

Cuando el mercado es el rey, la moda es la reina. Las bellas artes, lo mismo que el arte en el vestir, en la cocina, el mobiliario y demás, son víctimas de constantes presiones para cambiar continuamente, pues la novedad —con independencia de la calidad— constituye un valor comercializable, un valor publicitable. Por supuesto, estamos hablando de un concepto muy limitado de novedad. Este año se lleva la falda dos dedos más arriba o más abajo; la solapa medio dedo más ancha; este año la novela ha muerto, pero se lleva el periodismo literario; en la ciencia ficción, el Holocausto está agotado, ahora vende la ecología. El *pop art* es la quintaesencia del arte como mercancía: latas de sopa. Lo que de verdad es nuevo y original despierta sospechas. Si no se trata de algo familiar, recalentado y vuelto a servir, o de algo experimental en la forma pero claramente trivial o cínico en el contenido, comporta riesgos, resulta peligroso. Ha de ser inofensivo. No ha de incomodar a los consumidores. No ha de *cambiarlos*. No hay problema en asombrarlos y hasta en conmocionarlos, en *épater le bourgeois*, como se ha estado haciendo en los últimos ciento cincuenta años, ése es el truco más viejo que existe. Resulta aceptable escandalizarlos, sacudirlos, excitarlos, hacer que se estremezcan y se desgañiten, pero no obligarlos a pensar. Si les da por pensar, es posible que no vuelvan a por la siguiente lata de sopa.

A mi modo de ver, la casi ilimitada libertad formal de que disfrutan los artistas modernos es una de las funciones de esta trivialización del arte. Cuando los creadores o consumidores se toman el arte en serio, dicha permisividad absoluta desaparece, al tiempo que reaparece la posibilidad de lo verdaderamente revolucionario. Cuando el arte está considerado como una suerte de deporte, sin significación moral, o como pura expresión individual, carente de significación racional, o como una mercancía con la que comerciar, sin significación social, entonces todo vale. Cubrir con plástico transparente un par de hectáreas de un acantilado pasa a ser tan artístico como pintar la *Creación de Adán* en el techo de la Capilla Sixtina. Pero si consideramos que el arte tiene contenido moral, intelectual y social, que es posible pronunciarse de un modo auténtico, entonces, en lo que atañe al artista, la autodisciplina se convierte en un elemento primordial de la creación. Y en lo que atañe al público destinatario de sus obras, los intermediarios empiezan a inquietarse. Los editores, los propietarios de las galerías, los empresarios, los productores, los mercaderes... Ya no las tienen todas consigo. Cuanto más estén en el negocio por dinero, mayor será su satisfacción si nadie se toma el arte en serio. Las latas de sopa son mucho menos complicadas. Quieren *productos* para vender, una rápida rotación, basada en la obsolescencia.* No les interesan las obras auténticas y de envergadura, las destinadas a perdurar, las que te meten el miedo en el cuerpo.

A veces me digo que el hombre que hoy más miedo te mete en el cuerpo no es otro que Aleksandr Solzhenitsyn. He vivido en el mismo mundo que Stalin y Hitler, y en el mismo país que Joe McCarthy y G. Gordon Liddy, y todos me han aterrorizado. Pero ninguno tanto como Solzhenitsyn, pues ninguno ha tenido su poder: el poder de hacer que me pregunte: «¿Estoy haciendo lo que debo?»

Me pregunto si la razón por la que en nuestro país no tenemos un Solzhenitsyn (ni un Pasternak, ni un Zamia-

* La frase «Cuanto más estén en el negocio por dinero» exime claramente a muchas editoriales; al menos en lo que respecta a sus colecciones de ficción y poesía. En cambio, son perfectos ejemplos de lo que estoy diciendo la creación de un superventas a través de la promoción y los métodos de publicación y distribución de las principales editoriales de ciencia ficción. (Todas las notas de este prólogo son de la autora. [*N. del E.*])

tin, ni un Tolstói) estriba en que no creemos en la posibilidad de tenerlo. Porque no creemos en la realidad del arte. Lo más extraño de los rusos es que por su parte sí creen en el arte, en la capacidad del arte para transformar la mente del ser humano. De ahí que lo sometan a censura. Y de ahí también que tengan un Solzhenitsyn. Suele decirse que cada país tiene el gobierno que se merece. Por mi parte agregaría que cada pueblo tiene los artistas que se merece.*

Esbozo de una novela naturalista

Nuestro héroe, X, era profesor de matemáticas en un colegio de bachillerato y escribía relatos en sus ratos libres. Envió un par a varias revistas de ciencia ficción; se los compraron y rápidamente se hizo un nombre entre los aficionados al género, a los que pronto empezó a conocer en persona. Cada vez le gustaba más la vida de escritor, y con el tiempo, harto de dar clases de mates, se dijo: soy un escritor, con E mayúscula.

Pero tenía que comer.

De manera que, antes de ponerse a trabajar en la gran novela que tenía en mente, X escribió una novelita comercial —de espada y brujería, pues los libros de este tipo se vendían bien—, titulada *Vulg, el visigodo*. El libro tuvo tanto éxito que el editor le pidió que hiciera una serie. Así lo hizo. Han pasado ocho años, y sigue escribiendo sobre Vulg el visigodo. El último de sus libros, el decimocuarto de la serie, se titula *El rapto de Eldritch Ichor*.

Final revisado. X empezó a escribir su gran novela, pero un amigo le contó que se podía ganar mucho dinero explotando el *boom* de la pornografía mientras durase y se ofreció

* Esto fue escrito a principios de la década de 1970, antes de que Solzhenitsyn se marchara de la Unión Soviética.

a hacerle de agente dentro de este sector. Han pasado ocho años y sigue escribiendo pornografía. El último de sus libros se llama *Sobacos profundos*.

Final revisado número dos. No se dedica al porno, sino a escribir guiones de cómics de superhéroes. ¿O a la novela rosa? ¿O a los *thrillers* con superagentes secretos? Sin embargo, sigue con la idea de empezar a escribir esa novela seria, tan pronto como termine de pagar el aire acondicionado y el flamante abrelatas eléctrico.

Final revisado número tres. Escribió la novela. Era buena y se vendió bien. Pero al verla impresa se dio cuenta de que no era exactamente el libro que él había imaginado. Era una primera novela: era consciente de que tenía mucho que aprender; pero sabía que podía aprender. El siguiente libro sería mejor, y el que vendría después, si llegaba a dominar el oficio, sería la mejor novela de ciencia ficción de la historia. Pero un estudio cinematográfico se fijó en esta primera novela y le ofreció cincuenta mil dólares por los derechos para llevarla a la pantalla. Nada más recobrar el sentido, X hizo las maletas y se marchó a Hollywood. Ocho años después se ha convertido en un guionista de cine y televisión al que nunca le falta trabajo. Lo que escribe se somete a muchos cambios posteriores, podría decirse que resulta casi mutilado antes de la fase de producción, pero ¿y eso qué importa cuando ganas sesenta mil dólares al año? Sigue sin escribir su siguiente novela, pero va a hacerlo, tan pronto como termine de pagar la piscina climatizada y el divorcio de su novena mujer.

Y un día, tras haber disfrutado de una vida llena de fama y fortuna, se muere.

Treinta y seis años más tarde, cincuenta y dos años después, su gran novela no ha llegado a ser publicada en su país natal. O en cualquier otro país. Nunca se publicará. Porque nunca la escribió. Se sometió al juicio del censor. Aceptó, sin rechistar, los valores de su sociedad. Y el precio de la aceptación sin rechistar no es otro que el silencio.

Privilegio, paranoia, pasividad

Lo más triste en el caso del señor X es que era un hombre libre. Todos lo somos. No sólo somos muy libres de escribir «joder» y «mierda», o de escribir «América» con *k*, sino que, además, nadie nos impide escribir lo que nos dé la gana. Tenemos que agradecer la libertad de que gozamos a los artistas y a los hombres de leyes y del gobierno que pugnaron por conseguirla durante la primera mitad de este siglo, a los hombres justos que se desvivieron por obtener cuanto no estaba contemplado en la Constitución de 1783. Esta libertad existe. Somos libres, posiblemente más libres que cualquier otro escritor o lector en la historia.*

Hace poco, al leer el fascinante libro de Giovanni Grazzini sobre Solzhenitsyn me encontré con el siguiente párrafo:

> La industria cultural, la vanidad personal, el resentimiento de los intelectuales al ver que el poder se les escurre de las manos, han nublado el juicio de los escritores occidentales, hasta tal punto que consideran que no ser perseguidos por la policía es todo un privilegio.

A veces soy lenta, lo reconozco. Estuve tres días dándole vueltas al párrafo hasta que comprendí lo que quería

---

* Por supuesto, el problema con nuestra libertad estriba en «quiénes» somos. Por poner un ejemplo, la libertad que nos legaron «los hombres justos» en gran parte fue la libertad de los hombres, no de las mujeres. Por fortuna, la libertad tiene propensión a distanciarse de la exclusividad, a trasladarse hacia la mutualidad; como todos los tiranos saben, cuanto mayor libertad hay, más libertad quiere la gente. En el plano histórico, el sufragio femenino no se hubiera conseguido sin la previa existencia del sufragio masculino. Y a medida que prosigue la lucha feminista emprendida por las mujeres justas del siglo pasado, encaminada a obtener y mantener nuestras propias libertades, los hombres también van a encontrarse crecientemente liberados en paralelo.

decir Grazzini. Y era, por supuesto, que no se trata de un privilegio, sino de un derecho.

La Constitución —que es un documento revolucionario— se muestra meridianamente clara al respecto. No nos concede, permite o autoriza la libertad de expresión. No brinda autoridad alguna al gobierno a este respecto. Reconoce la libertad de expresión como un derecho. Como un hecho.

Un gobierno no puede conceder ese derecho. Tan sólo puede aceptarlo. O denegarlo y reprimirlo por la fuerza.

Nuestro gobierno en general lo acepta; Rusia en general lo deniega. Pero no por ello tenemos un privilegio del que Zamiatin careció. Lo que tenemos, sencillamente, es el mismo derecho inalienable.

Pero ellos han hecho uso de tal derecho. Han actuado. ¿Y nosotros?

Una vez me publicaron un relato en *Playboy* con la firma «U. K. Le Guin». Después de que el editor responsable del área de ficción aceptara sacar el relato, alguien de la revista me escribió preguntándome si podían limitarse a poner la inicial de mi nombre de pila. Según explicó, con una sinceridad enternecedora: «Muchos de nuestros lectores desconfían de los cuentos escritos por mujeres.» En aquel momento me hizo gracia, por lo que dije que sí, e incluso me dio por crear más confusión: cuando me enviaron el impreso para que lo rellenara con información sobre mi biografía, para incluirla en la página donde se presenta a los autores, puse lo siguiente: «Los relatos de U. K. Le Guin no son obra de U. K. Le Guin, sino de otra persona con el mismo nombre.» No recuerdo haber pensado mucho más en el asunto. El episodio me resultaba entre divertido y deleznable, y me convencí de que, como pagaban tan bien a sus escritores, los de la revista tenían cierto derecho a permitirse algunos caprichos. De forma que mi obra se publicó censurada. Esto es, suprimieron mi nombre de pila, es decir, mi sexo. Que yo sepa, ésta ha sido la única vez que me he visto sometida a la censura directa del mercado, con la supresión de esta única —pero sin duda importante— palabra. Está claro que la censura del mercado no deja de ejercer su influjo en mis escritos, pero no creo que de forma directa, de ahí que haya mencionado este caso en particular. Y sin embargo, lo acepté. Sí, claro, estas cosas hoy resultan bastante más obvias; tenemos más conciencia de las cosas. Pero resulta que en 1968 yo ya era una feminista...*

¿Y cómo no me di cuenta de que estaba traicionando mis principios?

En ausencia de reglas formales, cuando nadie te dice qué puedes hacer y qué no, es difícil darse cuenta incluso de que están censurándote. Todo es tan indoloro... Todavía es más difícil reconocer que puedes estar censurándote a ti misma, de forma sistemática e implacable, porque este tipo de autocensura recibe el nombre de «escribir para el mercado», cosa que a todos les parece bien. Incluso hay escritores que la ven como una muestra de la virtud definitiva, la más admirable de todas, la denominada «profesionalidad».

No sólo eso, sino que para discernir entre el libre albedrío y la autocensura hace falta un incómodo grado de vigilancia. Y eso fácilmente puede convertirse en paranoia.

Después de todo, un libro puede ser rechazado simplemente porque es malo. Los editores tienen gusto, cultura y un criterio al que atenerse. La mayoría de los escritores ineptos se escudan bajo el mismo lema: «¡No se atreven a imprimir mi libro!» Es muy fácil sumarse a ese grupo y empezar a ver conspiraciones por todas partes cada vez que el editor de turno te comunica que tu manuscrito no le interesa. ¿Cómo puede una estar segura?

Corren muchos rumores sobre libros que han sido rechazados por un editor tras otro porque su temática les ha parecido arriesgada, pero no tengo conocimiento directo de los hechos. Hasta que no lo tenga, no puedo hablar de estos

* Digamos que por lo menos estaba empezando a ser una feminista.

casos, sólo puedo limitarme a aventurar una suposición sobre los que pertenecen al género de la ciencia ficción: que no eran «subversivos» ni «escandalosos» —sea cual sea el significado de estas palabras hoy en día—, sino que se trataba de obras serias, con algo que decir en el plano moral, ético y social, y que dicha seriedad hizo que los editores las considerasen muy poco comerciales.

La palabra «seriedad» resulta inexacta. Me gustaría dar con otra más precisa, pero «sinceridad» está en franca decadencia por culpa del presidente Nixon, igual que «autenticidad», tan de moda entre cierto tipo de críticos literarios. Por tanto, quizá sería más adecuado hablar de «integridad». De integridad, y también de inteligencia. Es decir, de un autor que reflexiona sobre un determinado tema, un tema que para él reviste gran importancia, y que habla sobre él con claridad. Por supuesto, la palabra «claridad» en este caso no tiene que ver con la lógica, la prosa explicativa, el realismo, o cualquier otro recurso en concreto; en el arte, la claridad se consigue a través de unos medios que se ajusten al propósito final, que puede ser enormemente sutil, complejo y oscuro. Usar de forma habilidosa y competente estos medios es la labor del artista; su arte, en definitiva. Y dicho uso genera considerable dolor.

Un libro reciente y muy vendido, la fábula de *Juan Salvador Gaviota*, es una obra seria, sincera a más no poder. También es trivial en el plano intelectual, ético y emocional. No encontramos una reflexión profunda por parte del autor, sino que éste nos endosa una de esas «respuestas instantáneas» con un precioso envoltorio que son la especialidad de nuestro país. Su mensaje: si de verdad te crees capaz de volar muy rápido, entonces es cierto, podrás volar muy rápido. Y si sonríes, todo va bien. El mundo entero va bien. Cuando sonríes, el camboyano que se muere de gangrena, el famélico niño de cuatro años de Bangladés y la vecina enferma de cáncer del piso de al lado se sienten mucho mejor y sonríen a su vez. Estas ilusiones vanas, esta cruel negativa a reconocer la existencia del dolor, la derrota y la muerte no sólo es típica de la literatura comercial estadounidense, sino que también es emblemática de los escritores soviéticos que tuvieron «éxito» allí donde un autor como Zamiatin «fracasó»: los ganadores del premio Stalin, con su horrible optimismo a cuestas. Una vez que renuncias a formular preguntas, una vez que dejas que Stalin se te meta en el alma, lo único que puedes hacer es sonreír, sonreír y sonreír.

La sonrisa, claro está, puede trocarse en una mueca de desespero, en un rictus de calavera; una expresión en boga entre los lectores más sofisticados. Las novelas de ciencia ficción recientes, por ejemplo, son pródigas en descripciones ilustrativas y horrorosas de unos futuros abominables: mundos superpoblados donde las personas se comen las unas a las otras en forma de galletitas de color verdoso; mutantes posteriores a un holocausto que se comportan según las consabidas reglas del darwinismo social; nueve mil millones de personas que mueren de distintas formas pavorosas por causa de la contaminación ambiental, a razón de mil millones por capítulo, etcétera. Yo también lo he hecho; me reconozco culpable. Pues nada de todo esto implica pensamiento profundo o verdadero compromiso. La muerte de la civilización, la muerte de una especie, en estos casos no pasa de ser un recurso comparable a la muerte de un individuo en una novela policíaca. Su función consiste en brindar una suerte de placer perverso al lector. El escritor muestra un panorama marcado por la superpoblación, por la contaminación mundial o por la guerra atómica, y el lector exclama: «¡Uf!» «¡Ay!» «¡Puaj!» Lo que constituye una reacción visceral, un impulso absolutamente sincero. Pero no por ello nos encontramos ante una muestra de inteligencia o de conducta moral.

El hombre no sólo vive de reacciones viscerales. La reacción no es acción.

Se supone que la novelística del desespero tiene una función admonitoria, pero yo sospecho que, al igual que pasa con la pornografía, por lo general son puro escapismo, pues nos brindan un sustituto de la acción, sirven para relajar los conflictos internos. Por eso se venden bien. Son un pretexto para gritar, tanto para el escritor como para el lector. Una reacción visceral, nada más. Una respuesta automática a la violencia; una respuesta ciega. Cuando rompes a gritar, has dejado de formular preguntas.

A pesar de todas las aseveraciones en sentido contrario, la ciencia tan sólo va más allá de la simple tecnología en el momento en que se pregunta el porqué, en lugar de contentarse con describir el cómo. Cuando se pregunta el porqué, la ciencia descubre la teoría de la relatividad. Cuando se limita a mostrar el cómo, lo que consigue es inventar la bomba atómica y, a continuación, taparse los ojos con las manos y preguntarse: «Dios mío, ¿qué he hecho?»

Cuando tan sólo muestra el cómo y el qué, el arte no pasa de ser entretenimiento banal, y da igual que su enfoque sea optimista o desesperanzado. Cuando pregunta por qué, deja de ser una mera respuesta emocional y se transforma en afirmación auténtica, así como en elección ética. Ya no se trata de un reflejo pasivo, ahora es acción.

Y esto precisamente es lo que intranquiliza a los censores, estén al servicio del gobierno de turno o al servicio del mercado.

Pero nuestros censores no sólo son las editoriales y los editores, los distribuidores y los publicistas, los clubes del libro y los críticos influyentes. También los escritores y los lectores lo son. También lo somos tú y yo. Nos censuramos a nosotros mismos. Los escritores somos incapaces de escribir en serio, porque —y tenemos sobrado motivo— nos aterra la posibilidad de no vender. Como lectores, somos incapaces de diferenciar; aceptamos lo que está a la venta en el mercado con pasividad; lo compramos, lo leemos, lo olvidamos. Somos simples «espectadores» y «consumidores», nada tenemos de lectores. La lectura no es una reacción pasiva, sino que es una acción, e involucra la mente, las emociones y la voluntad. Aceptar noveluchas de poca monta porque son éxitos de venta viene a ser lo mismo que aceptar alimentos adulterados, máquinas que funcionan mal, gobiernos corruptos y tiranías militares y corporativistas, y elogiarlos y considerarlos ejemplos del «estilo de vida americano» o del «sueño americano». Es una traición a la realidad. Cada traición individual, cada mentira que nos tragamos, conduce a una nueva traición y a una nueva mentira.

Que Yevgueni Zamiatin, quien algo sabía sobre la verdad, tenga la última palabra.

> Una literatura que está viva no se rige por el reloj de ayer, ni por el de hoy, sino por el de mañana. Es un marinero que se encarama al palo mayor y otea los barcos que zozobran, las masas de hielo flotantes y las vorágines aún no visibles desde la cubierta.
>
> En caso de tormenta, es necesario contar con un marinero subido a lo alto. Hoy nos hallamos en plena tormenta, y los mensajes de sos nos llegan por todas partes. No hace ni dos días que un escritor podía pasear por la cubierta con tranquilidad, tomando fotos con su Kodak; pero ¿ahora quién quiere contemplar paisajes y escenas marítimas cuando el mundo se está escorando en un ángulo de cuarenta y cinco grados, mientras las verdes fauces se abren y el casco cruje y chirría? Hoy tan sólo podemos mirar y pensar como los hombres que se enfrentan a la muerte; estamos a punto de morir. ¿Y qué sentido tuvo todo cuanto conocimos? ¿Cómo hemos vivido? Si pudiéramos empezar de nuevo, desde el principio, ¿en qué basaríamos nuestras vidas? ¿Y para qué? Lo que necesitamos en la literatura de hoy son vastos horizontes filosóficos: horizontes vistos desde el palo mayor, desde un avión. Lo que necesitamos son un «¿por qué?» y

un «¿y después?» definitivos a más no poder, pavorosos al máximo, insuperablemente valerosos.

Lo que de verdad está vivo no se detiene ante nada y constantemente busca responder preguntas que resultan absurdas, pueriles. No importa si las respuestas son erróneas, si la filosofía va mal encaminada; los errores tienen más valor que las verdades; la verdad pertenece al ámbito de la máquina; el error está vivo; la verdad reconforta, el error incomoda. Y si es imposible llegar a las respuestas, ¡tanto mejor! La acomodación a unas preguntas cuyas respuestas son conocidas es propia de cerebros estructurados como el estómago de una vaca, que, como sabemos, tiene por función digerir bolos alimenticios.

Si en la naturaleza se diera algo fijo e inmutable, si existieran verdades, es evidente que nada tendría sentido. Pero, por fortuna, todas las verdades son erróneas. Es la misma esencia del proceso dialéctico: las verdades de hoy mañana se han convertido en errores; no hay un número final.

La revolución está en todas partes, en todas las cosas. Es infinita. No hay una revolución final. No hay un número final.*

Ursula K. Le Guin, 1973 y 1977

---

* La cita de Zamiatin, ligeramente alterada y reordenada, procede del ensayo «On Literature, Revolution, Entropy and Other Matters», en Yevgueni Zamiatin, *A Soviet Heretic: Essays*, editado y traducido por Mirra Ginsburg, Chicago, University of Chicago Press, 1970.

NOSOTROS

Nota n.º 1
Resumen:

El anuncio. La más sabia de las líneas. Un poema

Me limito a transcribir – palabra por palabra – lo que hoy se ha publicado en *El periódico del Estado*:

> Dentro de 120 días se completará la construcción de la INTEGRAL.[1] Se acerca el gran momento histórico en el que la primera INTEGRAL despegará al espacio exterior. Hace mil años sus heroicos antepasados impusieron el poder del Estado Unido sobre todo el globo terráqueo. Ahora tienen ustedes por delante una hazaña aún más gloriosa: integrar la ecuación infinita del universo con la cristalina, eléctrica y flamígera INTEGRAL. Están llamados a someter al benéfico yugo de la razón a seres desconocidos que habitan en otros planetas – quizá todavía en un estado salvaje de libertad. Si ellos no entienden que les llevamos una felicidad matemáticamente infalible, nuestro deber es obligarlos a ser felices. Pero antes que las armas – probaremos la palabra.
>
> En nombre del Benefactor, se comunica a todos los números[2] del Estado Unido:

Todo aquel que se sienta capaz está obligado a componer tratados, poemas, arias, manifiestos, odas u otras composiciones sobre la belleza y la grandeza del Estado Unido.

Éste será el primer cargamento que transportará la INTEGRAL.

¡Viva el Estado Unido! ¡Vivan los números! ¡Viva el Benefactor!

Escribo esto – y lo siento: me arden las mejillas. Sí: integrar la grandiosa ecuación del universo. Sí: destorcer la curva primitiva, enderezarla en una tangente – en una asíntota – en una línea recta. Porque la línea del Estado Unido es la recta. La magna, divina, precisa, sabia línea recta – la más sabia de las líneas...

Yo, D-503, el Constructor de la INTEGRAL, sólo soy uno de los matemáticos del Estado Unido. Mi pluma, acostumbrada a los números, no sabe crear música de asonancias y rimas. Sólo intentaré anotar lo que veo, lo que pienso – o, mejor dicho, lo que nosotros pensamos (sí, exacto: nosotros, y que ese «NOSOTROS» sea el título de mis notas). Pero, dado que será una derivada de nuestra vida, de la vida matemáticamente perfecta del Estado Unido, ¿no constituirán, por sí mismas, al margen de mi voluntad, un poema? Sí: lo creo y lo sé.

Escribo esto y lo siento: me arden las mejillas. Supongo que algo similar siente una mujer cuando oye dentro de sí, por primera vez, el pulso de un nuevo – aún ciego y diminuto – ser. Soy yo y al mismo tiempo no soy yo. Y durante largos meses tendré que alimentarlo con mi jugo, con mi sangre, y luego – con dolor – arrancarlo de mí y depositarlo a los pies del Estado Unido.[3]

Pero estoy preparado, como cada uno de nosotros – o casi todos. ¡Estoy preparado!

Nota n.º 2
Resumen:

Ballet. Armonía cuadrada. Una X

Primavera. De detrás del Muro Verde, desde las invisibles llanuras salvajes, el viento trae el polvo amarillo de miel de ciertas flores. Ese polvillo dulce reseca los labios – a cada instante te pasas la lengua por ellos – y probablemente todas las mujeres con las que me cruzo (y los hombres también, por supuesto) tienen los labios dulces. Esto dificulta un poco el pensamiento lógico.

Pero ¡qué cielo! Azul intenso, sin una sola nubecita que lo estropee (cuán salvajes eran los gustos de los antiguos, si sus poetas eran capaces de inspirarse en esos absurdos, caóticos y estúpidamente agolpados montones de vapor). Me gusta – y estoy seguro de que no me equivoco si digo: a nosotros nos gusta – sólo un cielo como éste: límpido, inmaculado. En días así – el mundo entero está fundido con ese mismo cristal sólido y eterno del que están hechos el Muro Verde y todas nuestras construcciones. En días así, ves la profundidad más azul de las cosas, sus ecuaciones portentosas e ignotas hasta entonces – y las ves hasta en lo más habitual, cotidiano.

Por ejemplo, sin ir más lejos. Esta mañana estaba en el hangar en el que estamos construyendo la INTEGRAL – y de repente he visto la maquinaria: con los ojos cerrados, ajenas a todo, giraban las esferas de los reguladores; centelleando, las manivelas se inclinaban a derecha e izquierda; el balancín movía con orgullo los hombros y, al compás de una música inaudible, bajaba la broca de la taladradora. De pronto reparé en toda la belleza de ese grandioso ballet mecánico bañado por un tenue sol azul.

Y después – pensé para mí: «¿Por qué es bello? ¿Por qué la danza es bella?» Respuesta: «Porque es un movimiento *no libre*, porque el significado más profundo de la danza consiste precisamente en esa subordinación estética absoluta, en esa no-libertad ideal. Y, si es cierto que nuestros ancestros se entregaban a la danza en los momentos de mayor inspiración de su vida (misterios religiosos, desfiles militares), eso sólo significa una cosa: que desde tiempos inmemoriales el instinto de no-libertad es orgánicamente inherente al hombre, y que nosotros – en nuestra actual forma de vida – nos limitamos de modo consciente a...

Tendré que acabar más tarde: ha sonado el numerador. Alzo los ojos: O-90, por supuesto. Y dentro de medio minuto ella misma estará aquí: viene a buscarme para el paseo.

¡Querida O! – siempre me ha parecido – que se asemeja a su nombre: unos diez centímetros por debajo de la Norma Materna – y, por tanto, toda ella curvas, bien torneada, y una O rosada – la boca – abierta para acoger cada una de mis palabras. Y, además: el plieguecito redondo y carnoso en las muñecas – como los que tienen los bebés.

Cuando ha entrado, el volante de la lógica aún giraba a toda pastilla dentro de mí y, por inercia, me puse a hablar de una fórmula que acababa de elaborar, en la que todo encajaba: nosotros, las máquinas y la danza.

—Es maravilloso, ¿no? —le pregunté.

—Sí, maravilloso. La primavera. —O-90 me sonrió de manera rosada.

Vaya, lo que hay que oír: la primavera... Ella – va y habla de la primavera. Mujeres... No dije nada.

Abajo. La avenida está abarrotada: cuando hace un tiempo así, solemos emplear la Hora Personal de después de comer en dar un paseo adicional. Como siempre, la Fábrica de Música, con la potencia de todas sus trompetas, entonaba la Marcha del Estado Unido. En filas regulares, de cuatro en cuatro, marcando solemnemente el ritmo, marchaban los números: cientos, miles de números con unifos* azulados, con placas doradas en el pecho – los números oficiales de cada uno y cada una. También yo – nosotros cuatro – éramos una de las innumerables olas de esa potente corriente. A mi izquierda, O-90 (si esto lo hubiera escrito uno de mis antepasados peludos hace unos mil años – lo más probable es que se hubiera referido a ella con la ridícula expresión «*mi* O-90»); a mi derecha – dos números desconocidos, uno femenino y otro masculino.

Un cielo azul idílico, diminutos soles infantiles en cada placa, rostros no oscurecidos por la locura de los pensamientos... Los rayos – ¿entienden? Todo está hecho de un material único, luminoso, sonriente. Y los ritmos del bronce: «Tra-ta-ta-tam. Tra-ta-ta-tam» – esos escalones de cobre que relumbran al sol y con cada uno – te elevas más y más, hacia un vertiginoso azul...[4]

Y luego, al igual que esta mañana en el hangar, pero como si fuera por primera vez en mi vida, lo he vuelto a *ver* todo: las calles inmutables y rectilíneas, el vidrio radiante del pavimento, los divinos paralelepípedos de las viviendas transparentes, la armonía cuadrada de las filas gris-azul. Sí: como si no hubieran sido generaciones enteras, sino yo – precisamente yo – quien derrotara al viejo Dios y la vida de antaño, como si yo hubiera creado todo esto; y soy como una torre, tengo miedo de mover el codo, no vaya a ser que comiencen a caer trozos de paredes, cúpulas y máquinas...

---

* Probablemente, de la antigua palabra «uniforme». (Ésta y las que siguen con asterisco son notas del autor. [*N. del E.*])

Y luego en un momento – un salto a través de los siglos, de + a -. Recordé (es evidente – una asociación por contraste) – de repente recordé el cuadro de un museo: una de esas avenidas de aquella época, del siglo XX, todo ese batiburrillo desconcertantemente abigarrado de gente, ruedas, animales, carteles, árboles, colores, pájaros... Y, sin embargo, según dicen, eso existió *en realidad* – pudo existir. Me pareció tan increíble, tan absurdo, que no me contuve y estallé en una sonora carcajada.

Y al instante un eco – una risa – a la derecha. Me volví: ante mis ojos, unos dientes blancos – extraordinariamente blancos y afilados – y la cara desconocida de una mujer.

—Disculpe —dijo—, pero lo contemplaba todo con tanta inspiración – como el Dios mitológico en el séptimo día de la Creación.[5] Tiene la certeza, al parecer, de que fue usted quien me creó, y nadie más. Me resulta muy halagador...

Todo esto – sin una sonrisa, incluso diría – con cierto respeto (tal vez supiera que soy el Constructor de la INTEGRAL). Pero no sé – en sus ojos o en sus cejas – una X extraña e irritante, y de ninguna manera puedo entenderla, expresarla con números.

Por alguna razón me turbé y, un tanto confuso, empecé a buscar una motivación lógica a mi risa. Estaba muy claro que ese contraste, ese abismo infranqueable entre el hoy y el entonces...

—Pero ¿por qué ha de ser infranqueable? —(¡Qué dientes tan blancos y afilados!)—. Sobre un abismo – se puede tender una pasarela... Imagínese: un tambor, batallones, filas de soldados – todo eso existió – y por tanto...

—Bueno, sí: ¡claro! —grité (fue un asombroso cruce de pensamientos: ella decía – casi con mis mismas palabras – lo que yo había anotado antes del paseo)—. ¿Entiende? Incluso los pensamientos. Eso es porque nadie es «uno», sino «uno de». Somos tan idénticos...

Ella:

—¿Está seguro?

Vi sus cejas enarcarse en ángulo agudo hacia las sienes – como los cuernitos afilados de una X – y de nuevo, sin saber por qué, me despisté, miré a la derecha, a la izquierda – y...

A mi derecha – ella, delgada, afilada, obstinadamente flexible como un látigo, I-330 (ahora veo su número); a mi izquierda – O, completamente diferente, toda ella redondeces, con un plieguecito infantil en la muñeca; y en el extremo de nuestro cuarteto – un número masculino para mí desconocido – uno dos veces curvado en forma de «S». Cada uno de nosotros era diferente...

Ésa, la de la derecha, I-330, al parecer interceptó mi mirada desconcertada – y dijo con un suspiro:

—Sí... ¡Ay!

Ese «ay», de hecho, era muy oportuno. Pero, de nuevo, había algo en su cara o en su voz...

Yo – con una brusquedad insólita en mí – dije:

—Nada de «ay». La ciencia progresa y, si no hoy, dentro de cincuenta, cien años – está claro que...

—Incluso las narices de todos serán...

—Sí, las narices. —Ahora yo ya casi gritaba—. Siempre que haya una razón, sea cual sea, para la envidia... Si yo tengo una nariz «de botón», y otro tiene...

—Bueno, su nariz es, si me lo permite, incluso de tipo «clásico»,[6] como se decía antiguamente. Pero las manos... ¡Vamos, enséñemelas, enséñeme las manos!

No soporto que alguien me mire las manos: todas peludas, tupidas – una especie de absurdo atavismo.[7] Le tendí la mano y – con la mayor indiferencia posible – le dije:

—Son de mono.

Me miró las manos, luego la cara.

—Sí, un conjunto curiosísimo. —Me escrutó como si me pesara en una balanza, y de nuevo los cuernitos centellearon en los ángulos de sus cejas.

—Está registrado conmigo. —O-90 abrió su boca de manera alegre y rosada.

Habría sido mejor que se quedara callada – aquello no venía a cuento. En general, esta querida O...cómo decirlo... tiene mal regulada la velocidad de la lengua: la velocidad de la lengua por segundo siempre debe ser un poco inferior a la velocidad de los pensamientos por segundo, nunca al revés.

Al final de la avenida, en la torre acumuladora, la campana repiqueteó con fuerza a las 17.00 h. La Hora Personal había terminado. I-330 se alejó junto con ese número masculino en forma de S. Tenía una cara tan... imponente y, ahora lo veo, incluso me resultaba familiar. Lo había visto en algún lugar – ahora no recuerdo dónde.

Al despedirse, I – otra vez de esa forma tan «X» – me dirigió una sonrisita.

—Venga al auditorio 112 pasado mañana.

Me encogí de hombros.

—Si recibo la orden – para ir precisamente a ese auditorio – el que ha mencionado...

Ella, con una seguridad incomprensible:

—La recibirá.

Esta mujer me causó una impresión tan desagradable como un número irracional indivisible que se hubiera colado en una ecuación. Me alegré de quedarme a solas, al menos por un momento, con la querida O.

Cogidos de la mano, atravesamos cuatro avenidas. En la esquina – ella debía girar a la derecha, y yo – a la izquierda.

—Me gustaría tanto venir hoy a su casa, bajar las cortinas. Precisamente hoy, ahora mismo...

Con timidez, O levantó hacia mí sus ojos redondos y de un azul cristalino.

Qué graciosa. Bueno, ¿qué podía responderle? Había estado en mi casa el día antes y sabía tan bien como yo que nuestro próximo día sexual no sería hasta dos días después. Es un caso más de su «adelantamiento verbal respecto al pensamiento» – como pasa (a veces causando daños) cuando la chispa prende antes de tiempo en el motor.

Antes de separarnos, le di dos... no, seré preciso: tres besos en sus maravillosos ojos azules que no estropea ni una sola nubecita.

Nota n.º 3
Resumen:

Una chaqueta. El Muro. Las Tablas[8]

He revisado las notas de ayer – y lo veo: no me expresé con suficiente claridad. Es decir, todo está clarísimo para cualquiera de nosotros. Pero quién sabe: tal vez ustedes, desconocidos a quienes la *Integral* llevará mis notas, hayan leído el gran libro de la civilización sólo hasta la página a la que llegaron nuestros antepasados hace 900 años. Quizá ni siquiera conozcan conceptos tan elementales como las Tablas de las Horas, las Horas Personales, la Norma Materna, el Muro Verde, el Benefactor. Me hace reír – y al mismo tiempo me resulta muy difícil hablar de todo esto. Es como si un escritor, digamos que del siglo XX, hubiera tenido que explicar en su novela qué es una «chaqueta», un «apartamento» o una «esposa».[9] Y sin embargo, si su novela se tradujera para los salvajes – ¿acaso podría no recurrir a una nota para «chaqueta»?

Estoy seguro de que el salvaje miraría esa «chaqueta» y pensaría: «Pero bueno, ¿para qué sirve esto? No es más que un estorbo.» Creo que lo verán exactamente igual cuando les diga que ninguno de nosotros ha traspasado el Muro Verde desde la época de la Guerra de los Doscientos Años.

Pero, queridos, les invito a detenerse a pensar un poco; ayuda mucho. Al fin y al cabo, está claro: toda la historia de la humanidad, por lo que sabemos, es la historia de la transición de formas de vida nómadas a otras cada vez más sedentarias.[10] ¿No se deduce, pues, que la forma de vida más sedentaria (la nuestra) es también la más perfecta (la nuestra)? Si bien los humanos vagaron de un extremo a otro de la Tierra, eso sólo ocurrió en tiempos prehistóricos, cuando aún había naciones, guerras, comercios, descubrimientos de todo tipo de Américas. Pero ¿para qué serviría hacerlo ahora? ¿Quién lo necesita?

Sí, lo admito: acostumbrarse a esta vida sedentaria no es algo que se lograra de inmediato y sin esfuerzo. Cuando, durante la Guerra de los Doscientos Años, todos los caminos quedaron destruidos y cubiertos de maleza – al principio debió de parecer muy incómodo vivir en ciudades aisladas entre sí por una espesura de selva verde. Pero ¿y qué? Después de perder la cola, los hombres tampoco debieron de aprender enseguida a ahuyentar las moscas sin su ayuda. Al principio, sin duda, debieron de echarla de menos. Pero ahora – ¿pueden imaginarse con – cola? O: ¿pueden imaginarse salir a la calle – desnudos, sin «chaqueta» (es posible que aún sigan saliendo a pasear con «chaqueta»)? Pues aquí es lo mismo: me cuesta imaginar una ciudad despojada del Muro Verde, me cuesta concebir una vida sin las casullas numéricas de las Tablas.[11]

Las Tablas... En este momento – desde la pared de mi habitación – sus números púrpura sobre un fondo dorado me miran a los ojos con severidad y ternura. Sin querer, pienso en eso que los antiguos llamaban «icono» y siento el deseo de componer poemas o plegarias (que son una y la misma cosa). Ah, ¿por qué no soy poeta para cantaros como merecéis? ¡Oh, Tablas! ¡Oh, corazón y pulso del Estado Unido!

Todos nosotros (y tal vez ustedes también) leímos de niños, cuando íbamos a la escuela, ese supremo monumento de la literatura antigua que se ha conservado hasta nuestros días: *El horario de los trenes.*[12] Pero si lo comparan con las Tablas – verán que son como el grafito y el diamante: ambos se componen de lo mismo – C, carbono –, pero ¡cómo brilla el diamante, eterno y diáfano! ¿A quién no se le corta el aliento cuando pasa las páginas del *Horario* a toda prisa, haciéndolas susurrar? Pero las Tablas de las Horas – nos transforman a cada uno de nosotros, al despertar, en el héroe de acero de seis ruedas del grandioso poema. Cada mañana, con la precisión de seis ruedas, a la misma hora y en el mismo minuto – nosotros, millones, nos levantamos como un solo hombre. A la misma hora, como un millón unido, empezamos a trabajar – y del mismo modo terminamos el día. Y, fundidos en un solo cuerpo con millones de brazos, en el mismo segundo estipulado por las Tablas – nos llevamos la cuchara a la boca – y en el mismo segundo salimos a pasear y vamos al auditorio, a las salas de ejercicios de Taylor,[13] nos acostamos...

Seré del todo sincero: ni siquiera nosotros hemos dado con la solución absoluta al problema de la felicidad: dos veces al día – de 16.00 a 17.00 h y de 21.00 a 22.00 h – el poderoso organismo unido se descompone en células separadas: son las Horas Personales establecidas por las Tablas. Durante ese tiempo lo verán: en las habitaciones de algunos – las cortinas están echadas con pudor; otros, con paso rítmico, caminan a lo largo de la avenida por los escalones de cobre de la Marcha; y hay otros – como yo ahora – sentados a su escritorio. Sin embargo, creo firmemente – aunque me llamen «idealista» y «fantasioso» – lo creo: tarde o temprano – llegará el momento en el que también incluiremos esas Horas Personales en la fórmula general, y esos 86.400 segundos se integrarán en las Tablas de las Horas.

Me ha tocado leer y oír muchas cosas increíbles sobre la época en que la gente aún vivía en estado de libertad, es decir, en un estado desorganizado y salvaje. Pero lo que siempre me ha parecido más inverosímil es esto: ¿cómo podían las autoridades estatales de entonces – por rudimentarias que fueran – permitir que la gente viviera sin nada que se pareciera al menos a nuestras Tablas, sin paseos obligatorios, sin una regulación exacta de los horarios de las comidas, que se levantara y se acostara cuando quisiera? Algunos historiadores afirman incluso que, al parecer, en aquella época había luces encendidas en las calles durante toda la noche, que las transitaban viandantes y coches durante la noche entera.

Es lo que nunca he podido entender. Al fin y al cabo, por muy limitada que fuera su inteligencia, deberían haber comprendido que una vida así era un auténtico asesinato colectivo – sólo que, cometido despacio, día tras día. El Estado (la humanidad) prohibía matar a un solo individuo, pero consentía el asesinato a medias de millones. Matar a una sola persona, es decir, reducir la suma de vidas humanas en cincuenta años, era un crimen, pero ¿reducir esa suma en cincuenta millones de años no lo era? ¡Qué disparate! Entre nosotros este problema matemático-moral puede ser resuelto, en un abrir y cerrar de ojos, por cualquier número de diez años; ellos, en cambio, no supieron – ni todos sus Kants juntos (pues a ninguno de ellos se les ocurrió construir un sistema de ética científica; es decir, basado en la resta, la suma, la división y la multiplicación).

Y es que – ¿no es absurdo que un Estado (¡que tenía la audacia de llamarse así!) pudiera dejar la vida sexual fuera de cualquier tipo de control? Quien con quien quisiera, cuando y cuanto le apeteciera... De un modo totalmente acientífico, como los animales. Y, como los animales, a su antojo, procreaban. ¿No es ridículo: dominar la horticultura, la avicultura, la piscicultura (hay datos precisos de que sabían hacer todo eso), pero no ser capaces de alcanzar el último peldaño de esa escalera lógica: la filicultura? No ser capaces de concebir nuestras Normas Materna y Paterna.

Es tan ridículo, tan improbable, que ahora, cuando escribo esto, tengo miedo: ¿y si de pronto ustedes, desconocidos lectores, me toman por un bromista malintencionado? ¿Y si piensan que quiero burlarme sin más de ustedes y que suelto las tonterías más descabelladas con la cara seria?

Pero, en primer lugar: no se me da bien bromear – en toda broma hay una mentira con función oculta; y, en segundo lugar: la Ciencia del Estado Unido afirma que justo así era la vida de los antiguos, y la Ciencia del Estado Unido no puede estar equivocada. Además, ¿cómo habría podido implantarse la lógica estatal cuando la gente vivía en estado de libertad, es decir, como los animales, los simios, las manadas? ¿Qué se les podía exigir, si incluso en nuestro tiempo – desde el fondo, desde las profundidades peludas – aún llega de vez en cuando un salvaje eco simiesco?[14]

Por suerte – sólo de vez en cuando. Por suerte – se trata sólo de fallos menores de las piezas: es fácil repararlas sin detener el eterno y majestuoso movimiento de toda la Máquina. Y para quitar un tornillo deformado – tenemos la mano hábil y pesada del Benefactor, tenemos el ojo experto de los Guardianes...

Sí, por cierto, ahora me he acordado: ese tipo del otro día, el curvado dos veces como una S – me parece que lo he visto salir de la Oficina de los Guardianes. Ahora comprendo por qué le tuve ese respeto instintivo y por qué me incomodaba tanto cuando esa extraña I, delante de él... Debo reconocer que esa I...

Suena el timbre, hora de dormir: 22 ½. Hasta mañana.

Nota n.º 4
Resumen:

El salvaje del barómetro. Epilepsia. Y si...

Hasta ahora, todo en la vida estaba claro para mí (no sin motivo, me parece, siento una predilección por la palabra «claro»). Pero hoy... No lo entiendo.

En primer lugar: recibí, en efecto, la orden para que me presentara precisamente en el auditorio 112, tal como ella me había dicho. Aunque la probabilidad era de:

$$\frac{1.500}{10.000.000} = \frac{3}{20.000}$$

(siendo 1.500 la cantidad de auditorios, y 10.000.000, la de números). Y en segundo lugar... Pero mejor vayamos por orden.

El auditorio. Una enorme y soleada semiesfera hecha de bloques de vidrio. Cabezas noblemente esféricas y suavemente rasuradas dispuestas en filas circulares. Con un aleteo en el corazón miré alrededor. Me parece que estaba buscando: ¿no brillaría, sobre las olas azules de los unifos, una hoz rosada – los queridos labios de O? Ahí había unos dientes extraordinariamente blancos y afilados parecidos a los de... no, no son ésos. Esta noche, a las 21, O vendrá a verme – el deseo de verla allí era natural.

Luego – el timbre. Nos levantamos, cantamos el *Himno del Estado Unido* – y ahí estaba ya en el escenario el fonoconferenciante, brillando con su altavoz dorado y su ingenio.

—Queridos números. Recientemente, los arqueólogos han desenterrado un libro del siglo XX. En él, el autor cuenta con ironía la historia de un salvaje y un barómetro. El salvaje se había dado cuenta de algo: cada vez que el barómetro se detenía en «lluvia» – en efecto, se ponía a llover. Y, como el salvaje quería que lloviera, sacó la cantidad necesaria de mercurio para que el nivel se mantuviera en «lluvia» (en la pantalla – un salvaje con plumas sacando mercurio: risas). Os reís: pero ¿no os parece que el europeo de aquella época es más ridículo? Como el salvaje, el europeo quería «lluvia» – lluvia con mayúsculas, una lluvia algebraica. Pero él mismo se quedaba plantado frente al barómetro como un pollo mojado. El salvaje, por lo menos, tenía más coraje y energía, y – aun siendo salvaje – más lógica: logró establecer que había una relación entre efecto y causa. Al extraer el mercurio, dio el primer paso por el majestuoso camino que lleva a...

Aquí (repito: escribo sin ocultar nada) – aquí, por unos instantes, me volví impermeable a las vivificantes corrientes que emanaban de los altavoces. De repente me pareció que había ido allí en vano (¿por qué «en vano» y cómo no iba a ir si me habían convocado?); me pareció que – todo era hueco, sólo una cáscara. A duras penas pude volver a prestar atención cuando el fonoconferenciante ya había pasado al tema principal: nuestra música, la composición matemática (las matemáticas – la causa, la música – el efecto), la descripción del recién inventado musicómetro.

—... Gracias al simple movimiento rotatorio de esta manivela, cualquiera puede producir hasta tres sonatas por hora. ¡Y cuánto esfuerzo les costó a vuestros antepasados!

Sólo podían componer cuando tenían arrebatos de «inspiración»: una forma desconocida de epilepsia.[15] He aquí un ejemplo hilarante de lo que obtuvieron – música de Skriabin,[16] siglo XX. A esta caja negra —en el escenario se abrió el telón y allí – ese antiquísimo instrumento suyo— la llamaban «gran piano» o «piano de cola», lo cual demuestra una vez más hasta qué punto toda su música – –

Y luego – de nuevo no me acuerdo, tal vez porque... Bueno, sí, lo diré sin rodeos: porque a esa caja «de cola» se acercó ella – I-330. Debí de quedarme estupefacto por su inesperada aparición en el escenario.

Iba ataviada de una manera extravagante, como en la época antigua: un vestido negro ceñido, la blancura acentuada de sus hombros y del pecho al descubierto, la respiración que hacía que se agitara esa cálida sombra entre... y unos dientes deslumbrantes, casi crueles...

Su sonrisa – un mordisco, aquí – abajo. Se sentó, se puso a tocar. Algo salvaje, espasmódico, abigarrado como toda la vida de entonces – ni una sombra de mecánica racional. Por supuesto, todos quienes me rodean tienen razón: se ríen. Sólo unos pocos... pero ¿por qué también yo – yo – entre ésos?

... Sí, la epilepsia – la enfermedad del alma – el dolor... Un dolor lento y dulce, como un mordisco – y el deseo de que aún sea más profundo, de que duela más. Y luego, despacio – el sol. No el nuestro, no ese azul claro cristalino y uniforme que atraviesa los ladrillos de cristal de las paredes – no: un sol salvaje, raudo, abrasador – que se desmenuza – todo él en añicos.

El que se sentaba a mi lado miró de reojo a la izquierda – hacia mí – y soltó una risita. No sé por qué, recuerdo con nitidez este detalle: lo vi – una microscópica burbujita de saliva brotó en sus labios y estalló. Esa burbujita me reavivó. Yo – de nuevo era yo.

Como todos – lo único que oía era la vibración absurda e inconexa de las cuerdas. Me reía. Todo se volvió ligero y sencillo. El talentoso fonoconferenciante nos había mostrado aquella salvaje época con demasiada viveza – eso era todo.

¡Con qué deleite escuché a continuación nuestra música contemporánea! (Se nos dio una muestra al final – a modo de contraste.) Las cristalinas escalas cromáticas que convergían y divergían en series infinitas – y la armonía sintética de las fórmulas de Taylor y Maclaurin;[17] los movimientos simétricos, cuadrados y pesados de los «pantalones de Pitágoras»;[18] las tristes melodías de amortiguadas oscilaciones; los vívidos ritmos que se suceden como intervalos en las líneas de Fraunhofer[19] – el análisis espectral de los planetas... ¡Qué grandeza! ¡Qué regularidad inquebrantable! Y qué patética es la arbitraria música de los antiguos que – excepto a sus salvajes fantasías – no se sometía a nada...

Como de costumbre, todos salimos del auditorio en filas armoniosas, de cuatro en cuatro, por las amplias puertas. Cerca de mí pasó veloz esa figura curvada dos veces que me resultaba familiar; me incliné con respeto.

Al cabo de una hora tenía que llegar la querida O. Me sentía agradable y útilmente excitado. En casa – deprisa hacia la Oficina – entregué al empleado de guardia mi talón rosado y recibí el permiso para las cortinas. Este documento sólo es válido en los días sexuales. El resto del tiempo lo pasamos entre nuestras paredes transparentes, como tejidas de aire resplandeciente – vivimos siempre a la vista de todos, en un eterno baño de luz. No tenemos nada que ocultar a los otros. Además, esto facilita el duro y noble trabajo de los Guardianes. Si no, ¡quién sabe qué podría pasar! Es posible que fueran precisamente las extrañas y opacas viviendas de los antiguos las que dieran origen a esa patética psicología celular suya. «Mi (*sic!*) casa es mi castillo»,[20] ¡menuda ocurrencia!

A las 21.00 h bajé las cortinas – y en ese mismo instante entró O, un poco jadeante. Me alargó su boquita rosada – y un cuponcito del mismo color. Le arranqué el talón – y no pude separarme de su boca rosada hasta el último momento – las 22.15 h.

Luego le enseñé a O mis «Notas» y le hablé – muy bien, creo – de la belleza del cuadrado, del cubo, de la línea recta. Me escuchaba tan encantadoramente rosada – y de repente una lágrima cayó de sus ojos azules, luego otra, una tercera – de lleno sobre la página abierta (p. 7). La tinta se corrió. Así pues, me tocará reescribirla.

—Querido D, y si – y si...

Bueno, ¿«y si» qué? ¿Qué, «y si»? La misma cantinela de siempre: un hijo. O quizá algo nuevo – relacionado con... ¿con la otra? Aunque, de hecho, eso sería... No, eso sería demasiado absurdo.

Nota n.º 5
Resumen:

Un cuadrado. Los soberanos del mundo. Una función agradablemente útil[21]

De nuevo, no es eso. De nuevo me dirijo a ustedes, mis desconocidos lectores, como si fueran... bueno, digamos que mi viejo amigo R-13, el poeta con labios gruesos de negro – sí, todo el mundo lo conoce. Entretanto ustedes – en la Luna, en Venus, en Marte, en Mercurio – quién sabe dónde están y quiénes son.

A ver: imagínense – un cuadrado, un cuadrado vivo y hermoso. Tiene que hablar de sí mismo, de su vida. Como comprenderán – lo último que se le ocurriría a un cuadrado es decir que tiene los cuatro lados iguales: es algo que ya no ve – es tan normal y habitual para él... Así estoy todo el rato: yo también me encuentro en una situación cuadrada. Tomemos por ejemplo los talones rosados y todo lo que conllevan: para mí es como los cuatro lados iguales, pero para vosotros quizá sea más difícil que el binomio de Newton.

Bien, pues. Un antiguo sabio, por casualidad, dijo algo inteligente una vez: «El amor y el hambre gobiernan el mundo.»[22] *Ergo*: para dominar el mundo – los humanos deben dominar a los soberanos del mundo. Nuestros antepasados pagaron un precio muy elevado para derrotar por fin al Hambre: me refiero a la Gran Guerra de los Doscientos Años – la guerra entre la ciudad y el campo. Probablemente debido a los prejuicios religiosos, los cristianos salvajes se aferraron tercamente a su «pan».* Pero en el año 35 antes de la fundación del Estado Unido – se inventó nuestro actual alimento a base de petróleo. Hay que reconocer que sólo sobrevivió el 0,2 % de la población de la esfera terrestre. Pero a cambio – una vez limpia de la mugre milenaria – cómo brillaba la faz de la Tierra. Y ese cero con dos décimas – saboreó el placer de alojarse en los palacios del Estado Unido.

Pero ¿no está claro? El placer y la envidia son el numerador y el denominador de esa fracción llamada «felicidad». ¿Y qué sentido tendrían las innumerables víctimas de la Guerra de los Doscientos Años si todavía hubiera algún motivo para la envidia en nuestras vidas? Con todo, alguno sí que quedó, pues seguía habiendo narices «de botón» y narices «clásicas» (nuestra conversación de entonces, durante el paseo) – porque el amor de algunos era anhelado por muchos; el de otros – por nadie.

Es natural que el Estado Unido, después de someter el Hambre (en álgebra = la suma de los bienes externos), emprendiera la ofensiva contra el otro amo del mundo – contra el Amor. Por fin, también este elemento fue derrotado, es decir, organizado, matematizado. Hace unos trescientos años se promulgó nuestra histórica *Lex sexualis*: «Todo número tiene derecho – como bien sexual de consumo – a otro número.»[23]

Bueno, y luego – se trata sólo de cuestiones técnicas. Le someterán a exámenes minuciosos en los laboratorios de la Oficina Sexual, donde determinarán con precisión el contenido de hormonas sexuales en su sangre – y elaborarán para usted la Tabla de días sexuales adecuada. Luego hará una declaración de que en esos días desea hacer uso

* Esta palabra se ha conservado entre nosotros sólo como metáfora poética: la composición química de esta sustancia la desconocemos.

del número tal (o cual) y recibirá un talonario (rosado). Eso es todo.

Claro: ya no hay motivos para sentir celos. Con el denominador de la fracción de la «felicidad» reducido a cero – la fracción se convierte en un maravilloso infinito. Y lo que para los antiguos era una fuente de innumerables tragedias de lo más estúpidas – con nosotros se ha convertido en una función armoniosa y agradablemente útil del cuerpo, al igual que el sueño, el trabajo físico, la alimentación, la defecación, etcétera. Con este ejemplo se ve cómo el gran poder de la lógica purifica todo cuanto toca. ¡Oh, si también ustedes, desconocidos, conocieran esta fuerza divina, si también aprendieran a seguirla hasta el final!

... Es extraño: hoy he escrito sobre las cumbres más elevadas de la historia de la humanidad, todo el tiempo he respirado el aire más puro de la montaña del pensamiento – pero dentro de mí todo está como nublado, lleno de telarañas y cruzado por una suerte de X cuadrúpeda. O bien – son mis patas, y todo se debe a que las he tenido demasiado tiempo ante mis ojos – mis patas peludas. No me gusta hablar de ellas – no me gustan: son el vestigio de una época salvaje. Es posible que, dentro de mí, en realidad – –

Quería tachar todo esto – porque sobrepasa los límites de mi resumen. Pero luego he decidido: no lo tacharé. Que mis notas – como el sismógrafo más sensible – reproduzcan la curva de las variaciones cerebrales más insignificantes: al fin y al cabo, a veces esas vibraciones presagian – –

Pero esto ya es absurdo; en realidad debería tacharlo: hemos encauzado todos los elementos – no puede haber ninguna catástrofe.

Y ahora lo tengo muy claro: una extraña sensación – todo eso se debe a esa situación cuadrada mía de la que hablé al principio. Y no hay ninguna X en mí (eso es imposible) – simplemente temo que una X se quede en ustedes, mis desconocidos lectores. Sin embargo, creo – no me juzgarán con demasiada dureza. Creo – comprenderán – que escribir para mí es más difícil que para cualquier otro escritor a lo largo de toda la historia de la humanidad: unos escribían para sus contemporáneos, otros – para la posteridad, pero nadie ha escrito nunca para sus antepasados, o para seres parecidos a sus salvajes y remotos antepasados...

Nota n.º 6
Resumen:

Un incidente. Maldito «claro». 24 horas

Lo repito: me he comprometido a escribir sin esconder nada. Por eso, aunque con tristeza, debo señalar aquí que, ni siquiera entre nosotros, como es evidente, se ha culminado el proceso de consolidación y cristalización de la vida; hasta el ideal – aún faltan varios peldaños. El ideal (está claro) – está donde ya *no ocurre nada*, pero entre nosotros... Aquí tienen un ejemplo: hoy he leído en *El periódico del Estado* que dentro de dos días se celebrará la Fiesta de la Justicia en la plaza del Cubo. Sin duda, algún número ha vuelto a perturbar el movimiento de la gran Máquina del Estado, ha vuelto a *ocurrir* algo imprevisto, no calculado.

Y además – me *ha sucedido* algo. Es cierto que sucedió durante la Hora Personal, es decir, en ese tiempo especialmente reservado para las circunstancias imprevistas, pero aun así...

En torno a las 16.00 h (más exactamente, a las 15.50 h) yo estaba en casa. De repente – el teléfono:

—¿D-503? —Una voz femenina.

—Sí.

—¿Está libre?

—Sí.

—Soy yo, I-330. Ahora pasaré a recogerlo e iremos volando a la Casa Antigua. ¿De acuerdo?

I-330... Esta I me irrita, me repele – casi me da miedo. Pero precisamente por eso dije: sí.

Al cabo de cinco minutos ya estábamos sentados en el aeromóvil. La mayólica azul del cielo de mayo – y el sol tenue – sobre su aeromóvil dorado – zumba a nuestras espaldas, sin adelantarnos ni quedarse atrás. Pero allí, frente a nosotros, hay una nube blanca como la catarata de un ojo, absurda, regordeta – como los mofletes de un antiguo Cupido – y en cierto modo incomoda. La ventanilla delantera está abierta, el viento reseca los labios – no puedes evitar lamértelos todo el rato y pensar en ellos sin cesar.

Y se ven ya a lo lejos unas manchas verdes borrosas – allí, más allá del Muro. Luego una punzada leve, involuntaria, en el corazón – abajo, abajo, abajo – como desde una montaña escarpada – y ya estamos junto a la Casa Antigua.

Todo ese extraño, frágil y ciego edificio está recubierto de una cáscara de cristal: de no ser así, por supuesto, se habría derrumbado hace tiempo. Junto a la puerta de cristal – una anciana, toda arrugada – y sobre todo la boca: sólo pliegues y arrugas, los labios ya hundidos hacia dentro, su boca está como cubierta – y era improbable del todo que se pusiera a hablar. Y sin embargo – habló:

—¿Qué, queridos? ¿Habéis venido a ver mi casita? —Y sus arrugas irradiaron (es decir, debieron de formar una red de rayos, lo cual creó la apariencia de que «irradiaban»).

—Sí, abuelita, me apetecía de nuevo —le respondió I.

Sus arruguitas irradiaron otra vez.

—Vaya sol, ¿eh? Bueno, ¿qué? ¡Ay, pillina, pillina! ¡Te conozco muy bien, te co-noz-co! Bueno, está bien: entrad solos, mejor me quedo yo aquí al sol...

Hmmm... Mi compañera debe de ser una visitante asidua aquí. Me apetece sacudirme algo de encima – me molesta: debe de ser esa inoportuna impresión visual, la nube blanca sobre la lisa mayólica azul.

Mientras subíamos por una amplia y oscura escalera, I dijo:

—La quiero – a esa anciana.

—¿Por qué?

—No lo sé. Quizá – por su boca. O quizá – por nada. Porque sí, sin más.

Me encogí de hombros. Con una leve sonrisa, o tal vez sin sonreír siquiera, continuó:

—Me siento muy culpable. Está claro que no se debería amar «porque sí», sino «por alguna razón». Todos los elementos deben ser...

—Claro... —empecé a decir, pero enseguida me sorprendí diciendo esa palabra y miré de reojo a I: ¿se había dado cuenta o no?

Ella miraba hacia algún punto en el suelo; sus ojos estaban bajados – como cortinas.

Me acordé: cuando por la noche, a eso de las 22.00 h, caminas a lo largo de la avenida, entre celdas luminosas y transparentes – hay otras oscuras, con las cortinas bajadas, y allí, detrás de las cortinas – – ¿Qué esconde ella allí, detrás de las cortinas? ¿Para qué me ha llamado hoy y para qué es todo esto?

Abrí la puerta pesada, chirriante, opaca – y fuimos a parar a una estancia oscura y caótica (a eso lo llamaban «apartamento»). El mismo extraño instrumento musical, «de cola» – y una mescolanza de formas y colores salvaje, desordenada y loca – como la música de entonces. Arriba – una superficie blanca; paredes azul oscuro; libros antiguos con encuadernaciones rojas, verdes y naranjas; bronce amarillo – candelabros, una estatua de Buda; líneas de muebles epilépticamente retorcidas, irreducibles a una ecuación.

Me costaba soportar ese caos. Pero mi compañera, por lo visto, tenía un organismo más resistente.

—Éste es mi preferido... —Y de repente pareció volver en sí – sonrisa-mordisco, dientes blancos y afilados—. Para ser más exactos: es el más absurdo de todos sus «apartamentos».

—O incluso para ser más exactos: de sus Estados —la corregí—. Miles de Estados microscópicos en constante guerra, despiadados como...

—Bueno, sí, claro... —dijo I con la cara muy seria.

Atravesamos una habitación donde había camas pequeñas, infantiles (los niños en aquella época también eran una propiedad privada).[24] Y otra vez – habitaciones, espejos centelleantes, armarios lúgubres, sofás insoportablemente abigarrados, una enorme «chimenea», una enorme cama de caoba. Nuestro cristal actual – magnífico, eterno, transparente – sólo existía antes en forma de patéticos y frágiles cuadraditos-ventanas.[25]

—Y pensar que: aquí se amaban «porque sí», ardían, se atormentaban... —(De nuevo, la cortina de los ojos bajada)—. Qué manera más absurda e irracional de derrochar energía humana – ¿no cree?

Ella hablaba como *desde dentro de mí*, expresaba *mis pensamientos*. Pero en su sonrisa estaba todo el rato esa irritante X. Allí, detrás de las cortinas, ocurría algo dentro de ella tan – no sé qué – que agotaba mi paciencia; me apetecía discutir con ella, increparla (eso es), pero me vi obligado a asentir – era imposible no estar de acuerdo.

Luego – nos detuvimos frente a un espejo. En ese momento – sólo veía sus ojos. Se me ocurrió una idea: bueno, el hombre está construido de una manera tan primitiva como estos absurdos «apartamentos» – las cabezas humanas son opacas y sólo tienen unas diminutas ventanas hacia dentro: los ojos. Como si lo hubiera adivinado – se dio la vuelta. «Bueno – aquí están mis ojos. ¿Y bien?» (Esto, por supuesto, sin palabras.)

Frente a mí – dos ventanas espantosamente oscuras, y en su interior una vida tan ajena, desconocida... Sólo veía fuego – allí ardía una suerte de «chimenea» – y unas figuras parecidas a...

Eso, por supuesto, era natural: vi allí mi propio reflejo. Pero era antinatural y en absoluto parecido a mí (es obvio, era el efecto agotador del entorno) – definitivamente sentí miedo, me sentí capturado, atrapado en esa jaula salvaje, absorbido por el torbellino primitivo de la vida antigua.

—¿Sabe qué? —dijo I—, vaya un momento a la habitación de al lado. —Su voz salía de allí, de dentro, de detrás de las oscuras ventanas de los ojos, donde ardía la chimenea.

Salí, me senté. Desde un pequeño estante en la pared, y directamente hacia mí, sonreía, de un modo apenas perceptible, la fisonomía asimétrica, y de nariz chata, de algún poeta antiguo (probablemente Pushkin). ¿Para qué estoy aquí sentado – y soporto sumiso esta sonrisa, y a qué viene todo esto: por qué estoy aquí – a qué se debe esta situación absurda? Esta mujer irritante y repelente, el extraño juego...

Allí – la puerta del armario golpeó, se oyó el susurro de la seda, a duras penas logré contenerme para no ir allí, y – –. No me acuerdo con exactitud: tal vez quisiera decirle unas palabras muy fuertes.

Pero ella ya había entrado. Llevaba un vestido corto, antiguo, amarillo chillón, un sombrero negro y medias negras. El vestido era de seda fina – lo veía todo con gran nitidez: unas medias muy largas, altas sobre las rodillas – y el escote abierto, una sombra entre...

—Oiga, está claro que quiere hacerse la original, pero acaso usted...

—Está claro —me interrumpió I— que ser original significa: distinguirse en cierta manera de los otros. Por tanto, ser original es quebrantar la igualdad... Y lo que en la lengua estúpida de los antiguos se llamaba «ser banal» – para nosotros significa: cumplir sólo con nuestro deber. Porque...

—¡Sí, sí, sí! Exacto —dije sin poder contenerme—. Y no hay nada, nada que usted...

Se acercó a la estatua del poeta de nariz chata y, después de tapar con la cortina el salvaje fuego de sus ojos – allí dentro, detrás de sus ventanas – dijo esta vez, me parece, con total seriedad (quizá para ablandarme) – una cosa muy razonable:

—¿No encuentra sorprendente que en otros tiempos la gente soportara a este tipo de personas? Y no sólo las soportaba – las adoraba. ¡Qué mentalidad de esclavo! ¿No es así?

—Claro... Es decir, quería... —(¡Ese maldito «claro»!)

—Pues sí, lo entiendo. Porque entonces, en realidad, los poetas eran soberanos con más poder que los coronados. ¿Por qué no los aislaron ni los exterminaron? Nosotros...

—Sí, nosotros... —empecé a decir.

Y de pronto – se echó a reír. Vi su risa con los ojos: la curva de esa risa sonora, abrupta, flexible y elástica como un látigo.

Lo recuerdo – todo yo temblaba. Sí – quería agarrarla – y ya no recuerdo... Había que hacer algo – fuera como fuera. Abrí maquinalmente mi placa dorada, eché un vistazo al reloj. Las 16.50 h.

—¿No cree que ya es hora de que nos vayamos? —le pregunté con tanta amabilidad como pude.

—¿Y si le pidiera – que se quedara aquí conmigo?

—Oiga: usted... ¿se da cuenta de lo que está diciendo? Tengo el deber de estar en el auditorio dentro de diez minutos...

—... Y todos los números tienen el deber de seguir el curso reglamentario de arte y ciencia general... —dijo I, remedando mi voz. Luego apartó las cortinas – levantó la vista: a través de sus ventanas oscuras – ardía una chimenea—. Conozco a un doctor en la Oficina Médica – está registrado conmigo. Si se lo pido – nos dará un certificado de enfermedad. ¿Y bien?

Lo entendí. Por fin entendí de qué iba todo ese juego.

—¡Ah, sí! Y usted sabe que, como cualquier número honesto, en realidad yo debería ir de inmediato a la Oficina de los Guardianes y...

—¿Y si en realidad no? —(Una sonrisa afilada – un mordisco)—. Me devora la curiosidad: ¿va a ir a la Oficina o no?

—¿Usted se queda?

Puse la mano en la manija de la puerta. Era de cobre – y lo oí: mi voz también sonaba a ese material.

—Un minutito... ¿De acuerdo?

Se acercó al teléfono. Dijo algún número – estaba tan nervioso que no lo memoricé – y gritó:

—¡Le esperaré en la Casa Antigua! Sí, sí, sola...

Presioné la manija fría de cobre.

—¿Me permite llevarme el aeromóvil?

—¡Oh, sí, claro! Por favor...

Allí al sol, en la entrada – como una planta – dormitaba la anciana. De nuevo fue sorprendente que esa boca frondosamente cubierta se abriera y se pusiera a hablar:

—Y esa su – lo que sea – ¿se ha quedado allí sola?

—Sí.

La boca de la anciana volvió a quedar cubierta. Sacudió la cabeza. Al parecer, incluso su debilitado cerebro comprendía lo absurda y arriesgada que era la conducta de esa mujer.

A las 17.00 h estaba en la conferencia. Fue entonces cuando me di cuenta de que le había dicho una mentira a la anciana: I ahora no estaba allí sola. Quizá fuera precisamente eso – el hecho de haber engañado sin querer a la anciana – lo que me atormentaba y me impedía escuchar. Sí, no estaba sola: he ahí el problema.

Después de las 21 ½ – tenía una hora libre. Habría podido ir ya a la Oficina de los Guardianes para informar hoy. Pero estaba muy cansado después de esta estúpida historia. Y, además – el plazo legal para informar es de cuarenta y ocho horas. Ya lo haré mañana: todavía quedan veinticuatro horas enteras.

Nota n.º 7
Resumen:

Una pestañita. Taylor. El beleño y el lirio del valle

Noche. Verde, naranja, azul; un instrumento rojo de cola; un vestido amarillo como una naranja. Luego – un Buda de cobre; de repente levantó sus párpados cobrizos – y goteó zumo: del Buda. Y del vestido amarillo – zumo, y en el espejo gotas de zumo, y la cama grande chorrea zumo, y las camitas infantiles, y ahora yo mismo – y una suerte de terror dulce y mortal...

Me he despertado: una luz tenue, azulada; brillan el cristal de las paredes, las butacas y la mesa de cristal. Eso me calmó, el corazón dejó de latirme con fuerza. El zumo, el Buda... ¿Qué disparate es éste? Está claro: estoy enfermo. En el pasado nunca había soñado. Dicen que para los antiguos soñar era de lo más normal y corriente. Pues sí: al fin y al cabo, toda su vida era un terrible carrusel: verde – naranja – – Buda – zumo. Pero nosotros sabemos que los sueños son una grave enfermedad mental. Y yo también lo sé: hasta ahora *mi* cerebro era un mecanismo cronométricamente regulado, reluciente – sin la más mínima mancha –, pero ahora... Sí, ahora siento un cuerpo extraño allí – en el cerebro – como una finísima pestañita en el ojo: en general, te sientes bien, pero del ojo con la pestañita – es imposible olvidarse ni por un segundo...

La estimulante campanilla de cristal en la cabecera: las 7, levántate. A derecha e izquierda, a través de las paredes de cristal – como si me observara a mí mismo, mi habitación, mi ropa, mis movimientos – repetidos mil veces. Esto es alentador: te ves como parte de algo enorme, potente, unido. Y qué belleza de precisión: ni un solo gesto superfluo, ni una curva o un giro de más.

Sí, ese Taylor fue, sin duda, el mayor genio de los antiguos. Es cierto que no se le ocurrió extender su método a *toda* la vida humana, a cada paso, a los días completos – no fue capaz de integrar su sistema de una hora a veinticuatro. Pero aun así: ¿cómo podían escribir bibliotecas enteras sobre el tal Kant – y apenas reparar en Taylor – ese profeta que supo predecir diez siglos más allá?

El desayuno ha acabado. El himno del Estado Unido se cantó al unísono. Y al unísono, de cuatro en cuatro – hacia los ascensores. Con el zumbido apenas audible de los motores – abajo, abajo, abajo – un leve desmayo del corazón...

Y aquí de nuevo, por alguna razón, ese sueño absurdo – o una función oculta de ese sueño. Ah, sí, ayer lo mismo a bordo de ese aeromóvil – el descenso. En fin, todo ha terminado: punto. Y está muy bien que la haya tratado con tanta dureza y decisión.

Me dirigí en el vagón subterráneo[26] hacia la grada donde brillaba bajo el sol el cuerpo grácil de la *Integral* aún inmóvil, no animado por el fuego. Con los ojos cerrados, soñaba con fórmulas: una vez más calculé mentalmente la velocidad inicial, necesaria para que la *Integral* despegara. En cada átomo de segundo – la masa de la *Integral* cambia (el combustible de detonación se consume). Ha resultado una ecuación muy complicada, con valores trascendentales.

Como en un sueño: aquí, en el mundo sólido de los números – alguien se sentó a mi lado, alguien me dio un leve codazo y me dijo: «Perdone.»

Entreabrí los ojos – y primero (por asociación con la *Integral*) vi algo precipitándose en el espacio: una cabeza – y se movía porque a los lados – tenía orejas-alas rosas desplegadas. Y luego la curva de una nuca caída – una espalda arqueada – curvada dos veces – la letra S...

Y a través de las paredes de cristal de mi mundo algebraico – de nuevo la pestañita en mi ojo – algo desagradable que hoy debería – –

—Ya está, no pasa nada, no pasa nada. —Sonreí a mi vecino, me incliné ante él. En su placa centelleó: S-4711 (comprendí por qué desde el primer momento lo había relacionado con la letra S: era una impresión visual no registrada por la conciencia). Sus ojos brillaron – dos afilados taladros giraron rápidamente, perforando más y más hondo – y al cabo de un momento se atornillarían hasta el fondo mismo, verían lo que incluso para mí...

De repente me quedó claro todo de la pestañita: él es uno de ellos, los Guardianes, y lo más fácil sería contárselo todo ahora, de inmediato, sin demora.

—Verá, ayer estuve en la Casa Antigua... —Mi voz sonó – extraña, plana, aplastada – traté de aclararme la garganta.

—Bueno, bueno, eso es excelente. Da material para conclusiones muy interesantes.

—Pero como comprenderá – no fui solo, acompañé a la número I-330 y luego...

—¿I-330? Me alegro por usted. Es una mujer muy interesante y con talento. Tiene muchos admiradores.

... Pero, así pues, también él – entonces en el paseo – ¿acaso también está registrado con ella? No, hablar con él sobre eso es imposible, inimaginable: está claro.

—¡Sí, sí! ¡Así es, así es! Interesantísima. —Sonreí – cada vez más ampliamente, cada vez de un modo más absurdo – y lo sentí: esa sonrisa me desnudaba, me hacía parecer idiota...

Los taladritos penetraron hasta el fondo de mí; luego, girando rápido – se enroscaron de nuevo en sus ojos; S – esbozó una doble sonrisa, asintió y se escabulló hacia la salida.

Me escondí detrás del periódico (me pareció que todos me miraban) – y enseguida me olvidé de la pestañita en el ojo, de los taladritos, de todo: hasta ese punto me agitaba lo que leía. Una línea breve: «Según fuentes fiables – se ha vuelto a descubrir el rastro de una organización hasta ahora no detectada cuyo objetivo es liberarse del yugo benéfico del Estado Unido.»

«¿Liberarse?» Sorprendente: cuánto persisten los instintos criminales en la raza humana. Lo digo deliberadamente: «criminales». La libertad y el crimen están tan unidos de forma tan indisoluble como... digamos: como el movimiento de un aeromóvil y su velocidad: si la velocidad de un aeromóvil es = 0, no se moverá; si la libertad del hombre es = 0, no cometerá ningún crimen. Está claro. La única manera de liberar al ser humano del crimen es salvándolo de la libertad. Y ahora que apenas acabamos de salvarnos de ella (en la escala cósmica del tiempo es, por supuesto, «apenas»), de repente unos patéticos idiotas...

No, no lo entiendo: ¿por qué no fui ayer, al instante, a la Oficina de los Guardianes? Hoy después de las 16.00 h – iré allí puntual...

A las 16.10 h salí a la calle – y enseguida vi en la esquina a O – toda ella rebosante de alegría rosa al verme. «Sí, ella tiene una mente sencilla y redonda. Muy bien: me entenderá y me apoyará...» En cuanto al apoyo – es una exageración, por cierto: estoy totalmente decidido, nadie tiene que apoyarme.

Con armonía tocaron la Marcha las trompetas de la Fábrica de Música – la misma de todos los días. ¡Qué encanto inexplicable tiene esta cotidianidad, esta reiteración, este mundo-espejo!

O me tomó de la mano.

—Demos un paseo.—Sus ojos azules y redondos abiertos como platos hacia mí – ventanas azules a su interior, y yo, sin agarrarme a nada: adelante – hacia dentro, es decir, no hay nada extraño, superfluo.

—No, nada de paseo. Tengo que... —Le dije adónde iba.

Para mi asombro, vi el círculo rosado de su boca – comprimido en una medialuna rosada, con los cuernitos hacia abajo – como por algo ácido. Me exasperó.

—Parece que los números femeninos estáis incurablemente cargados de prejuicios. Sois incapaces de pensar en abstracto. Ya me perdonará – pero eso es una tontería redomada.

—Va a ver a los espías... ¡Uf! Pues yo había cogido una ramita de lirios del valle para usted en el Museo Botánico...

—¿A qué viene ese «pues yo»? ¿Por qué ese «pues»? ¡Típico de mujer! —Enfadado (lo reconozco), agarré su ramita—. Bueno, aquí está su lirio, ¿y bien? Huela: agradable, ¿no? Ahora, por lo menos, haga el favor de aplicar esta lógica. El lirio del valle huele bien: así es. Pero ¿verdad que no se puede decir del olor, del concepto mismo de «olor», que es bueno o malo? ¡No puede, no! Está el olor a lirio del valle – y está el horrible olor a beleño: y tanto el uno como el otro son olores. En el Estado antiguo había espías – y hay espías también en el nuestro... Sí, espías. No me asustan las palabras. Está claro: allí los espías eran beleños, y aquí los espías son lirios del valle. ¡Sí, sí, lirios del valle!

La medialuna rosa temblaba. Ahora lo entiendo: era sólo mi imaginación – pero entonces yo estaba seguro de que ella se echaría a reír. Grité aún más fuerte:

—Sí, lirios del valle. Y no hace ninguna gracia, ninguna.

Esferas de cabezas redondas y lisas pasaron flotando por delante de nosotros – y se volvieron. O me tomó de la mano con ternura.

—Hoy está usted un poco... ¿No estará enfermo?

Sueño – amarillo – Buda... En ese momento lo tuve claro: tenía que ir a la Oficina Médica.

—Sí, en efecto: estoy enfermo —dije con gran alegría en mi voz (una contradicción del todo inexplicable: ¿de qué había que alegrarse?).

—Bueno, pues tiene que ir al médico ahora mismo. Bien que lo sabe: su deber es estar sano – es gracioso que tenga que explicárselo yo.

—O, querida – ¡por supuesto que tiene razón! ¡Toda la razón!

No fui a la Oficina de los Guardianes: qué iba a hacer, tenía que ir a la Oficina Médica; me retuvieron allí hasta las 17.00 h.

Y por la noche (de hecho, da lo mismo – por la noche *allí* ya estaba cerrado) – por la noche vino a verme O. Las cortinas no estaban cerradas. Estuvimos resolviendo problemas de un librito antiguo de ejercicios de Kiseliov:[27] eso calma mucho y ayuda a aclarar los pensamientos. O-90 estaba sentada inclinada sobre una libretita, con la cabeza ladeada hacia el hombro izquierdo, y del esfuerzo sacaba la mejilla izquierda con la lengua. ¡Era tan infantil, tan encantador! Y dentro de mí todo era también bueno, preciso, sencillo...

Se fue. Me quedé solo. Respiré dos veces hondo (es muy beneficioso antes de irse a dormir). Y de pronto un olor inesperado – y muy desagradable... Enseguida lo encontré: una ramita de lirio del valle escondida dentro de mi cama. Al instante todo se arremolinó, se elevó desde el fondo. Bueno, fue simplemente una falta de delicadeza por su parte – dejarme estos lirios del valle. Bueno, pues no fui: así es. Pero es que no tengo la culpa de estar enfermo.

Nota n.º 8
Resumen:

Una raíz irracional. R-13. Un triángulo

Hace mucho tiempo, en mis años de escuela, me ocurrió lo siguiente con la √-1. Lo recuerdo claramente, con nitidez: una sala esférica y luminosa, cientos de cabezas redondas de niños – y Pliapa, nuestro matemático. Lo apodamos Pliapa porque estaba bastante usado, con los tornillos ya casi sueltos, y cuando el encargado lo enchufaba por detrás, por el altavoz siempre se oía al principio: «Plia-plia-plia-tshshsh» – y luego ya la lección. Una vez Pliapa nos habló de los números irracionales – y, me acuerdo, yo lloraba, golpeaba con los puños contra la mesa y gritaba: «¡No quiero la √-1! ¡Sacadme de encima a esa √-1!» Esa raíz irracional creció en mí como un cuerpo extraño, diferente, terrible, que me devoraba – era imposible de interpretar, de neutralizar, pues existía fuera de la *ratio*.

Y ahora de nuevo esta √-1. He revisado mis notas. Todo está claro: traté de engañarme, me mentí a mí mismo – para no ver la √-1. Todo eso son tonterías – lo de que estaba enfermo y lo demás: *podría* haber ido *allí*; hace una semana – lo sé, habría ido sin pensármelo dos veces. Así que por qué ahora... ¿Por qué?

Hoy, por ejemplo. A las 16.10 h exactas – estaba frente a la pared de cristal reluciente. Sobre mí – el resplandor dorado, soleado y puro de los caracteres en el letrero de la Oficina. En el fondo, detrás del cristal, una larga cola de unifos azulados. Como las lámparas de los iconos en una iglesia antigua – las caras parpadeaban: habían ido allí para realizar una hazaña, para entregar en el altar del Estado Unido a sus seres queridos, a sus amigos – a sí mismos. Y yo – yo quería correr hacia ellos, unirme a ellos. Pero no podía: mis pies estaban soldados a las baldosas de cristal – me quedé allí plantado, con la mirada perdida, incapaz de moverme del sitio...

—¡Eh, matemático! ¡Está soñando despierto!

Me estremecí. Frente a mí – unos ojos negros lacados de risa, unos labios gruesos de negro. El poeta R-13, mi viejo amigo – y con él la rosada O.

Me di la vuelta, enfadado (creo que si no me hubieran molestado por fin me habría arrancado de la carne esa √-1 y habría entrado en la Oficina).

—No soñaba despierto, sólo estaba absorto —dije con bastante aspereza.

—¡Muy bien, muy bien! Usted, querido, no debería ser matemático, sino poeta, ¡sí! Vamos, únase a los nuestros – a los Poetas, ¿eh? Si quiere – lo arreglo en un instante.

R-13 habla entrecortadamente, las palabras salen a borbotones de sus labios gruesos – salpican. Cada «pe» es una fuente, «poeta» es una fuente.[28]

—He servido y serviré al conocimiento. —Fruncí el ceño: no me gustan las bromas ni las entiendo, y este R-13 tiene la mala costumbre de bromear.

—Pero qué es eso: ¡el conocimiento! Todo ese conocimiento suyo es cobardía. Sí: de verdad. Simplemente le gustaría cercar el infinito con un muro, pero tiene miedo de mirar lo que hay más allá. ¡Sí! Eche un vistazo – y entrecerrará los ojos. ¡Sí!

—Los muros son la base de todo lo humano...[29] —empecé a decir.

R – salpicó como una fuente, O – se reía de forma rosada, redonda. Hice un gesto con la mano: adelante, reíos, tanto me da. No estaba de humor. Tenía que engullir esa maldita $\sqrt{-1}$, ahogarla.

—¿Saben qué? —propuse—, vamos a mi casa, sentémonos allí a resolver problemas. —Me acordé de la hora de tranquilidad de anoche – quizá se repetiría también hoy.

O miró a R, luego me dirigió una mirada clara, redonda, con las mejillas ligeramente teñidas del mismo color delicado y excitante que nuestros talones.

—Pero hoy yo... Hoy tengo – un talón para él —señaló con la cabeza a R— y por la noche él está ocupado... Así que...

Los labios húmedos y lacados de R aletearon de manera bondadosa.

—Pero eso es una tontería: con media hora nos basta. ¿No es así, O? En cuanto a resolver esos problemitas suyos – no son para mí, así que – vamos a mi casa, a pasar un rato sin más.

Me horrorizaba quedarme a solas conmigo – o, mejor dicho, con ese nuevo yo desconocido que sólo por una extraña coincidencia llevaba mi número – D503. Y fui a su casa, a la de R. Es cierto que éste dista mucho de ser preciso y rítmico, se rige por una lógica retorcida y ridícula, pero somos amigos, al fin y al cabo. No es de extrañar que hace tres años los dos escogiéramos a la encantadora y rosada O. Eso nos acercó más incluso que nuestros años de escuela.

Luego – en la habitación de R. Todo parece exactamente igual que en la mía: las Tablas, el cristal de las butacas, de la mesa, del armario, de la cama. Pero en cuanto R entró – empujo una butaca, luego otra – los planos se desplazaron, todo se salió de la dimensión establecida, se convirtió en algo no euclidiano. Este R – ¡siempre igual, siempre igual! En Taylor y en matemáticas: siempre rezagado.

Nos acordamos del viejo Pliapa: a veces nosotros, los niños, le pegábamos en las patas de cristal notitas de agradecimiento (queríamos mucho a Pliapa). También nos acordamos del Catequista.* El Catequista tenía una voz inusualmente alta – hasta el punto de que de su altavoz soplaba viento – y nosotros, los niños, gritábamos los textos después de él a todo pulmón. Y un día el intrépido R-13 le metió papel masticado en el altavoz: con cada parrafada – un disparo de papel. R, desde luego, recibió un castigo; lo que hizo estuvo mal, por supuesto, pero ahora nos reímos a carcajadas – nuestro triángulo al completo – y yo también, lo confieso.

—¿Y si hubiera estado vivo – como en tiempos de los antiguos? Eso habría sido... —La «be»: una fuente que mana de sus labios gruesos, que aletean...

El sol – a través del techo, a través de las paredes; el sol desde arriba, desde los lados, reflejado – desde abajo. O – en las rodillas de R-13, minúsculas gotas de sol en sus ojos azules. Me siento como reconfortado, liberado: la $\sqrt{-1}$ se apagó, no se movía...

—Y bien, ¿qué tal va su *Integral*? ¿Despegaremos pronto para ir a instruir a los habitantes de otros planetas? ¡Vamos, dense prisa! Si no, los Poetas escribiremos tanto que no habrá manera de que su *Integral* se levante con todo el cargamento. Todos los días, de 8.00 a 11.00 h... —R movió la cabeza, se rascó la nuca: su occipucio es como una suerte de maletita cuadrada unida a la parte posterior de la cabeza (me acordé de ese cuadro antiguo: *En el carruaje*).[30]

Me animé.

—Ah, ¿así que usted también está escribiendo para la *Integral*? ¿Y se puede saber de qué? Hoy, por ejemplo, ¿de qué?

—¿Hoy? Nada. Estaba ocupado con otro trabajo... —La «b» me salpicó en la cara.

—¿Con qué?

R frunció el ceño.

—¡Con qué, con qué! Bien, ya que quiere saberlo – con una sentencia. He versificado una sentencia. Un idiota, uno

* Hablamos, desde luego, no del catecismo de la ley de Dios de los antiguos, sino de la ley del Estado Unido.

de nuestros poetas... Trabajamos dos años codo con codo, todo iba bien. Y de repente – va y suelta: «Soy un genio, un genio que está por encima de la ley.»[31] Y escribe unos ripios... Bueno, qué se le va a hacer... ¡Ay!

Sus labios gruesos colgaban, sus ojos perdieron el barniz. R-13 se levantó de un salto, se dio la vuelta, clavó la vista en alguna parte a través de la pared. Yo miraba su maletita occipital, firmemente cerrada, y pensaba: «¿Qué debe de estar ordenando ahora mismo ahí – dentro de su maletita?»

Un momento de silencio incómodo, asimétrico. No tenía claro qué pasaba, pero algo había ahí.

—Por suerte, los tiempos antediluvianos de todos esos Shakespeare y Dostoievski – o como se llamen – ya han pasado —dije a propósito en voz alta.

R se volvió hacia mí. Las palabras, como antes, manaban de sus labios y salpicaban, pero me pareció que – el alegre barniz de sus ojos había desaparecido.

—¡Sí, querido matemático, por suerte, por suerte! Nosotros somos el felicísimo promedio aritmético... Como decís vosotros: hay que integrar del cero al infinito – desde un cretino hasta Shakespeare... ¡Pues eso!

No sé por qué – como si no viniera en absoluto a cuento – me acordé de ella, de su tono, de algún delgado hilo que la unía a R. (¿Cuál era?) De nuevo la $\sqrt{-1}$ se revolvió. Abrí mi placa: 16.35 h. Les quedaban 45 minutos de su talón rosa.

—Bueno, es hora de que yo... —Le di un beso a O, le estreché la mano a R, me dirigí al ascensor.

En la avenida, ya en el otro lado, miré alrededor: en el luminoso bloque de cristal atravesado de sol – aquí y allá se veían jaulas opacas de un azul grisáceo con las cortinas bajadas – jaulas de una felicidad rítmica, taylorizada. En la sexta planta vi la celda de R-13: ya había bajado las cortinas.

Querida O... Querido R... En él hay algo también (no sé por qué digo «también» – pero que quede escrito tal como está) – en él también hay algo que no me queda demasiado claro. De todos modos, él, O y yo – formamos un triángulo, quizá ni siquiera sea isósceles, pero un triángulo, al fin y al cabo. Para decirlo en la lengua de nuestros antepasados (tal vez ese lenguaje sea más claro para ustedes, mis lectores planetarios), nosotros formamos una familia. De vez en cuando es bueno descansar, al menos por un momento, encerrarse en un triángulo sencillo y sólido, lejos de todo lo que...

Nota n.º 9
Resumen:

Una liturgia. Yambos y troqueos. Mano de hierro

Un día solemne y radiante. En días así uno se olvida de sus propias debilidades, imperfecciones, enfermedades – y todo es cristalinamente inquebrantable, eterno – como nuestro nuevo cristal...

La plaza del Cubo. Sesenta y seis imponentes círculos concéntricos: las gradas. Y sesenta y seis filas: las tenues lamparitas de los rostros, los ojos que reflejan el resplandor del cielo – o tal vez el resplandor del Estado Unido. Flores escarlatas como la sangre – los labios de las mujeres. Tiernas guirnaldas de caras infantiles – están en las primeras filas, cerca del escenario. Un silencio profundo, severo, gótico.

Las descripciones conservadas hasta nuestros días indican que algo parecido sentían los antiguos durante sus «servicios religiosos». Sus servicios, sin embargo, se realizaban en honor a un Dios absurdo y desconocido – nosotros servimos a uno sensato y conocido hasta en el menor detalle; su Dios no les dio nada, salvo eternas y martirizantes búsquedas – nuestro Dios nos dio la verdad absoluta, es decir, nos liberó de toda búsqueda; su Dios, no se sabe por qué, no inventó nada más inteligente que ofrecerse a sí mismo en sacrificio – mientras que nosotros a nuestro Dios, el Estado Unido, le ofrecemos en sacrificio – a una víctima tranquila, meditada y sensata. Sí, era un servicio solemne en honor del Estado Unido, una conmemoración de los días de la cruzada de la Guerra de los Doscientos Años, una celebración majestuosa de la victoria de todos sobre uno, de la suma sobre la unidad...

He ahí uno – de pie en los escalones del Cubo inundado de sol. Una cara blanca... o ni siquiera – no blanca, sino *incolora* – de vidrio, labios vítreos. Y sólo unos ojos negros, voraces, agujeros que absorben las profundidades y ese mundo siniestro del que lo separaban a pocos instantes. La placa dorada con el número – ya se la habían quitado. Las manos atadas con una cinta púrpura (una vieja costumbre: al parecer, se debe a que, en la Antigüedad, cuando todo esto se hacía no en nombre del Estado Unido, los condenados, por razones comprensibles, se sentían con el derecho a resistirse, por lo que se les encadenaban las manos).

Y arriba, en el Cubo, junto a la Máquina – inmóvil, como si estuviera hecha de metal, la figura de aquel al que llamamos Benefactor. Desde aquí abajo no se distingue su rostro: sólo se ven sus rasgos severos, majestuosos y cuadrados. Pero, en cambio, sus manos... Lo mismo pasa a veces en las fotografías: las manos situadas demasiado cerca, en primer plano – aparecen enormes, acaparan la mirada – lo ocultan todo. Esas pesadas manos por el momento siguen tranquilamente apoyadas en sus rodillas – está claro: son de piedra, y las rodillas – a duras penas soportan su peso.

Y de repente una de esas enormes manos se levantó despacio – un gesto lento y férreo – y desde las gradas, obediente a esa mano levantada, se acercó un número al Cubo. Se trataba de uno de los Poetas del Estado, a quien le había tocado esa feliz suerte – coronar la celebración con sus propios versos. Y sobre las gradas resonaron los maravillosos yambos de cobre – acerca de ese loco de ojos vítreos que estaba allí, en la escalinata, y esperaba la consecuencia lógica de sus locuras.

... Fuego. Al ritmo de los yambos, los edificios se tambalean, salpican hacia arriba oro líquido, se derrumban. Los árboles verdes se retuercen, goteando savia – sólo quedan las cruces negras de sus esqueletos. Pero apareció Prometeo (que somos nosotros, por supuesto) –

Y unció el fuego a la máquina y al acero,
y con la ley puso cadenas al caos.

Todo es nuevo, de acero: sol de acero, árboles de acero, gente de acero. Y de repente algún loco – «liberó de las cadenas el fuego salvaje» – y de nuevo todo se desmorona...

Por desgracia, tengo mala memoria para los versos, pero algo se me quedó grabado: era imposible elegir imágenes más informativas y bellas.

De nuevo un gesto lento, pesado – y otro poeta se sitúa en la escalinata del Cubo. Incluso casi me levanté de mi asiento: ¡imposible! No: sus labios gruesos, de negro, es él... ¿Por qué no me dijo que le habían asignado una noble...? Sus labios están trémulos, grises. Lo entiendo: está ante el Benefactor, frente a todo el cuerpo de Guardianes – pero, aun así: alterarse tanto...

Troqueos – bruscos, rápidos – como un hacha afilada. Hablan de un crimen inaudito: de unos versos sacrílegos en los que al Benefactor se lo llamaba... No, mi mano se niega a escribirlo.

R-13, pálido, sin mirar a nadie (no me esperaba esa timidez de él) – bajó la escalinata y se sentó. Por una fracción de segundo pasó por delante de él una cara – un triángulo negro, agudo – y luego se desvaneció al instante: mis ojos – y miles de ojos – hacia arriba, hacia la Máquina. Allí – el tercer gesto de hierro de una mano sobrehumana. Zarandeado por un viento invisible – el criminal avanza, despacio, un escalón – otro – y he ahí un paso, el último de su vida – y yace de cara al cielo, con la cabeza echada hacia atrás – en su último lecho.

Pesado, pétreo como el destino, el Benefactor caminó alrededor de la Máquina, apoyó su enorme mano en la palanca... Ni un murmullo, ni una respiración: todos los ojos – en esa mano. Qué torbellino tan ardiente y arrebatador – ser ese instrumento, ser el equivalente en potencia a cientos de miles de voltios. ¡Qué destino tan sublime!

Un segundo inconmensurable. La mano bajó y encendió la corriente. El filo insoportablemente afilado de un rayo destelló – un temblor, un chasquido apenas perceptible en los fusibles de la Máquina. El cuerpo extendido – envuelto en una ligera y parpadeante neblina – se derrite, se deshace ante la vista, se disuelve a una velocidad aterradora. Luego – nada: sólo un charco de agua químicamente pura que hasta hace un momento aún latía impetuosamente roja en un corazón...

Todo aquello era sencillo, cada uno de nosotros lo sabía: sí, la disociación de la materia; sí, la desintegración de los átomos del cuerpo humano. Sin embargo, cada vez era – como un prodigio, era – como una señal del poder sobrehumano del Benefactor.

Arriba, ante Él – los rostros ardientes de diez números femeninos, los labios entreabiertos de la emoción, las flores meciéndose por el viento.*

Según la vieja costumbre – diez mujeres coronaron con flores el unifo aún húmedo de las salpicaduras del Benefactor. Con el paso majestuoso de un sumo sacerdote, Él desciende ahora, pasa despacio entre las gradas – y detrás de Él se levantan las delicadas ramas blancas de los brazos feme-

---

* Por supuesto, del Museo Botánico. Personalmente, no encuentro nada bello en las flores – como tampoco en todo lo que pertenece al mundo salvaje que hace tiempo fue desterrado al otro lado del Muro Verde. Sólo lo que es razonable y útil es bello: las máquinas, las botas, las fórmulas, la comida, etcétera.

ninos y se produce una tormenta multitudinaria de ovaciones. Luego, la misma ovación en honor al cuerpo de Guardianes que, aunque invisibles, están presentes en algún lugar entre nosotros, en nuestras filas. Quién sabe: tal vez fueron ellos, los Guardianes, los que la imaginación del hombre antiguo previó cuando concibió los tiernos y amenazantes «arcángeles», que velan por cada uno de nosotros desde el nacimiento.

Sí, había algo de las antiguas religiones en toda esta ceremonia, algo que purifica como la tormenta y la tempestad. ¿Conocen ustedes, los que estén leyendo esto, esos momentos? Les compadezco si no...

Nota n.º 10
Resumen:

Una carta. La membrana. Un yo peludo

El día de ayer fue para mí como el papel con el que los químicos filtran sus soluciones: todas las partículas en suspensión, todo lo superfluo, quedan retenidas en él. Por la mañana bajé completamente destilado, diáfano.

Abajo, en el vestíbulo, detrás de su mesita, la controladora, mirando el reloj, anotaba los números de los que entraban. Su nombre es Yu...[32] Por lo demás, será mejor que no mencione su número; me temo que podría escribir alguna mala palabra sobre ella. No obstante, en realidad es una mujer mayor digna del máximo respeto. Lo único que no me gusta de ella – es que tiene las mejillas un poco caídas – como las branquias de un pez (alguien diría: ¿y qué?).

Garabateó con la pluma, me vi en la hoja: «D-503» – y al lado – un borrón.

Estaba a punto de llamarle la atención cuando de repente levantó la cabeza – y dejó gotear sobre mí una especie de sonrisita de tinta.

—Tiene una carta: ¡sí! La recibirá, querido – ¡sí, sí, la recibirá!

Lo sabía: la carta, después de que ella la hubiera leído – tenía que pasar aún por la Oficina de los Guardianes (está de más explicar este procedimiento natural, creo), y yo la recibiría no más tarde del mediodía. Pero su sonrisita me incomodó, una gota de tinta había enturbiado mi agua diáfana. Tanto es así que más tarde, en el lugar donde se construye la *Integral*, no podía concentrarme de ninguna manera – una vez incluso me equivoqué en los cálculos, algo que nunca me había ocurrido.

A mediodía – otra vez las branquias de color marrón rosado, una sonrisita – y por fin tengo la carta en mis manos. No sé por qué no la leí allí mismo, sino que me la guardé en el bolsillo – y volví corriendo a mi habitación. La abrí, la recorrí con la mirada y – me senté... Era una notificación oficial de que la número I-330 se había registrado conmigo y que hoy a las 21.00 h debía presentarme en su casa – la dirección estaba abajo...

No: ¡después de todo lo que había pasado, después de haberle demostrado sin la menor ambigüedad lo que pensaba de ella! Para colmo, ella no sabía si yo había ido a la Oficina de los Guardianes – no tenía modo alguno de haber averiguado que yo había estado enfermo – bueno, que yo no había podido... Y a pesar de todo – –

La cabeza me daba vueltas, la dinamo zumbaba. Buda – amarillo – lirios del valle – medialuna rosada... Sí, y además – y además ahora esto: O quería venir hoy a mi casa. ¿Debo enseñarle la notificación – en relación con I-330? Lo sé: ella no creerá (¿y cómo podría creerlo?) que no tengo nada que ver con eso, que estoy completamente... Y lo sé: habrá una conversación difícil, absurda, desprovista de toda lógica... ¡No, ni hablar! Dejemos que todo se resuelva de modo automático: le enviaré sin más una copia de la notificación.

Me apresuré a guardar la notificación en el bolsillo – y vi esa horrible mano de mono que tengo. Me acordé de cómo ella, I, había tomado mi mano ese día en el paseo y la había mirado. ¿Y si ella...?

Son ya las 20.45 h. Noche blanca. El mundo entero es de un cristal verdoso. Pero es de un cristal de otro tipo, frágil

– no el nuestro, no el auténtico – una fina cáscara de cristal, y debajo de la cáscara algo gira, se mueve, zumba... No me asombraría en absoluto que, de un momento a otro, las cúpulas de los auditorios se elevaran como una humareda lenta y redonda, y que la vieja luna sonriera tintada – como aquella de detrás de la mesa esta mañana – y que en todas las casas cayeran a la vez todas las cortinas, y detrás de ellas – –

Una sensación extraña: sentía la presión de mis costillas – esas barras de hierro que se interponen – literalmente: se interponen en el camino de mi corazón – está apretado, le falta espacio. Me encontraba frente a una puerta de cristal con una inscripción dorada: I-330. I, de espaldas, estaba escribiendo algo inclinada sobre el escritorio. Entré...

—Tome... —Le entregué el talón rosa—. Hoy he recibido la notificación, así que aquí estoy.

—¡Qué puntualidad! Un momento – ¿de acuerdo? Siéntese, terminaré enseguida.

Volvió a bajar los ojos hacia la carta – ¿qué esconderá ahí dentro, detrás de las cortinas bajadas? ¿Qué dirá – qué hará dentro de un segundo? Es imposible predecirlo, calcularlo, cuando toda ella procede de allí – de la antigua tierra salvaje de los sueños.

La miraba en silencio. Las costillas – barras de hierro, estrechez... Cuando habla – su rostro es como una rueda centellante que gira rápidamente: no se distinguen los radios separados. Ahora, sin embargo, la rueda está inmóvil. Y he notado una extraña combinación: cejas oscuras levantadas en lo alto hacia las sienes – un triángulo agudo y burlón; y otro oscuro triángulo con el vértice hacia arriba – dos arrugas profundas, desde la nariz hasta las comisuras de la boca. Estos dos triángulos en cierto modo se contradecían entre sí, tachaban toda su cara con esa desagradable e irritante X – como una cruz: una cara tachada con una cruz.

La rueda empezó a girar, los radios se fundieron...

—Así pues, ¿no fue a la Oficina de los Guardianes?

—Estaba... No pude: me puse enfermo.

—Sí. Eso es lo que pensé: algo se lo *debió de* impedir – da lo mismo qué. —(Dientes afilados, una sonrisa)—. Pero ahora usted – está en mis manos. Recuerde: «Todo número que no notifique en la Oficina en un plazo de cuarenta y ocho horas será considerado...»

Mi corazón se aceleró tanto que las barras se doblaron. Como a un niño – estúpidamente, como a un niño, me habían atrapado, me callé como un tonto. Lo sentí: estaba atrapado en una red – sin poder mover manos ni pies...

Se levantó y se estiró perezosamente. Pulsó un botón y, con un leve chirrido, las cortinas cayeron por todos lados. Estaba aislado del mundo – a solas con ella.

I estaba en algún lugar detrás de mí, junto al armario. Su unifo crujió, cayó – lo oí – lo oí *todo*. Y me acordé... No: fulguró en una centésima de segundo...

Hace poco había tenido que calcular la curvatura de un nuevo tipo de membrana callejera (ahora esas membranas, disimuladas con una decoración elegante, graban las conversaciones en todas las avenidas para la Oficina de los Guardianes). Lo recuerdo: una membrana cóncava, temblorosa y rosada – una criatura extraña compuesta de un solo órgano – un oído. En ese momento yo era aquella membrana.

Entonces chasqueó un botón del cuello – del pecho – aún más abajo. La seda vidriosa susurró sobre sus hombros, sobre sus rodillas – sobre el suelo. Pude oír – más claramente de lo que hubiera podido verlo – una pierna deslizándose fuera de los pliegues de seda azul-gris, la otra. Ahora chirría la cama y – –

La tensa membrana tiembla y graba el silencio. No: violentos, con pausas interminables – golpes de martillo contra las barras. Y lo oigo – lo veo: ella, detrás de mí, vacila un segundo.

Ahora – la puerta del armario, ahora – golpea alguna tapa – y otra vez seda, seda...

—Bueno, ¡si le apetece!

Me di la vuelta. Llevaba un ligero vestido amarillo azafrán, de corte antiguo. Mil veces más perverso que si no llevara nada. Dos puntitos afilados – a través de la fina tela humean rosadas dos ascuas entre la ceniza. Dos rodillas suavemente redondeadas...

Se sentó en un sillón bajo. Frente a ella, sobre una mesita cuadrangular, un frasco con algo venenosamente verde y dos diminutos vasitos con tallo. De la comisura de su boca salía humo – en un tubito de papel fino eso que fumaban antaño (me he olvidado de cómo se llama).

La membrana aún temblaba. El martillo golpeaba – dentro de mí – contra las barras de hierro al rojo vivo. Oía claramente cada golpe, y... ¿y si ella también lo oía?

Pero ella echaba humo con calma, mirándome despreocupada hasta que en un descuido tiró la ceniza – sobre mi taloncito rosado.

Con la máxima sangre fría que pude – le pregunté:

—Oiga, en *este* caso – ¿para qué se ha registrado conmigo? ¿Para qué me ha hecho venir aquí?

Como si no me oyera. Se sirvió de aquel frasco en el vasito y tomó un sorbo.

—Un licor delicioso. ¿Quiere un poco?

Sólo entonces lo entendí: era alcohol. Como un relámpago restalló lo que había ocurrido el día anterior: la mano de piedra del Benefactor, el insoportable filo del rayo y allí – sobre el Cubo – aquel cuerpo estirado, con la cabeza echada hacia atrás. Me estremecí.

—Oiga —dije—, sabe muy bien que a todos quienes se envenenen con nicotina y en especial con alcohol – el Estado Unido, sin piedad...

Cejas oscuras – un triángulo agudo y burlón levantado hacia las sienes.

—Es más sensato aniquilar a unos pocos rápidamente que dar a muchos la posibilidad de matarse, de degenerar, etcétera. Es tan cierto – que raya en la indecencia.

—Sí... En la indecencia.

—¿Y qué pasaría si soltáramos un montón de estas verdades calvas y desnudas en la calle...? Bueno, imagíneselo... Incluso ese fiel admirador mío – sí, usted lo conoce – imagíneselo despojándose de toda esa falsedad de vestimenta – y que se mostrara con su verdadero aspecto ante el público... ¡Oh!

Se rió. Pero pude ver claramente su triángulo inferior afligido: dos arrugas profundas desde las comisuras de la boca hasta la nariz. Sin saber por qué, esas arrugas me hicieron tomar conciencia: ése, el curvado dos veces, el jorobado, el de orejas-alas – la abrazaba – a una como ella... ¡Él!

Estoy tratando ahora de transmitir mis propias sensaciones – anormales – de ese momento. Ahora, mientras escribo esto, lo entiendo a la perfección: todo esto es como debe ser, y él, como cualquier número honesto, tiene el mismo derecho a los placeres – y sería una injusticia que... Bueno, en efecto, está claro.

I se rió de una manera muy extraña durante mucho rato. Luego me miró fijamente – dentro de mí.

—Pero lo más importante: con usted me siento completamente en paz. Es usted tan amable... Oh, estoy segura de ello – ni siquiera se le ocurrirá ir a la Oficina, para informar de que yo aquí – bebo licor – fumo. Estará enfermo – o andará ocupado – o no sé qué. Es más: estoy segura de que ahora beberemos juntos este encantador veneno...

¡Qué tono más impertinente y burlón! Lo sentí claramente: ahora vuelvo a odiarla. Pero ¿por qué «ahora»? La he odiado siempre.

Se volcó el vasito entero de veneno verde en la boca, se levantó y, brillando de color rosa a través del azafrán – dio unos pasos – se detuvo detrás de mi butaca...

De pronto – su brazo alrededor de mi cuello – sus labios en mis labios... No, más profundo aún, más aterrador aún... Juro que me sorprendió por completo y quizá sólo por eso... Al fin y al cabo, yo no podía – ahora lo entiendo perfectamente – yo no podía haber deseado lo que ocurrió después.

Unos labios insoportablemente dulces (supongo que era el sabor del «licor») – y un trago de veneno ardiente se vertió en mí – y otro más – y otro más... Me desprendí de la tierra y, girando enloquecido como un planeta independiente, me precipité hacia abajo, abajo – a lo largo de una órbita incalculable...

Lo que pasó a continuación sólo puedo describirlo de modo aproximado, por medio de analogías más o menos cercanas.

Antes nunca se me había ocurrido – pero es precisamente así: aquí en la Tierra caminamos todo el tiempo sobre un rugiente y purpúreo mar de fuego, escondido allí – en sus entrañas. Nunca pensamos en ello. Y si de repente esta fina cáscara bajo nuestros pies se volviera de cristal, y viéramos...

Me convertí en vidrio. Vi – dentro de mí, en mi interior.

Había dos yos. Uno era el anterior, D-503, el número D-503, y el otro... Antes ese yo sólo había asomado sus patas peludas por el caparazón, pero ahora había sacado el cuerpo entero, el caparazón crujía, de un momento a otro se haría añicos y... ¿y luego qué?

Con mis últimas fuerzas, agarrado a una brizna de paja – a los brazos de la butaca – hice una pregunta sólo para oírme a mí mismo – a ese de antes:

—¿De dónde... de dónde ha sacado este... este veneno?

—¡Oh, esto! Pues de un médico, uno de mis...

—¿«Uno de mis»? «De mis» – ¿quién?

Y ese otro yo – de repente dio un salto y rugió:

—¡No lo permitiré! No quiero que haya nadie más que yo. Mataré a cualquiera que... Porque yo a usted – yo a usted – –

Lo vi: él la agarró brutalmente con sus patas peludas, le arrancó la seda fina y le clavó los dientes – lo recuerdo con nitidez: los dientes.

No sé cómo – I se escabulló. Y ahí estaba – toda recta, con la cabeza echada hacia atrás, los ojos cubiertos por esa maldita cortina impenetrable – de pie, la espalda apoyada en el armario, y me escuchaba.

Lo recuerdo: yo estaba en el suelo, abrazándole las piernas, besándole las rodillas. Y le suplicaba: «Ahora – ahora mismo – en este mismo momento...»

Dientes afilados – un triángulo de cejas agudo, burlón. Se inclinó y en silencio me quitó la placa.

«¡Sí! Sí, querida – querida» – ¡empecé a quitarme el unifo a toda prisa! Pero I – igual de silenciosa – me acercó a los ojos el reloj de mi placa. Faltaban cinco minutos para las 22½.

Me enfrié. Sabía lo que significaba – aparecer en la calle después de las 22½. Toda mi locura – se esfumó de golpe. Yo – era yo. Una cosa tenía clara: ¡la odio, la odio, la odio!

Sin despedirme, sin volver la vista atrás – salí corriendo de la habitación. No sé cómo, prendiéndome la placa a la carrera, bajando las escaleras – las de emergencia (tenía miedo de encontrarme con alguien en el ascensor) – salí a la avenida desierta.

Todo estaba en su sitio – tan sencillo, habitual, regular: las casas de cristal brillando con sus luces, el pálido cielo de cristal, la noche quieta y verdosa. Pero bajo ese cristal tranquilo y frío – corría algo inaudible, impetuoso, púrpura, peludo. Y yo me apresuraba jadeante – para no llegar tarde.

De repente lo sentí: la placa metálica, prendida a toda prisa, se soltaba – se soltó, chocó con el pavimento de cristal. Me agaché a recogerla – y en un momento silencioso: alguien pisa fuerte detrás de mí. Me di la vuelta: algo pequeño, encorvado, surgió de detrás de la esquina. Al menos eso me pareció entonces.

Salí disparado como una exhalación – sólo había un silbido en mis oídos. Frente a la entrada me detuve: el reloj indicaba que faltaba un minuto para las 22½. Escuché: no había nadie detrás de mí. Todo aquello era claramente una fantasía ridícula, el efecto del veneno.

La noche fue una tortura. La cama debajo de mí subía, bajaba y volvía a subir – flotaba por una sinusoide. Me convencí a mí mismo: «Por la noche los números están obligados a dormir; es el mismo deber que trabajar durante el día. Es necesario para poder trabajar durante el día. No dormir por la noche es un delito...» Y, sin embargo, no podía, no podía.

Me muero. No estoy en condiciones de cumplir con mis deberes para con el Estado Unido... Yo...

Nota n.º 11
Resumen:

… No, no puedo, que se quede así, sin resumen

Por la noche. Una niebla ligera. El cielo está cubierto de una tela lechosa dorada y no se ve: qué hay allí – adelante, más arriba. Los antiguos sabían que su aburrido escéptico – Dios – estaba allí sentado en toda su majestad. Nosotros sabemos que allí hay una nada azul cristalina, desnuda y obscena. Y ahora mismo no sé qué hay allí: he aprendido demasiadas cosas. El conocimiento absolutamente seguro de su infalibilidad es la fe. Yo tenía una fe inquebrantable en mí mismo, creía que me conocía a fondo. Y ahora – –

Estoy de pie frente al espejo. Y por primera vez en mi vida – así, tal cual: por *primera* vez en mi vida – me veo con claridad, de forma nítida y consciente – me veo con estupefacción como si fuera un cierto «él». Éste soy yo – él: cejas fruncidas, negras, trazadas en línea recta; y entre ellas – como una cicatriz – una arruga vertical (no sé: ¿estaba antes ahí?). Ojos grises como el acero, rodeados por la sombra de una noche de insomnio: y detrás de ese acero… resulta que nunca supe qué había allí. Y desde «allí» (ese *allí* está a la vez aquí e infinitamente lejos) – desde «allí» me observo a mí – a *él* –, y lo sé con certeza: *él* – con las cejas trazadas en línea recta – es un extraño, un desconocido, es la primera vez que lo veo en mi vida. Y yo soy el auténtico, yo – no – él...

No: punto. Todo esto son tonterías, todas estas sensaciones absurdas son un delirio, el efecto del envenenamiento de ayer... ¿Con qué: con el sorbo de veneno verde – o con ella? Qué más da. Lo apunto sólo para mostrar el extraño extravío al que la razón humana – tan precisa y penetrante – puede llegar. Esa misma razón que supo hacer incluso digerible el infinito para los antiguos que lo temían – por medio de...

El clic del numerador – y unas cifras: R-13. Muy bien, me alegro incluso: ahora estar solo sería...

Al cabo de 20 minutos

En el plano del papel, en el mundo bidimensional – estas líneas corren la una al lado de la otra, pero en otro mundo... Pierdo la noción de los números: 20 minutos – son quizá 200 o 200.000. Qué idiotez: anotar con calma, reflexivamente, sopesando cada palabra, lo que ha pasado en mi casa con R. Es como si ustedes se sentaran, con las piernas cruzadas, en una butaca junto a su propia cama – y observaran con curiosidad cómo ustedes, sí, ustedes mismos – se retuercen en esa cama.

Cuando entró R-13, yo estaba de lo más tranquilo, normal. Con sincera admiración, me puse a felicitarlo por la maestría con la que había versificado la sentencia, y por el hecho de que fueron esos troqueos, sobre todo, los que habían aplastado y destruido a aquel loco.

—... e incluso le diré más: si me pidieran dibujar un plano de la Máquina del Benefactor, incluiría sin falta – sin falta – sus troqueos en ese resumen, de algún modo —concluí.

De pronto lo vi: R – con ojos apagados, con labios grises.

—¿Qué le pasa?

—¿Qué – qué? Pues... Pues que simplemente estoy harto: todo el mundo a mi alrededor – la sentencia, la sentencia. No quiero que se hable más de eso – es todo. ¡No quiero!

Frunció el ceño, se rascó la nuca – esa maletita suya con su exótico equipaje, incomprensible para mí. Pausa. De pronto encontró algo en la maletita, lo sacó, lo desdobló, lo extendió – los ojos lacados de la risa, se levantó de un salto.

—Y ahora estoy componiendo para su *Integral*... Sí – ¡sí! ¡Para su *Integral*!

El R de antes: sus labios salpican, chapotean, las palabras manan como una fuente.

—Comprenda —la «p» es una fuente— la antigua leyenda sobre el paraíso... Al fin y al cabo, habla de nosotros, de ahora. ¡Sí! Piénselo bien. Aquellos dos en el paraíso tenían que elegir: la felicidad sin libertad – o la libertad sin felicidad; no se les ofreció una tercera opción. Pero los muy imbéciles eligieron la libertad – y luego qué: es comprensible – luego añoraron durante siglos las cadenas. Las cadenas – ya me entiende – de eso trata el pesar universal. ¡Siglos! Y sólo a nosotros se nos ocurrió cómo recuperar la felicidad... Pero, escuche – ¡siga escuchando! El antiguo Dios y nosotros nos sentamos juntos, codo con codo, a la misma mesa. ¡Sí! Ayudamos a Dios a vencer por fin al demonio – pues era él, al fin y al cabo, quien tentaba a los hombres a romper la prohibición y a saborear la libertad fatal, él – la serpiente embaucadora. Pero nosotros – con una botaza en su cabecita: ¡ñac! Y listo: volvemos a tener el paraíso. Y de nuevo somos ingenuos e inocentes como Adán y Eva. Nada de esa maraña sobre el bien o el mal: todo es muy sencillo, paradisiaco, infantilmente sencillo. El Benefactor, la Máquina, el Cubo, la Campana de Gas, los Guardianes – todo eso es bueno, todo es majestuoso, magnífico, noble, sublime, puro como el cristal. Porque protegen nuestra no-libertad – es decir, nuestra felicidad. En este punto los antiguos se pondrían a juzgar, a razonar, a devanarse los sesos – es ético, no es ético... Pues muy bien: ése es el poemita del paraíso que voy a colar. Y en el tono más serio, además... ¿Entiende? Genial, ¿verdad?

¿Y cómo no iba a entenderlo? Recuerdo que pensé: «Qué aspecto tan estúpido y asimétrico y qué mente pensante tan lúcida.» Por eso me resulta tan próximo – a mi auténtico yo (sigo pensando que el yo de antes es el auténtico y que todo lo de ahora, por supuesto, es sólo una enfermedad).

Al parecer, R me lo leyó en la frente, me rodeó con los brazos y soltó una carcajada.

—¡Ay, usted... es un Adán! Ah, por cierto, hablando de Eva...

Metió la mano en el bolsillo, sacó una libretita y la hojeó.

—Pasado mañana... Sí: dentro de dos días – O tiene un talón rosa para usted. ¿Qué le parece? ¿Como antes? Quiere que ella...

—Pues claro.

—Se lo diré. Porque verá, a ella le da vergüenza... ¡Qué historia, se lo contaré! Conmigo el trato es sólo, digamos, por el talón rosa, pero con usted... Y no me dice quién es ese cuarto elemento que irrumpió en nuestro triángulo. ¿Quién es? ¡Vamos, confiese, pecador! ¿Quién?

La cortina se levantó en mí – el susurro de la seda, el frasco verde, los labios... Y sin que viniera a cuento, a destiempo – me salió de dentro (¡ojalá me hubiera contenido!):

—Dígame: ¿ha probado alguna vez la nicotina o el alcohol?

R encogió los labios y me miró de reojo. Podía oír claramente sus pensamientos: «Eres un amigo, sí... pero de todos modos...» Y la respuesta:

—Bueno, ¿cómo se lo diría? Personalmente – no. Pero conocí a una mujer que...

—¡I! —grité.

—¿Cómo...? Así que usted – ¿también estuvo con ella? —Estalló en una risotada, se ahogaba – y ahora salpicaría.

Para verme en el espejo tenía que inclinarme sobre el escritorio: desde donde estaba, desde la butaca, sólo me veía la frente y las cejas.

Y de pronto mi yo – el de verdad – vio en el espejo la línea crispada y temblorosa de mis cejas, y mi yo verdadero – oyó un grito salvaje, repulsivo:

—¿Cómo que «también»? No: ¿qué quiere decir con «también»? No, no, ¡exijo una explicación!

Sus labios de negro abiertos. Los ojos desencajados... Mi yo – el de verdad – agarró con fuerza por las solapas a ese otro yo – salvaje, peludo, jadeante. Mi yo – el de verdad – le dijo a R:

—Discúlpeme, por el Benefactor. Estoy muy enfermo, no puedo dormir. No entiendo qué me pasa...

Sus labios gruesos esbozaron una sonrisa fugaz.

—¡Sí, sí, sí! Lo entiendo – ¡lo entiendo! Me resulta familiar todo esto... En teoría, por supuesto. ¡Adiós!

En la puerta rebotó como una pelotita negra – de nuevo hacia atrás, al escritorio – y dejó sobre el escritorio un libro.

—Es mi último libro... Se lo he traído expresamente – por poco me olvido. ¡Adiós! —Esa última «s» me salpicó en la cara y R se alejó rodando...

Estoy solo. O, mejor dicho: a solas con ese otro «yo». Estoy sentado en la butaca, con las piernas cruzadas, y desde algún lugar «allá fuera» observo con curiosidad cómo yo – el yo de verdad – me retuerzo en la cama.

Cómo es posible – bueno, cómo es posible que durante tres años enteros O y yo – hayamos tenido una relación tan estrecha – y que, de repente, ahora, una sola palabra sobre aquélla, sobre I... ¿Toda esta locura – el amor, los celos – existe más allá de esos estúpidos libros antiguos? Y lo principal: ¡yo! Ecuaciones, fórmulas, números – y... esto – ¡No entiendo nada! Nada... Mañana mismo iré a ver a R y le diré que – –

Mentira: no iré. Ni mañana ni pasado mañana – no volveré a ir en mi vida. No puedo, no quiero verlo. ¡Se acabó! Nuestro triángulo – se ha roto.

Estoy solo. Por la noche. Una niebla ligera. El cielo está cubierto de una tela lechosa dorada, si supiera qué hay allí – más arriba. Si supiera: ¿quién soy, cuál soy?

Nota n.º 12
Resumen:

Limitación del infinito. Un ángel. Reflexiones sobre la poesía

Aún sigo pensando – que me curaré, que puedo curarme. He dormido muy bien. Nada de esos sueños ni otros síntomas de enfermedad. Mañana vendrá a verme la querida O, todo será sencillo, regular y limitado, como un círculo. No me da miedo esta palabra – «limitación»: la función más elevada que existe en el ser humano – la razón – consiste precisamente en la limitación incesante del infinito, en el fraccionamiento del infinito en porciones cómodas y fácilmente digeribles – los diferenciales. En esto consiste precisamente la belleza divina de mi elemento – las matemáticas. Y es la comprensión de esta belleza en concreto la que le falta a *aquélla*. Por otro lado, esto es sólo – una asociación casual.

Todo esto – al ritmo constante y métrico del traqueteo de las ruedas del tren subterráneo. En silencio, medía las ruedas – y los versos de R (el libro que me dio ayer). Y lo siento: detrás, por encima de mi hombro, alguien se inclina con cautela y mira la página abierta. Sin volverme, sólo con el rabillo del ojo, veo unas orejas-alas rosadas, el tipo dos veces curvado... ¡Él! No quise molestarlo – y fingí que no lo había visto. No sé cómo apareció aquí: cuando entré en el vagón – me pareció que él no estaba.

Este incidente, insignificante en sí mismo, ha tenido un efecto especialmente benéfico en mí, e incluso diría: me ha fortalecido. Es tan agradable sentir sobre nosotros la mirada vigilante de alguien que nos protege amorosamente del más mínimo error, del más mínimo paso en falso. Puede sonar un poco sentimental, pero me vuelve a venir a la mente la misma analogía: los ángeles de la guarda con los que soñaban los antiguos. ¡Cuántas cosas que ellos sólo podían soñar se han materializado en nuestra vida!

En el momento en que sentí al ángel de la guarda detrás de mí, estaba saboreando un soneto titulado «Felicidad». Probablemente no me equivoco si digo que se trata de una pieza insólita por su belleza y profundidad de pensamiento. Aquí están los primeros cuatro versos:

Dos por dos – eternamente enamorados,
fundidos para siempre en un apasionado cuatro,
no ha habido amantes más ardientes en el mundo –
dos por dos – eternamente inseparables...

Y más adelante habla de esto: de la felicidad sabia y eterna de la tabla de multiplicar.

Todo verdadero poeta es siempre un Colón. Antes de Colón, América existía desde hacía siglos, pero sólo él fue capaz de descubrirla. La tabla de multiplicar también tenía siglos de existencia antes de R-13, pero sólo él supo descubrir en la selva virgen de las cifras un nuevo El Dorado. De hecho: ¿dónde se podría buscar una felicidad más sabia, más serena, que en este maravilloso mundo? El acero – se oxida; el antiguo Dios – creó al hombre antiguo, es decir, al hombre capaz de equivocarse – y, por lo tanto, él mismo se equivocó. La tabla de multiplicar es una cosa más sabia y absoluta que el Dios antiguo: ella nunca – entendedme:

nunca – se equivoca. Y no hay números más felices que aquellos cuyas vidas se rigen por las armoniosas y eternas leyes de multiplicar. Sin dudas, sin errores. La verdad es una, y el camino verdadero es uno; y esa verdad es dos y dos, y el camino verdadero es cuatro. ¿No sería absurdo que estas parejas feliz e idealmente multiplicadas – empezaran a reclamar algún tipo de libertad, es decir, claramente – un error? Es un axioma para mí que R-13 ha sabido captar lo más esencial, lo más...

En este momento volví a sentir – primero sobre la nuca, luego sobre la oreja izquierda – el cálido y suave aliento del ángel de la guarda. Por lo visto, se ha dado cuenta de que el libro que tengo sobre las rodillas ya está cerrado y que mis pensamientos – lejos. Muy bien, en ese momento yo estaba dispuesto incluso a abrir frente a él las páginas de mi cerebro: qué sensación tan apacible y placentera. Lo recuerdo: incluso me volví, lo miré a los ojos suplicante, con insistencia, pero él no entendió – o no quiso entender – no me preguntó nada... Sólo me queda una cosa: contarles todo a ustedes, mis desconocidos lectores (ahora me son tan queridos, tan cercanos e inalcanzables – como él en ese momento).

Ése era el camino de mis reflexiones: de la partícula al todo; la partícula es R-13, el todo majestuoso era nuestro Instituto de Poetas y Escritores del Estado.[33] Me preguntaba: ¿cómo era posible que a los antiguos no les saltara a la vista todo lo absurdo de su literatura y su poesía? El maravilloso y enorme poder de la palabra artística – se desperdiciaba para no se sabe qué. Es tan ridículo: cada uno escribía – lo que se le pasaba por la mente. Tan ridículo y absurdo como el mar, que en tiempos de los antiguos se estrellaba absurdamente contra la orilla las veinticuatro horas del día, y los millones de kilográmetros[34] que contienen las olas – servían sólo para calentar los sentimientos de los enamorados. Del enamorado murmullo de las olas – nosotros obtenemos electricidad; de la bestia que se revuelca en la espuma furiosa – hicimos un animal doméstico: del mismo modo domamos y ensillamos al antes salvaje elemento de la poesía. La poesía de hoy – ya no es el silbido insolente del ruiseñor: la poesía es un servicio al Estado, la poesía es una utilidad superior. Tomemos, por ejemplo, nuestros famosos Nonos de Panópolis de las matemáticas:[35] sin ellos, ¿habríamos aprendido a amar las cuatro operaciones de la aritmética con tanta sinceridad y ternura en la escuela? Y las *Espinas* – esa imagen clásica: los Guardianes son las espinas de la rosa que protegen la delicada flor del Estado de los roces brutales...

Qué corazón de piedra no se conmovería al ver los labios inocentes de un niño murmurar como en una oración: «Un niño malo – una rosa cogió. Y una espina de acero le pinchó, y el pillín – ¡ay, ay! – a su casa corrió» –, etcétera. ¿Y las *Odas de cada día al Benefactor*? ¿Quién después de leerlas no se inclinaría con devoción ante la abnegada labor de este Número de números?[36] ¿Y las terribles y rojas *Flores de las sentencias judiciales*? ¿Y la tragedia inmortal *El que llegó tarde al trabajo*? ¿O la guía práctica *Estrofas sobre la higiene sexual*?

La vida entera, en toda su complejidad y belleza – está grabada para siempre en el oro de las palabras. Nuestros poetas ya no moran en el Empíreo: han bajado a la Tierra; avanzan con nosotros al ritmo de la implacable mecánica Marcha de la Fábrica de Música; su lira es el rumor matutino de los cepillos de dientes eléctricos y el terrible chisporroteo en la Máquina del Benefactor; y el majestuoso eco del himno del Estado Unido, el íntimo sonido de un orinal de cristal reluciente; el estremecedor chirrido de las cortinas al caer, las alegres voces del último libro de cocina y el susurro apenas audible de las membranas de la calle.

Nuestros dioses están aquí, abajo, con nosotros – en la Oficina, en la cocina, en el taller, en el cuarto de baño; los dioses se han vuelto como nosotros: *ergo* – nosotros nos hemos vuelto como los dioses.

Y hacia ustedes, mis desconocidos lectores planetarios, y hacia ustedes vamos para hacer que sus vidas sean tan divinamente racionales y precisas como las nuestras...

Nota n.º 13
Resumen:

La niebla. Tú. Un incidente totalmente absurdo

Me desperté al amanecer – ante mis ojos el firmamento rosado, sólido. Todo es bueno, redondo. Por la tarde vendrá O. Ya estoy curado, no cabe duda. Sonreí, me dormí.

Suena el timbre de mañana – me levanto – y es completamente diferente: a través del cristal del techo, de las paredes, en todas partes, por doquier, de lado a lado – niebla. Nubes locas, cada vez más pesadas – y más livianas, más cercanas, y ya no hay fronteras entre la tierra y el cielo, todo vuela, se derrite, cae, no hay nada a lo que agarrarse. Ya no hay casas: las paredes de cristal se han disuelto en la niebla como cristales de sal en el agua. Si se mira desde la acera – siluetas oscuras de personas en las casas – como si fueran partículas suspendidas en una delirante solución lechosa – colgaban bajas, más altas y aún más altas – hasta la décima planta. Y todo echa humo – tal vez por un enfurecido incendio silencioso.

A las 11.45 h exactas: eché un vistazo a propósito al reloj – para agarrarme a las cifras – para que al menos ellas me salvaran.

A las 11.45 h, antes de ir a las habituales, según las Tablas de las Horas, clases de ejercicio físico, me apresuré a mi habitación. De repente el timbre del teléfono – una voz – una larga y lenta aguja en el corazón:

—¡Ajá, está en casa! ¡Cómo me alegro! Espéreme en la esquina. Iremos a... Bueno, ya verá adónde.

—Lo sabe perfectamente: me voy a trabajar.

—Y usted sabe perfectamente que hará lo que yo le diga. Hasta la vista. Dentro de dos minutos...

Dos minutos después yo estaba en la esquina. Al fin y al cabo, tenía que demostrarle que a mí me dirigía el Estado Unido, no ella. «Hará lo que yo le diga...» Y qué confianza: se le nota en la voz. Bueno, ahora sí que voy a tener una conversación con ella...

Los unifos grises, tejidos de niebla húmeda, surgían a toda prisa cerca de mí por un segundo y se disolvían de improviso en la niebla. No apartaba los ojos del reloj, el segundero era afilado, tembloroso. Ocho, diez minutos... Tres minutos para las doce, dos...

Se acabó. Ya llegaba tarde al trabajo. ¡Cómo la odio! Pero, aun así, tenía que demostrarle...

En la esquina en mitad de la niebla blanca – sangre – un tajo con un cuchillo afilado – sus labios.

—Parece que le he hecho retrasarse. De todos modos, qué más da. Ahora ya es demasiado tarde.

Cómo la – – Pero sí: ya era tarde.

Miré sus labios en silencio. Todas las mujeres son labios, sólo labios. Algunos son rosas, elásticamente redondos: un anillo, un delicado muro que separan del mundo entero. Y éstos: hace un segundo no estaban, y ahora aquí los tengo – como un cuchillo – y la sangre dulce aún gotea...

Más cerca – apoyó en mí su hombro – y somos uno, se vierte algo de ella en mí – y lo sé: debe ser así. Lo sé con cada fibra, con cada pelo, con cada latido dolorosamente dulce de mi corazón. Y qué alegría someterse a este «debe ser así». Probablemente con idéntica alegría un trozo de hierro – obedeciendo a la inevitable y precisa ley – se pega a un imán. La piedra lanzada hacia arriba, tras un segundo de vacilación, cae al suelo. Y una persona agonizante toma la última bocanada de aire – y muere.

Lo recuerdo: sonreí desconcertado y dije sin motivo:

—Niebla... Mucha.

—¿A ti te gusta la niebla?

Ese antiguo y olvidado hace tiempo *tú*, el *tú* del amo al esclavo, me penetró bruscamente, despacio: sí, soy un esclavo, y sí – eso también debe ser así, también está bien.

—Sí, está bien... —dije para mí en voz alta. Y luego a ella—: Odio la niebla. Me da miedo la niebla.

—Por tanto – la amas.[37] Te da miedo – porque es más fuerte que tú, la odias – porque te da miedo; la amas – porque no puedes obligarla a obedecer. Sólo se puede amar lo que no se somete.

Sí, así es. Y por eso – por eso yo...

Andábamos los dos – como uno. En algún lugar lejano, a través de la niebla, el sol apenas era audible, todo se colmaba de algo elástico, perlado, dorado, rosado, rojo. El mundo entero – una sola mujer inabarcable, y nosotros – dentro de ella, en su vientre, sin haber nacido aún – maduramos con alegría. Y lo tengo claro, inalterablemente claro; todo – para mí: sol, niebla, rosa, oro – para mí...

No pregunté adónde íbamos. Qué más da: sólo ir, ir, madurar, colmarse de más elasticidad – –

—Bueno, ya estamos... —I se detuvo frente a la puerta—. Hoy está precisamente de turno aquí un... Le hablé de él la otra vez, en la Casa Antigua.

Desde lejos, sólo con los ojos, protegiendo con cuidado lo que estaba madurando – leí el letrero: OFICINA MÉDICA. Lo entendí todo.

Una sala de cristal llena de niebla dorada. Techos de cristal con botellas de colores, frascos. Cables. Chispas azuladas en tubos.

Y un hombrecillo – delgadísimo. Como si estuviera recortado en papel, desde cualquier lado que se lo mirase

– sólo un perfil muy afilado: una cuchilla brillante – la nariz; unas tijeras – los labios.

No oí lo que I le decía; la miré hablar – y lo sentí: todo yo sonreía de una manera irrefrenable, feliz. Destelló el filo de los labios-tijeras, y el médico dijo:

—Sí, sí. Lo entiendo. La enfermedad más peligrosa – no conozco ninguna más peligrosa... —Se echó a reír y con su finísima mano de papel escribió algo deprisa, le entregó un papelito a I; escribió otro – y me lo dio a mí.

Eran los certificados de que estábamos enfermos, de que no podíamos ir a trabajar. Estaba robando mi trabajo al Estado Unido; yo – un ladrón, yo – bajo la Máquina del Benefactor. Pero para mí – lejano, indiferente, como en un libro... Tomé el papelito sin dudar ni un segundo; yo – mis ojos, mis labios, mis manos – yo lo sabía: así es como debe ser.

En la esquina, en un garaje casi vacío, tomamos un aeromóvil. I, de nuevo, al igual que entonces, se sentó a los mandos, empujó la palanca para «arrancar», despegamos de la Tierra, volamos. Y detrás de nosotros todo junto: la niebla rosada y dorada; el sol; el perfil finísimo como una cuchilla del médico, de repente tan querido y cercano. Antes – todo alrededor del sol; ahora sabía – todo alrededor de mí – despacio, felizmente, con los ojos entrecerrados...

La anciana en la puerta de la Casa Antigua. Boca amable, cubierta, con rayos-arrugas. Debía de haberla tenido tapada todos esos días – y sólo ahora se abría, sonreía:

—¡Aaah, pillina! Si por lo menos trabajaras como todo el mundo... Bueno, ¡está bien! Si pasa algo – entraré corriendo, os avisaré...

La pesada, chirriante y opaca puerta se cerró y al instante mi corazón se abrió de dolor: mucho – y aún más – por completo. Sus labios – los míos, bebía, bebía, me separaba, miraba en silencio esos ojos abiertos como platos hacia mí – y otra vez...

La penumbra de las habitaciones, azul, amarillo azafrán, el tafilete verde oscuro, la sonrisa dorada del Buda, la caoba de la amplia cama, el centelleo de los espejos. Y – mi viejo sueño, tan comprensible ahora: todo se ha impregnado de un zumo rosa dorado, y ahora rebasará el borde, salpicará –

Ha madurado. Y de manera inevitable, como el hierro y el imán, con dulce sumisión frente a una ley exacta e irrevocable – me vertí en ella. No había talón rosa, no había cálculo, no había Estado Unido, no había ningún yo. Sólo había dientes apretados, suavemente afilados, había ojos dorados muy abiertos hacia mí – y a través de ellos me adentré despacio, cada vez más hondo. Y el silencio – sólo en la esquina – a mil millas de distancia – gotea en el lavabo, y yo soy el universo, y de gota a gota – eras, épocas...

Después de ponerme el unifo, me incliné sobre I – y con los ojos la absorbí dentro de mí por última vez.

—Lo sabía... Sabía que tú... —dijo I en voz muy baja. Se pasó la mano por la cara, se sacudió algo, se levantó deprisa, se puso el unifo – y su habitual sonrisa-mordisco afilada—. Bueno, ángel caído. Ahora está perdido. ¿Qué, no tiene miedo? Así pues, ¡hasta la vista! Volverá usted solo. ¿Y bien?

Abrió una puerta de espejo empotrada en la pared del armario; por encima del hombro – hacia mí, esperaba. Salí, obediente. Pero en cuanto traspasé el umbral – de pronto necesité que ella apoyara en mí su hombro – su hombro sólo un segundo, nada más.

Me apresuré a volver – a esa habitación donde ella (probablemente) aún estaba ajustándose el unifo frente al espejo, entré corriendo – y me detuve. Ahora – lo veo claramente – aún se balancea el anticuado llavero en la llave en la puerta del armario, pero I no está. No podía haberse ido a ninguna parte – la habitación sólo tenía una salida – y sin embargo no estaba. Revisé por todas partes, incluso abrí el armario y busqué a tientas entre esos abigarrados y viejos vestidos: nadie...

Me resulta un tanto incómodo, mis lectores planetarios, contarles este incidente inverosímil. Pero ¿qué se le va a hacer, si todo pasó exactamente así? ¿Acaso no había estado todo ese día lleno de inverosimilitudes, desde la mañana? ¿Acaso no era todo similar a esa antigua enfermedad de los sueños? Y si es así – ¿no es todo lo mismo: un absurdo más o uno menos? Además, estoy seguro: tarde o temprano conseguiré encapsular todo lo absurdo en algún silogismo. Eso me tranquiliza; y espero también que les tranquilice a ustedes.

... Qué plenitud. ¡Si supieran lo colmado que estoy!

Nota n.º 14
Resumen:

«Mío.» Imposible. El suelo frío

Sigo con lo de ayer. En la Hora Personal de antes de acostarme estuve ocupado, así que no pude anotar lo de ayer. Pero está todo en mí – grabado muy hondo, y por eso de un modo especial – quizá para siempre – ese suelo insoportablemente frío...

Anoche O debía venir a verme – era su día. Bajé adonde estaba el empleado de guardia para recoger el permiso para las cortinas.

—¿Qué le pasa? —me preguntó—. Hoy parece un poco...

—Estoy... estoy enfermo.

En realidad, era la verdad: por supuesto que estoy enfermo. Todo esto es una enfermedad. Y en ese momento lo recordé: sí, el certificado... Metí la mano en el bolsillo: ahí está, cruje. Por lo tanto – todo ocurrió, todo fue real...

Le di el papelito al empleado de guardia. Sentía que me ardían las mejillas; sin mirarlo, lo vi: el empleado de guardia me miraba sorprendido...

Por fin – 21.30 h. En la habitación de la izquierda – las cortinas están bajadas. En la habitación de la derecha – veo al vecino: sobre un libro – su calva abultada llena de protuberancias, y su frente – una enorme parábola amarilla. Doy vueltas y más vueltas, atormentándome: ¿cómo podría yo – después de todo – con ella, con O? Y a la derecha – siento con claridad unos ojos sobre mí, distingo cada arruga de mi frente – una serie de líneas amarillas, indescifrables; y no sé por qué me parece que – estas líneas hablan de mí.

Cuando falta un cuarto de hora para las 22.00 h, en mi habitación – un alegre remolino rosa, un anillo irrompible de brazos rosas alrededor de mi cuello. Y de repente lo siento: el anillo se afloja cada vez más, cada vez más – se suelta – los brazos se caen...

—¡Usted no es el mismo, no el de antes, no es el mío!

—Qué terminología tan salvaje: *mío*. Yo nunca fui... —Y aquí me detuve: me vino a la mente que – antes no lo era, de acuerdo, pero ahora... Al fin y al cabo, ahora no vivo en nuestro mundo racional, sino en el mundo antiguo y delirante de las raíces de menos uno.

Las cortinas caen. Allí, detrás de la pared de la derecha, el vecino deja caer el libro del escritorio al suelo, y en la última y fugaz rendija estrecha entre la cortina y el suelo – veo: una mano amarilla coge el libro y, dentro de mí: el deseo de agarrar esa mano con todas mis fuerzas...

—Estaba pensando... Hoy quería encontrarme con usted en el paseo. Tengo tanto – necesito decirle tanto...

¡Querida, pobre O! Su boca rosada – una medialuna rosada con los cuernitos hacia abajo. Pero, aun así, no puedo contarle todo lo que ha pasado – aunque sólo sea porque eso la convertiría en cómplice de mis crímenes: pues sé muy bien que ella no sería capaz de ir a la Oficina de los Guardianes y por tanto – –

O estaba acostada. La besé sin prisas. Besé el ingenuo y regordete pliegue de su muñeca, sus ojos azules cerrados, y la medialuna poco a poco florecía, se desplegaba – y la besé entera.

Aquí, de inmediato, lo siento con claridad: todo lo que hay en mí está vaciado, entregado. No puedo, imposible.

Tengo que hacerlo – pero no puedo. Los labios se me enfriaron de inmediato...

La medialuna rosada tembló, se oscureció, se encogió. O se echó la colcha encima, se envolvió – la cara en la almohada...

Me senté en el suelo junto a la cama – pero ¡qué suelo tan insoportablemente frío! – me senté en silencio. Un frío atroz desde abajo – cada vez más alto, más alto. Probablemente el mismo frío silencioso prevalezca allí, en los espacios interplanetarios azules y silenciosos.

—Por favor, comprenda: yo no quería... —murmuré—. Yo con todas mis fuerzas...

Es verdad: yo – el verdadero – no quería. Y, sin embargo: con qué palabras decírselo. Cómo explicarle que el hierro no quería, pero la ley – inevitable, precisa – –

O levantó la cara de la almohada y, sin abrir los ojos, dijo:

—Váyase —pero a través de las lágrimas le salió «*páyase*» – y sin saber por qué este detalle ridículo se me quedó grabado.

Calado de frío hasta los huesos, entumecido, salí al pasillo, apreté la frente contra el gélido cristal. Allí, detrás del cristal – un ligero y apenas perceptible hilo de niebla. Pero antes de que cayera la noche, probablemente se espesaría de nuevo y lo cubriría todo. ¿Qué depararía la noche?

Sin mediar palabra, O se deslizó por mi lado, hacia el ascensor – se oyó el golpe de la puerta.

—¡Un momento! —grité: me invadió el miedo.

Pero el ascensor ya zumbaba hacia abajo, abajo, abajo...

Ella me había quitado a R. Ella me había quitado a O. Y, aun así, aun así...

Nota n.º 15
Resumen:

La Campana. Un mar-espejo. Tendré que arder para siempre

Apenas entré en el hangar donde estamos construyendo la *Integral* – desde el lado opuesto el Segundo Constructor. Su cara es la de siempre: redonda, blanca, de loza – un plato, y habla – me sirve en ese plato un bocado insoportablemente sabroso:

—Se dignó ponerse enfermo, y aquí, sin usted, sin supervisor, ayer, por así decirlo – se produjo un incidente.

—¿Un incidente?

—¡Eso es! Había sonado ya el timbre, era la hora de salida, empezamos a dejar salir a todo el mundo del hangar, cuando – imagíneselo – el vigilante atrapó a un hombre sin número. Cómo consiguió colarse aquí ese tipo – no me lo explico. Se lo llevaron a la Sala de Operaciones.[38] Allí le sacarán a ese palomito el cómo y el porqué... —(Sonrisa – sabrosa...).

En la Sala de Operaciones – trabajan nuestros mejores y más experimentados médicos, bajo la supervisión directa del propio Benefactor. Allí – tienen varios instrumentos, sobre todo la famosa Campana de Gas.[39] En realidad, se trata de un viejo experimento escolar:[40] se pone un ratón bajo una campana de cristal; con una bomba se aspira el aire que se va volviendo cada vez más escaso... Y así sucesivamente. Pero la Campana de Gas es, por supuesto, un aparato mucho más perfecto – se aplican diferentes gases, y además – aquí, por supuesto, ya no se trata de torturar a un animalito indefenso, aquí el objetivo es noble – la salvaguarda de la seguridad del Estado Unido, en otras palabras – la felicidad de millones. Hace unos cinco siglos, cuando la Sala de Operaciones empezaba a funcionar, hubo algunos necios que la compararon con la antigua Inquisición; pero eso es tan absurdo como comparar a un cirujano que realiza una traqueotomía con un salteador de caminos: tal vez ambos lleven en las manos un cuchillo, tal vez ambos hagan lo mismo – degollar a una persona viva. Pero uno es un benefactor, y el otro un criminal; uno lleva el signo +, el otro el signo -...

Todo esto está muy claro, todo en un segundo, con un solo giro de la máquina lógica, y de inmediato esos mismos engranajes se enganchan en el menos – y ya hay algo más en la parte superior: el llavero aún se balancea en el armario. Es evidente, la puerta acababa de cerrarse de golpe – pero ella, I, no está allí: ha desaparecido. La máquina de la lógica no podía procesar eso. ¿Un sueño? Pero si incluso ahora mismo lo siento: un dolor dulce e incomprensible en el hombro derecho – era I a mi lado en la niebla. «¿Te gusta la niebla?» Sí, la niebla también... Me encanta todo, y todo es elástico, nuevo, asombroso, todo está bien...

—Todo está bien —dije en voz alta.

—¿Bien? —Los ojos de loza se le desencajaron—. ¿Qué quiere decir con que está bien? Si ese innumerado se las ingenió para... Eso quiere decir que están por todas partes, alrededor de nosotros, todo el tiempo, están aquí, están – cerca de la *Integral*, ellos...

—Pero ¿quiénes son *ellos*?

—¿Cómo voy a saberlo? Pero los siento – ¿me entiende? Todo el tiempo.

—¿Se ha enterado? Al parecer, han inventado un tipo de operación – para extirpar la imaginación.[41] (De hecho, había oído decir algo así en los últimos días.)

—Bueno, sí. ¿Y qué tiene eso que ver?

—Tiene que ver con que yo, en su lugar, me sometería a esa operación.

En el plato apareció algo ácido como un limón. Encantador – se ha ofendido por la remota alusión a que podía tener imaginación... Aun así, de todos modos: hace una semana – probablemente yo también me habría ofendido. Pero ahora – ahora no: porque sé qué me pasa – estoy enfermo. Y sé algo más: no quiero curarme. ¡No quiero, y basta!

Subimos por los escalones de cristal. Todo – bajo nuestros pies – como sobre la palma de la mano...

Ustedes que están leyendo estas notas – quienesquiera que sean – tienen el sol sobre la cabeza. Y si alguna vez han estado tan enfermos como yo ahora – ya saben cómo es – cómo puede ser – el sol por la mañana, ya conocen ese oro rosado, transparente y cálido. Y hasta el aire es ligeramente rosado, y en general todo está impregnado de la delicada sangre del sol, todo – vivo: vivas y suaves – las piedras; vivo y cálido – el hierro; vivas y sonrientes hasta la última – las personas. Puede pasar que dentro de una hora todo desaparezca; dentro de una hora – la última gota de sangre rosada rezume, pero por ahora – todo está vivo. Y lo veo: algo late y se desborda en los jugos vítreos de la *Integral*; lo veo: la *Integral* contempla su grandioso y terrible futuro, la pesada carga de felicidad inevitable que los llevará desde aquí a ustedes, desconocidos, a ustedes que siempre buscan y nunca encuentran. Encontrarán, serán felices – están obligados a ser felices, ¡y no tendrán que esperar ya mucho más!

El fuselaje de la *Integral* está casi listo: un elegante elipsoide alargado hecho con nuestro cristal – eterno como el oro, flexible como el acero. Lo veía: costillas transversales – los *spanthouts* o cuadernas – y costillas longitudinales – los *stringers* o trancaniles – estaban unidas al cuerpo de cristal desde el interior; en la popa estaba instalada la base para el gigantesco motor del cohete. Cada tres segundos – una explosión; cada tres segundos, la potente cola de la *Integral* dispararía llamas y gases al espacio exterior – y galoparía, galoparía – el Tamerlán fogoso de la felicidad...[42]

Lo veía: conforme a Taylor, de manera constante y rápida, al compás, como los engranajes de una enorme máquina, los operarios se inclinaban, se enderezaban y giraban. En sus manos destellaban unos tubos que escupían un impetuoso chorro de llamas azul:[43] con fuego cortaban, con fuego soldaban los paneles de cristal, las junturas de las esquinas, las aristas, las escuadras de unión. Lo veía: los monstruos-grúas de cristal transparente se deslizaban despacio por los raíles de cristal y, como personas, giraban obedientes, se doblaban y depositaban su carga en el interior, en el vientre de la *Integral*. Y eran lo mismo que los humanos: máquinas humanizadas, perfeccionadas. Un espectáculo de una belleza sublime y asombrosa, armonía, música... Cuanto antes – ¡abajo, hacia ellos, con ellos!

Y ahí estoy – hombro con hombro, fundido con ellos, aprisionado en el ritmo del acero... Movimientos regulares; mejillas sonrosadas, elásticas y redondas; frentes espejadas, no nubladas por la locura de los pensamientos. Navegaba por un mar-espejo. Descansaba...

Hasta que un tipo – se volvió hacia mí alegremente:

—Así pues, ¿qué tal? ¿Hoy mejor?

—¿Por qué mejor?

—Bueno, ayer usted no vino. Ya pensábamos – que tenía algo grave... —Su frente brilla, su sonrisa es infantil, inocente.

La sangre me afluyó a la cara. No podía – no podía mentir a esos ojos. Guardaba silencio, me hundía...

Desde arriba, radiante con una redonda blancura, una cara de loza asomó por la escotilla.

—¡Eh, D-503! ¡Venga aquí! El chasis con las consolas nos ha quedado rígido y los puntos de empalme tensan el cuadrante...

Sin esperar a que terminara de hablar, me apresuré a subir hasta donde estaba él – con la huida me salvaba, de un modo vergonzoso. No tenía fuerzas para levantar la vista – los ojos me hacían chiribitas debido a los refulgentes escalones de cristal bajo mis pies y, a cada paso, crecía mi desespero: no había lugar para mí allí – un criminal, envenenado. Nunca más tendré la oportunidad de fundirme con ese ritmo preciso y mecánico, de navegar por un plácido marespejo. Tendría que arder para siempre, correr de un lado a otro, buscar un rinconcito donde ocultar la mirada – para siempre, hasta que por fin encuentre la fuerza para ir y – –

Y la chispa de hielo – a través de: yo – que así sea; yo – me da lo mismo; pero tendré que hablar también *de ella*, y entonces *a ella* también...

Salí por la escotilla a la cubierta y me detuve: ahora no sé adónde ir, no sé para qué he ido allí. Miré arriba. Allí, el sol, cansado por el mediodía, opaco, echaba humo. Abajo – la *Integral*, de color gris vítreo, inerte. La sangre rosa manó y me quedó claro que todo eso era producto de mi imaginación, que todo seguía igual que antes, y a la vez estaba claro que...

—Pero ¿qué le pasa, 503? ¿Está sordo o qué? Lo llamo y lo llamo... ¿Qué le pasa? —Era el Segundo Constructor – justo en mí oído: debía de llevar un buen rato gritando.

¿Qué me pasa? He perdido el timón. El motor ruge a todo gas, el aeromóvil vibra y corre, pero ni rastro del timón; y no sé adónde me precipito: si hacia abajo – para estrellarme contra el suelo, o si hacia arriba – hacia al sol, hacia el fuego...[44]

Nota n.º 16
Resumen:

El amarillo. Una sombra bidimensional. El alma incurable

He estado varios días sin escribir. No sé cuántos: todos los días – como uno. Todos los días – de un solo color – amarillo, como arena seca, candente, y ni un jirón de sombra, ni una gota de agua, sólo una interminable arena amarilla. No puedo sin ella – pero ella, desde que incomprensiblemente desapareció el otro día en la Casa Antigua...

Desde entonces sólo la he visto una vez durante el paseo. Hace dos, tres, cuatro días – no sé: todos los días – como uno. Pasó rápidamente, por un instante llenó el mundo amarillo, vacío. Del brazo de ella – él le llega al hombro – el doble S, y el doctor delgadísimo como el papel, y un cuarto elemento – de éste sólo me acuerdo de sus dedos: le sobresalían de las mangas del unifo algo así como haces de rayos – extremadamente finos, blancos y largos. I levantó la mano, me hizo un gesto; por encima de una cabeza, se inclinó hacia el tipo de los dedos-rayos. Oí la palabra «*Integral*»: los cuatro al completo se volvieron hacia mí para mirarme; y enseguida se perdieron en el cielo gris-azul, y luego – el camino amarillo, seco.

Por la tarde de ese día ella tenía un talón rosa para verme. Me quedé plantado frente al numerador – y con ternura, con odio, le supliqué que emitiera un clic, que apareciera su nombre cuanto antes en la rendija blanca: I-330. La puerta del ascensor se cerraba, salían personas pálidas, altas, rosadas, morenas; a mi alrededor caían las cortinas. Pero ella no estaba. No vino.

Tal vez en este preciso instante, a las diez en punto, mientras escribo esto – ella, con los ojos cerrados, esté apoyada sobre el hombro de alguien *de esa misma manera*, y *de esa misma manera* le pregunte: «¿Me amas...?» Pero ¿a quién? ¿Quién es él? ¿El de los dedos-rayos, o ese R que salpica con sus labios gruesos? ¿O bien S?

S... ¿Por qué sigo oyendo todos los días sus pasos planos detrás de mí, que chapotean como si anduviera sobre charcos? ¿Por qué me sigue día tras día – como una sombra? De frente, al lado, de espaldas, una sombra gris-azulada, bidimensional: le pasan por encima, la pisotean – pero sigue invariablemente ahí, a mi lado, unida a mí por un cordón umbilical invisible. ¿Acaso ese cordón umbilical es ella, I? No lo sé. O quizá los Guardianes ya están al corriente de que yo...

Si les dijeran: su sombra los *ve*, todo el tiempo los ve. ¿Entienden? Y de pronto – tienen una sensación extraña: los brazos ajenos estorban; y me sorprendo a mí mismo moviéndolos de manera absurda, desincronizada respecto a mis pasos. O bien – de repente tengo que girarme, pero no puedo moverme, mi cuello está como apresado. Y corro, corro cada vez más deprisa, y siento a mi espalda: la sombra me sigue cada vez más deprisa, y escapar de ella – es imposible, imposible...

En mi habitación – por fin a solas. Pero aquí algo más: el teléfono. Otra vez descuelgo el auricular: «Sí, con I-330, por favor.» Y una vez más en el auricular – un leve ruido, los pasos de alguien en el pasillo – junto a la puerta de su habitación, y el silencio... Cuelgo el teléfono – no puedo, ya no puedo más. Tengo que ir allí – a verla.

Esto fue ayer. Corrí hacia su casa y, durante una hora entera, de las 16.00 h a las 17.00 h, me paseé por delante de su edificio. A mi lado, en filas, números. Miles de piernas repicaban al compás, un Leviatán de un millón de patas flotaba a mi lado, ondulante. Y yo – solo, arrastrado por una tormenta a una isla desierta, y busco, busco con los ojos entre las olas gris-azules.

De un momento a otro aparecerá – salido de quién sabe dónde – el ángulo agudo y burlón de sus cejas levantadas hacia las sienes, las ventanas oscuras de sus ojos, y allí, dentro – la chimenea arde, las sombras se mueven. Y yo directo hacia allí, adentro, y me dirigiré a ella con un «tú» – sin falta con un «tú»: «Tú lo sabes – no puedo sin ti. ¿Por qué me haces esto?»

Pero ella – calla. Y de repente oigo el silencio, de repente oigo – la Fábrica de Música y adivino: son más de las 17.00 h, todo el mundo se ha ido hace rato, estoy – solo, voy – rezagado. A mi alrededor – un desierto de cristal inundado de un sol amarillo. Y veo: como en el agua – en la superficie lisa de cristal – las paredes invertidas y brillantes, colgadas hacia abajo, y también yo, al revés, burlonamente, cuelgo cabeza abajo.

Tengo que ir cuanto antes, de inmediato – a la Oficina Médica para obtener un certificado de enfermedad, de lo contrario me arrestarán y – – Pero tal vez en el fondo eso sería lo mejor. Quedarme aquí y esperar tranquilamente a que me vean y me manden a la Sala de Operaciones – terminar con todo de una vez, expiarlo todo de una vez.

Un ligero susurro y frente a mí – una sombra curvada dos veces. Sin mirar, sentí cómo rápidamente dos barrenas de acero gris me taladraban, sonreí con todas mis fuerzas y dije – tenía que decir algo:

—Tengo que... tengo que ir a la Oficina Médica.

—¿De qué va todo esto? ¿Por qué está ahí?

Girado de un modo absurdo, colgado de los pies – me quedé callado, ardiendo de la vergüenza.

—Sígame —dijo S, severo.

Lo seguí, agitando los brazos inútiles y ajenos. No podía levantar la mirada, andaba todo el rato por un mundo loco, con la cabeza vuelta hacia abajo: había máquinas – con la base hacia arriba – y personas *antípodamente* con los pies pegados al techo, y aún más abajo – el cielo cubierto por el grueso cristal del pavimento. Recuerdo: lo más ultrajante era que, por última vez en la vida, lo veía todo así, del revés, no tal como era de verdad. Pero no podía levantar la mirada.

Nos detuvimos. Ante mí – unos escalones. Un paso – y veré: figuras con batas blancas de médico, la enorme y silenciosa Campana...

Con fuerza, como tirando de un tornillo con un gato de rosca, por fin aparté la mirada del cristal bajo mis pies – y de repente directamente en la cara me salpicaron las letras doradas «Médica»... Por qué me había llevado él allí, y no a la Sala de Operaciones, por qué se había apiadado de mí – en ese momento ni siquiera lo pensé: de un salto – a través de los escalones, cerré bien la puerta detrás de mí – y suspiré. Sí: era como si no hubiera respirado desde la mañana, como si mi corazón no hubiera latido – y sólo ahora suspirara por primera vez, sólo ahora se me abrieran las compuertas en el pecho...

Había dos tipos: uno – bajito, con piernas-monolitos – embestía a los pacientes con sus ojos como si fueran cuernos; el otro – delgadísimo, con brillantes labios-tijeras y una nariz-cuchilla... Era ese mismo.

Me lancé sobre él como hacia un ser querido, directo hacia la cuchilla – le hablé del insomnio, de los sueños, de la sombra, del mundo amarillo. Los labios-tijeras brillaban, sonreían.

—¡Mal asunto! Al parecer ha desarrollado un alma.

¿Un alma? Esa palabra extraña, antigua y olvidada hacía tiempo. A veces se empleaban expresiones como «almas gemelas», «poner el alma en algo», «no tener alma», pero alma – –

—¿Es... muy grave? —balbuceé.

—Incurable —cortaron las tijeras.

—Pero... ¿qué es exactamente? Yo no... No me lo puedo imaginar.

—A ver... Cómo explicárselo... Usted es matemático, ¿verdad?

—Sí.

—Pues bien: tomemos un plano, una superficie; bueno, por ejemplo, este espejo. Y en la superficie estamos usted y yo, eso – ¿lo ve? Y entrecerramos los ojos por el sol, y hay esa chispa eléctrica azul en el tubo; y ahí – pasa rauda la sombra de un aeromóvil. Sólo en la superficie, sólo por un instante. Pero imagíneselo – el calor del fuego reblandece de pronto esta superficie impenetrable, y ya nada se desliza por ella – todo penetra allí, en el interior, en ese mundo de espejo al que nos asomamos con curiosidad de niños – le aseguro que los niños no son tan estúpidos. El plano se ha convertido en un volumen, en cuerpo, en mundo, y he aquí dentro del espejo – dentro de usted – el sol, el zumbido de la hélice del aeromóvil, sus labios trémulos y los de alguien más. Comprende: un espejo frío refleja, repele; pero esto – absorbe, y todo deja su marca – para siempre. Una arruguita apenas perceptible en la cara de alguien – y ésta se queda para siempre en usted; lo ha oído una vez: una gota cayendo en mitad del silencio – y la sigue oyendo ahora...

—Sí, sí, en efecto... —Lo agarré de la mano. Lo acabo de oír: del grifo del lavabo – gotas cayendo despacio en silencio. Y lo supe – era para siempre. Pero ¿de dónde salió de repente esa alma? No estaba ahí, no estaba ahí – y de repente... ¿Por qué nadie la tiene más que yo...?

Me aferré con más fuerza a esa delgadísima mano de papel: tenía miedo de perder el salvavidas.

—¿Por qué? ¿Y por qué no tenemos plumas ni alas – sólo escápulas – la base de las alas? Pues porque las alas ya no las necesitamos: tenemos el aeromóvil, y las alas sólo nos estorbarían. Las alas son – para volar, pero nosotros ya no tenemos adónde: llegamos ya a destino, lo alcanzamos. ¿No es así?

Asentí confuso. Me miró y soltó una risa afilada, una risa-bisturí. El otro lo oyó, salió de su despacho con sus piernas-monolitos y con sus ojos como cuernos nos embistió a mí y a mi delgadísimo médico.

—¿Qué pasa? ¿Qué quiere decir: un alma? ¿Un alma, dice? ¡Qué demonios! A este paso, pronto habrá un nuevo brote de cólera. Ya se lo he dicho —embistió con sus cuernos al tipo delgado— ya se lo he dicho: la imaginación hay que – a todo el mundo... ¡Hay que extirpar la imaginación! Sólo cirugía, sólo funciona la cirugía...

Se puso unas enormes gafas de rayos X, caminó un largo rato en círculo, observó a través de los huesos del cráneo – mi cerebro – anotó algo en su libreta.

—¡Muy muy interesante! Escuche... —Clavó los ojos en mí—, escuche: ¿no estaría de acuerdo usted en... que lo preserváramos en alcohol? Para el Estado Unido sería extremadamente... Nos ayudaría a prevenir una epidemia... A menos, por supuesto, que tenga usted razones especiales para...

—Mire —dijo el otro—, el número D-503 es el Constructor de la *Integral*, y estoy seguro de que eso infringiría...

—Aaah... —musitó el otro, y volvió con andares monolíticos a su despacho.

Nos quedamos los dos a solas. Su mano de papel se apoyó ligera y afectuosamente sobre la mía, el rostro de perfil se inclinó hacia mí y susurró:

—Se lo diré en secreto – no es usted el único. Mi colega no habla porque sí de una epidemia. Haga memoria, ¿no ha notado en alguien algo parecido – muy parecido, muy similar...? —Me miró bien. ¿A qué se refería – a quién? Acaso – –

—Escuche... —Me levanté de la silla. Pero él ya estaba hablando en voz alta de otra cosa:

—...Y para el insomnio, para esos sueños suyos – sólo puedo darle un consejo: camine más. Mañana a primera hora salga a pasear... Bueno, al menos hasta la Casa Antigua.

Volvió a clavarme los ojos y esbozó una fina sonrisa. Me pareció – con toda claridad – ver envuelta en una fina tela esa sonrisa – una palabra – una letra – un nombre, el único nombre del mundo... ¿O era de nuevo sólo mi imaginación?

Apenas pude esperar a que me extendiera el certificado de enfermedad – para hoy y mañana –, volví a estrecharle en silencio la mano con firmeza y salí corriendo.

Mi corazón – ligero y rápido como un aeromóvil, se elevaba, me elevaba. Lo sé: mañana – alguna alegría. ¿Cuál?

Nota n.º 17
Resumen:

A través del cristal. Me morí. Pasillos

Estoy perplejo. Ayer, justo cuando pensaba que todo se había desenredado, que se habían despejado todas las equis – aparecieron nuevas incógnitas en mi ecuación.

El punto de partida de las coordenadas de toda esta historia es – por supuesto, la Casa Antigua. Desde ese punto – los ejes de las X, las Y y las Z sobre los que se basa para mí el mundo entero desde hace poco. Por el eje de las X (avenida 59) fui caminando hacia el origen de coordenadas. En mí – un torbellino abigarrado de lo que había sido el día anterior: casas y personas del revés, brazos penosamente ajenos, tijeras relucientes, gotas que caen nítidamente del lavabo – así fue, así ocurrió una vez. Y todo esto – desgarrando la carne – giraba con ímpetu allí – detrás de la superficie derretida por el fuego, donde está el «alma».

Siguiendo las recomendaciones del médico, elegí expresamente el camino a lo largo de los dos catetos y no el de la hipotenusa. Y ahí está el segundo cateto: el camino circular a los pies del Muro Verde. Desde el vasto océano verde más allá del Muro rodaba hacia mí una ola salvaje de raíces, flores, ramas, hojas – encabritada – ahora me engulliría, y yo, hombre – el más preciso y refinado de los mecanismos – quedaría reducido a...

Pero, por suerte, entre yo y el salvaje océano verde – el cristal del Muro. ¡Oh, la gran y divina sabiduría protectora de los muros, de las barreras! Quizá este invento sea el mayor de todos. El hombre dejó de ser un animal salvaje sólo cuando se construyó el primer muro. El hombre dejó de ser un hombre salvaje sólo cuando construimos el Muro Verde, cuando con este muro aislamos nuestro mundo perfecto, mecanizado – del mundo irracional e impreciso de los árboles, los pájaros, los animales...

A través del cristal hacia mí – neblinoso, turbio – el hocico tosco de algún animal, unos ojos amarillos que repiten obstinadamente una misma idea, incomprensible para mí. Nos miramos largo rato a los ojos – a esos pozos que conectan el mundo superficial con otro, el transuperficial. Y en mí se gesta un pensamiento: «¿Y si ese de ojos amarillos – en su ridículo y sucio lecho de hojas, con su vida incalculada – fuera más feliz que nosotros?»

Agité la mano, los ojos amarillos parpadearon, retrocedieron, desaparecieron en el follaje. ¡Patética criatura! Qué absurdo: él – ¡más feliz que nosotros! Tal vez, más feliz que yo – sí; pero yo soy sólo una excepción, estoy enfermo.

Además, yo... Ya veo las paredes de color rojo oscuro de la Casa Antigua – y la encantadora boca cubierta de la anciana – y me dirijo hacia ella a todo correr.

—¿Está aquí ella?

La boca cubierta se abrió despacio.

—¿Y quién es ella?

—Ah, ¿quién, quién? Pues I, por supuesto... Vinimos juntos aquella vez – en el aeromóvil...

—Aaah, sí, sí... Sí, sí, sí...

Los rayos-arrugas alrededor de sus labios, los rayos astutos de sus ojos amarillos penetran dentro de mí – más y más hondo... Y por fin:

—Bueno, de acuerdo... Está aquí, acaba de llegar.

¡Está aquí! Lo vi: a los pies de la anciana – una mata de ajenjo amargo-plateado (el patio de la Casa Antigua es también una zona del museo, su aspecto prehistórico se ha conservado cuidadosamente); el ajenjo extendía su rama hacia la mano de la anciana, y ésta la acariciaba; sobre su regazo – una franja amarilla de sol. Y por un instante: yo, el sol, la anciana, el ajenjo, los ojos amarillos – somos un solo ser, estrechamente unidos por algunas venas, y a lo largo de las venas – una sangre compartida, impetuosa, magnífica...

Me avergüenza escribir sobre esto ahora, pero he prometido ser sincero hasta el final en estas notas. Pues bien: me incliné – y besé la boca cubierta, suave, musgosa. La anciana se secó, se echó a reír...

Corrí a través de la familiar penumbra de las habitaciones con eco – sin saber por qué directamente allí, hasta el dormitorio. Ya en la puerta agarré el picaporte, y de repente: «¿Y si no está sola?» Me detuve, agucé el oído. Pero sólo oí: cerca de mí – no en mí, sino en algún lugar cercano – el latido de mi corazón.

Entré. La cama amplia e intacta. El espejo. Y el otro espejo en la puerta del armario, y metida en el ojo de la cerradura – una llave con su llavero antiguo. Y ni rastro de alguien.

Llamé en voz baja:

—¡I! ¿Estás aquí? —Y con voz aún más queda, con los ojos cerrados, sin aliento, como si me hubiera arrodillado ante ella—: ¡I! ¡Querida!

Silencio. Sólo en la pila blanca del lavabo – el apresurado goteo de un grifo. Ahora no puedo explicar por qué, pero me incomodó; cerré el grifo con firmeza y me fui. Aquí no está: eso está claro. Eso significa que está en otro «apartamento».

Bajé corriendo las amplias y lúgubres escaleras, abrí de un tirón una puerta, luego otra, una tercera: cerrado. Todas estaban cerradas excepto una, la de «nuestro» apartamento, pero allí – no había nadie...

Y aun así – regresé allí, sin saber yo mismo – por qué. Caminaba despacio, con dificultad – de pronto las suelas se volvieron de hierro fundido. Recuerdo claramente el pensamiento: «Es un error considerar que la fuerza de la gravedad es una constante. En consecuencia, todas mis fórmulas – –»

Aquí – una explosión; abajo la puerta se cerró de golpe, alguien pisó a toda prisa las baldosas. Yo – de nuevo ligero, ligerísimo – me lancé a la barandilla – me incliné para, con una palabra, con un grito: «¡Tú!» – gritarlo todo...

Me quedé atónito: allí abajo – en el cuadrado oscuro de la sombra del marco de la ventana, agitando sus alas-orejas rosas – corría la cabeza de S.

Como un relámpago – sólo una conclusión desnuda, sin premisas (premisas que ni siquiera conozco ahora): «¡No debe – por nada del mundo – verme aquí!»

Y de puntillas, arrimándome a la pared – me escabullí hacia arriba – hacia ese apartamento abierto.

Por un segundo – junto a la puerta. El otro – daba pasos fuertes hacia arriba, hacia aquí. ¡Y si la puerta...! Supliqué a la puerta, pero era de madera: crujía, chirriaba. Como un torbellino junto a mí – verde, rojo, amarillo Buda – estoy frente a la puerta de espejo del armario: mi cara pálida, mis ojos alerta, mis labios... Oigo – a través del rumor de mi sangre – otra vez el chirrido de la puerta... Es él, él.

Cogí la llave de la puerta del armario – y el llavero se balanceaba. Esto me ha recordado algo – de nuevo una conclusión instantánea, desnuda, sin premisas – o, mejor dicho, un detalle: «Aquella vez que – –» Abro rápidamente la puerta del armario – estoy dentro, a oscuras – y la cierro bien. Un paso – el suelo se tambalea bajo mis pies. Lenta, suavemente bajé flotando a algún lugar; se me ofuscaron los ojos, morí.

Más tarde, cuando tuve que anotar todos estos extraños sucesos, rebusqué en mi memoria y en los libros – y ahora, por supuesto, lo entiendo: era ese estado de muerte temporal[45] común para los antiguos y – hasta donde yo sé – totalmente desconocido para nosotros.

No tengo la menor idea de cuánto tiempo estuve muerto, probablemente entre cinco y diez segundos, pero luego resucité, abrí los ojos: está oscuro y siento – abajo, abajo... Estiré la mano – me aferré – arañé una pared áspera que se deslizaba rauda, tenía sangre en el dedo, está claro – nada de eso había sido un juego de mi fantasía enfermiza. Pero, así pues, ¿qué era?

Oía mi respiración entrecortada e irregular (no me avergüenza reconocerlo – todo era tan inesperado e incomprensible). Un minuto, dos, tres – siempre hacia abajo. Por último – una suave sacudida: lo que se había hundido bajo mis pies – ahora se quedó inmóvil. En la oscuridad encontré una suerte de pomo, empujé – se abrió una puerta – una luz tenue. Lo vi: a mis espaldas se elevaba rápidamente una pequeña plataforma cuadrada. Me lancé – pero ya era tarde: estaba aislado allí... dónde era ese «allí» – no lo sé.

Un pasillo. Un silencio de mil toneladas. En el techo abovedado – unas bombillas formaban una línea de puntos interminable, brillante, trémula. Se parecía un poco a los «tubos» de nuestros trenes subterráneos, aunque mucho más estrecho y no de nuestro cristal, sino de algún material antiguo. Se me pasó por la cabeza – los refugios subterráneos, donde supuestamente la gente buscó cobijo durante la Guerra de los Doscientos Años... De todos modos: tenía que seguir.

Caminé, supongo, durante unos veinte minutos. Doblé a la derecha, el pasillo se hizo más ancho, las bombillas se volvieron más brillantes. Una suerte de rumor indistinto. Tal vez fueran máquinas, tal vez voces – no lo sé, pero estoy – cerca de una puerta pesada y opaca: el rumor viene de allí.

Llamé a la puerta: otra vez, más fuerte. Detrás de la puerta – se hizo el silencio. Algo rechinó, la puerta se abrió despacio, con fuerza.

No sé quién de los dos se quedó más aturdido – delante de mí apareció mi delgado doctor con su nariz-cuchilla.

—¿Usted? ¿Aquí? —Y sus tijeras se cerraron al instante.

Y yo – como si nunca hubiera conocido una palabra humana: me quedé callado, mirando fijamente, sin entender en absoluto lo que me decía. Debe de ser – que me invitaba a marcharme; porque entonces con su vientre plano de papel me hizo retroceder rápidamente hasta el fondo de esa parte más iluminada del pasillo – tras lo cual me empujó por la espalda.

—Permítame... Quería... pensaba que ella, I-330... Pero detrás de mí...

—Quédese aquí —me cortó el doctor, y desapareció...

¡Por fin! Por fin ella al lado, aquí – ¡y qué más da dónde esté este «aquí»! La familiar seda amarillo azafrán, la sonrisa-mordisco, los ojos cubiertos con cortinas... Me tiemblan los labios, las manos, las rodillas – y en mi cabeza un pensamiento estúpido: «La vibración es un sonido. El temblor debe sonar. Así pues, ¿por qué no se oye nada?»

Sus ojos se abrieron hacia mí – como platos, entré...

—¡No podía más! ¿Dónde ha estado? ¿Por qué...? —Sin quitarle los ojos de encima ni por un segundo, hablaba como preso de un delirio – a toda prisa, de manera incoherente – o quizá ni siquiera hablara y sólo estuviera pensando—. Una sombra – detrás de mí... Me morí – desde el armario... Porque ese de ahí suyo... El de los labios como tijeras dice: que tengo un alma... Y es incurable...

—¡Un alma incurable! ¡Ah, pobrecito mío! —I se echó a reír y me salpicó de risas: todo delirio desapareció y por todas partes chispearon y tintinearon las risas, y qué – ¡qué hermoso era todo!

Ese doctor – maravilloso, magnífico, delgadísimo – volvió a aparecer de detrás de la esquina.

—¿Y bien? —le preguntó a I, deteniéndose junto a ella.

—¡Está bien, está bien! Se lo contaré luego. Él, accidentalmente... Diga que volveré dentro... dentro de un cuarto de hora, más o menos...

El doctor desapareció después de doblar la esquina. Ella esperaba. La puerta se cerró con fuerza. Entonces I, despacio, muy despacio, cada vez más hondo, clavó una aguja afilada y dulce en mi corazón, se aferró a mí con su brazo, con su mano, con todo su ser – y nos fuimos juntos – ella y yo, los dos – fundidos en uno...

En medio de la oscuridad no recuerdo dónde giramos – y en la oscuridad subimos los escalones interminables, en silencio. No podía verla, pero lo sabía: ella caminaba igual que yo – con los ojos cerrados, a ciegas, con la cabeza echada hacia atrás, mordiéndose los labios – y escuchaba la música: mi temblor apenas audible.

Me desperté en uno de los innumerables rincones del patio de la Casa Antigua: había una suerte de valla, salía del suelo – costillas de piedra desnudas y dientes amarillos de un muro en ruinas. Ella abrió los ojos y dijo: «Pasado mañana, a las 16.00 h.» Y se fue.

¿Todo esto sucedió de verdad? No lo sé. Lo sabré pasado mañana. Sólo hay una prueba real: en mi mano derecha – en las puntas de tres dedos – la piel desollada. Pero hoy, en el hangar de la *Integral*, el Segundo Constructor me aseguró que me había visto tocar accidentalmente la muela de la pulidora con esos mismos dedos – así que ésa es la explicación. Quién sabe, tal vez sea así. Es muy probable. No lo sé – no sé nada.

Nota n.º 18
Resumen:

El laberinto de la lógica. Heridas y esparadrapo. Nunca más

Anoche me acosté – y al instante me hundí en el fondo del sueño, como un barco sobrecargado que se vuelca. Una masa de agua verde, densa y ondulante. Lentamente emerjo desde el fondo hacia la superficie y, todavía en algún lugar de las profundidades, abro los ojos: mi habitación, la mañana aún verde y congelada. En la puerta de espejo del armario – una esquirla de sol – directamente en mis ojos. Es eso lo que impide el exacto cumplimiento de las horas de sueño estipuladas por las Tablas. Lo mejor sería – abrir el armario. Pero todo yo estoy – como en una telaraña, tengo una telaraña también sobre los ojos, no tengo fuerzas para levantarme...

Aun así, me levanté y la abrí – y de pronto, de detrás de la puerta de espejo, liberándose del vestido, toda rosada – I. Últimamente me he acostumbrado tanto a las cosas más increíbles que, hasta donde recuerdo, ni siquiera me sorprendí, no pregunté nada: cuanto antes – al armario, cerré de golpe la puerta de espejo detrás de mí – y, sin aliento, apresuradamente, a ciegas, con avidez, me fundí con I. Lo veo como si fuera ahora: en la oscuridad, a través de la rendija de la puerta – un agudo rayo de sol rompe como un relámpago en el suelo, en la pared del armario, más arriba –

y he aquí que un filo cruel y centelleante cayó sobre el cuello desnudo y echado hacia atrás de I... y había en eso algo tan terrible que no lo soporté y grité – y abrí los ojos una vez más.

Mi habitación. Una mañana todavía verde y congelada. En la puerta del armario una esquirla de sol. Yo – en la cama. Un sueño. Pero mi corazón late como loco, se estremece, salta; me duelen las puntas de los dedos, las rodillas. Eso – ha ocurrido sin duda. Y ahora no sé: qué es sueño – qué es realidad. Valores irracionales crecen a través de todo lo que es sólido, habitual, tridimensional, y en lugar de planos firmes y pulidos – me rodea algo torcido, peludo...

Aún falta para que suene el timbre. Estoy acostado, pienso – y se desarrolla una cadena lógica asombrosamente extraña.

En el mundo de la superficie, a toda ecuación y a toda fórmula les corresponde una curva o un cuerpo. No conocemos ningún cuerpo que corresponda a fórmulas irracionales, a mi $\sqrt{-1}$, nunca hemos visto tal cosa... Pero lo más aterrador es que esos cuerpos – invisibles – existen, deben existir sin falta, inevitablemente: porque en matemáticas, sus sombras antojadizas y espinosas – las fórmulas irracionales – aparecen ante nosotros como en una pantalla; y las matemáticas y la muerte – nunca se equivocan. Y si no vemos esos cuerpos en nuestro mundo, en la superficie, significa que para ellos existe – debe de existir sin falta – todo un vasto mundo ahí fuera, más allá de la superficie...

Sin esperar al timbre, me levanté de un salto y me puse a ir y venir por la habitación. Mis matemáticas – hasta ahora la única isla sólida e inamovible en mi vida descarriada – también se habían desprendido, flotaban a la deriva, giraban. ¿Qué hacer? Entonces eso significa que esa ridícula «alma» es tan real como mi unifo, como mis botas – aunque no las vea ahora (están detrás de la puerta de espejo del armario). Y si las botas no son una enfermedad – ¿por qué el «alma» sí lo es?

Buscaba, pero no pude encontrar, la salida de esta salvaje espesura lógica. Era igual que el laberinto desconocido y terrible que se extiende más allá del Muro Verde: también estaba poblado por criaturas insólitas e incomprensibles que se comunican sin palabras. Me pareció ver – a través de un grueso cristal – algo infinitamente enorme y, sin embargo, infinitamente pequeño, con forma de escorpión, y un signo menos como un aguijón oculto, pero siempre perceptible: √-1... O tal vez – se trate sólo de mi «alma» que, como el legendario escorpión de los antiguos, por voluntad propia se clava a sí misma con todo lo que...

El timbre. El día. Todo esto no muere, no desaparece – sólo está cubierto por la luz del día; como los objetos visibles que no mueren – y cuando anochece quedan cubiertos de oscuridad nocturna. En la cabeza – una niebla ligera, voluble. Más allá de la niebla – largas mesas de cristal y, despacio y en silencio, cabezas-esfera que mastican al compás. Desde lejos, de entre la niebla, llega el tictac de un metrónomo, y al ritmo de esta música acariciadoramente ordinaria, cuento maquinalmente hasta cincuenta junto con los demás: los cincuenta movimientos de masticación establecidos por la ley que deben darse por cada bocado. Y, también maquinalmente, al compás, bajo y registro mi nombre en el libro de salida – como todos los demás. Pero siento: que vivo una vida separada, sola, aislada por una suave pared que absorbe los sonidos; y más allá de ese muro – mi mundo...

Pero: si este mundo es sólo mío, ¿por qué está aquí, en estas notas? ¿Qué hacen aquí estos «sueños» ridículos, armarios, pasillos interminables? Veo con amargura que, en lugar de un poema preciso y armoniosamente matemático en honor al Estado Unido, lo que me sale es una suerte de novela de aventuras fantástica. ¡Ah, si en realidad fuera sólo una novela y no mi vida actual, llena de equis, de √-1 y de caídas!

De todos modos – tal vez sea lo mejor. Lo más probable es que ustedes – desconocidos lectores míos, sean niños en comparación con nosotros (después de todo, a nosotros nos crió el Estado Unido – por tanto, alcanzamos las cotas más elevadas accesibles para el ser humano). Y como niños – sólo tragarán sin rechistar todo lo amargo que les dé cuando esté bien recubierto con el espeso jarabe de la aventura...

Por la noche

¿Conocen esta sensación – cuando uno se desplaza en un aeromóvil hacia arriba por una espiral azul, con la ventanilla abierta, y un torbellino de viento le silba en la cara – no hay Tierra, uno se olvida de ella, está tan lejos como Saturno, Júpiter o Venus? Pues así vivo ahora: en la cara – un torbellino, y me he olvidado de la Tierra, me he olvidado de la dulce y rosada O. Pero, aun así, la Tierra existe y tarde o temprano – habrá que aterrizar en ella, y sólo puedo cerrar los ojos a ese día en el que, en mi Tabla Sexual, aparezca su nombre – O-90...

Esta noche la Tierra lejana me ha recordado su existencia.

Para seguir las instrucciones del médico (quiero curarme de verdad, de verdad) – caminé durante dos horas enteras por las avenidas de cristal desiertas y rectas. Todos, conforme a lo estipulado en las Tablas, estaban en los auditorios, y sólo yo... De hecho, era un espectáculo antinatural: imagínense que un dedo humano cortado del todo, de la mano – que ese dedo humano, suelto, encorvado y doblado corriera y diera saltos por el pavimento de cristal. Ese dedo – soy yo. Y lo más extraño, lo más antinatural, es que ese dedo no quería quedarse en mi mano, junto con los otros: o bien – quería ir así, solo, o bien... Bueno, sí, ya no tengo nada que esconder: o bien a solas con ella – con *aquélla*, vertiéndome todo yo en ella a través de su hombro, a través de los dedos entrelazados de la mano...

Volví a casa cuando ya se ponía el sol. La ceniza rosada del atardecer – sobre el cristal de las paredes, sobre el oro de la aguja de la torre acumuladora, sobre las voces y las sonrisas de los números que pasan. ¿No es extraño? Los rayos del sol al ponerse caen exactamente en el mismo ángulo que los que salen por la mañana y, sin embargo, todo es diferente, este rosado es diferente – ahora es muy tenue, un poco amargo, y por la mañana – volverá a sonar, a burbujear.

Abajo, en el vestíbulo, debajo de una pila de sobres recubiertos de ceniza rosa, estaba Yu, la controladora, que sacó una carta y me la entregó. Repito: es una mujer digna del mayor de los respetos y estoy seguro – tiene los mejores sentimientos hacia mí.

Y, sin embargo, cada vez que veo esas mejillas flácidas similares a las branquias de un pez – por alguna razón me siento incómodo.

Al entregarme la carta con su mano nudosa – Yu suspiró. Pero ese suspiro sólo sacudió ligeramente la cortina que me separaba del mundo: todo yo estaba proyectado en el sobre que temblaba en mis manos en el que – no tenía duda alguna – había una carta de I.

Aquí – un segundo suspiro, tan ostentoso, subrayado con dos líneas, que aparté la mirada del sobre – y vi: entre las branquias, a través de las pudorosas persianas de sus ojos bajados – una suave sonrisa envolvente y deslumbrante. Y luego:

—Pobre de usted, pobre. —Un suspiro con triple subrayado y una inclinación de cabeza apenas perceptible hacia la carta (ella conocía el contenido, por supuesto, era su deber).

—No, si en realidad yo... ¿A qué se refiere?

—No-no, querido mío: le conozco mejor que usted a sí mismo. Hace tiempo que le observo – y me he dado cuenta: necesita a alguien que lo acompañe en la vida, alguien que haya estudiado la vida muchos años...

Lo siento: estoy todo envuelto con su sonrisa – un esparadrapo para esas heridas que ahora me infligirá la carta que tiembla en mis manos. Y por fin – desde debajo de sus pudorosas persianas – dijo en voz muy baja:

—Lo voy a pensar, querido, lo voy a pensar. Y puede estar seguro: si encuentro en mí la fuerza suficiente – no-no, primero tengo que pensarlo...

¡Oh, gran Benefactor! ¿Acaso estoy llamado a...? ¿Acaso Yu ha querido decir que – –?

En mis ojos – chiribitas, mil ondas sinusoidales, la carta baila en mi mano. Me acerco a la luz, a la pared. Allí se apaga el sol, y desde allí – sobre mí, sobre el suelo, sobre mis manos, sobre la carta – lúgubres cenizas rosa oscuro cada vez más espesas.

El sobre roto – antes que nada, la firma – una herida – no es I, no es I, es... ¡O! Y otra herida: al final de la hoja, en la esquina derecha – un borrón esparcido – ahí cayó una gota... Odio los borrones – ya sean de tinta o... de lo que sea. Sé que – en el pasado – me habría resultado desagradable sin más – desagradable a mis ojos – esa desagradable mancha. Pero ¿por qué ahora esta manchita gris – como una nube – y a causa de ella – todo se vuelve cada vez más plomizo y oscuro? ¿O es otra vez – el «alma»?

CARTA

Sabe... o tal vez no lo sepa – no sé escribir como es debido – da lo mismo: ahora ya sabe que sin usted no existe para mí ni un día, ni una mañana, ni una primavera. Porque R para mí es sólo... Bueno, eso a usted no le incumbe. En cualquier caso, le estoy muy agradecida: sola, sin él, durante estos días, no sé qué habría... Estos días y estas noches han sido para mí como diez o quizá veinte años. Es como si mi habitación fuera no cuadrangular, sino redonda, y yo sin cesar – alrededor, alrededor, y todo es idéntico, y en ninguna parte hay una puerta.

No puedo sin usted – porque le amo, y no debo amarle más; no puedo con usted – porque le amo.

Porque lo veo, comprendo: no hay nadie ahora, nadie en el mundo, que usted necesite, excepto a ésa, a la otra, y – comprenda: precisamente porque le amo, debo – –

Sólo necesito dos o tres días para recomponer con los pedazos de mí misma algo que se parezca vagamente a la anterior O-90 – luego iré y yo misma pediré que anulen mi registro con usted, y deberá sentirse mejor, deberá sentirse bien. No estaré nunca más, perdone.

O

Nunca más. Es lo mejor, por supuesto: tiene razón. Pero por qué, por qué – –

Nota n.º 19
Resumen:

Un infinitesimal de tercer orden. De debajo de la frente. Por encima de la balaustrada

Allí, en ese extraño pasillo con opacas bombillas que formaban una línea trémula de puntos... O no – no allí: más tarde, cuando ya estábamos en un rincón perdido del patio de la Casa Antigua – ella dijo: «Pasado mañana.» Ese «pasado mañana» es hoy, y todo tiene alas – el día vuela – y nuestra *Integral* ya está alada: la instalación del motor cohete se ha completado y hoy lo hemos probado en vacío. Qué maravillosas y poderosas salvas, y para mí – cada una es un saludo en honor a ella, a la única, en honor a «hoy».

En el momento de la primera ignición (= explosión), debajo de la boca del motor resultó que había una decena de números distraídos de nuestro hangar – y de ellos no ha quedado ni rastro, aparte de algunos pedazos y hollín. Señalo aquí con orgullo que el ritmo de nuestro trabajo no decayó ni siquiera un segundo, nadie se inmutó: tanto nosotros como nuestras máquinas mantuvimos nuestro movimiento rectilíneo y circular con la misma precisión, como si no hubiera pasado nada. Diez números – es sólo una cienmillonésima parte de la masa total del Estado Unido; en cálculos prácticos – un infinitesimal de tercer orden. Sólo los antiguos conocían la compasión aritméticamente analfabeta: a nosotros nos hace reír.

Y a mí me hace reír que ayer pudiera perder el tiempo pensando – e incluso anotarlo en estas páginas – en no sé qué patética manchita gris, en un borrón. Se debe sin duda al mismo «reblandecimiento de la superficie», que debería tener la dureza de un diamante – como nuestros muros (un proverbio: «como hablar con la pared»).

Las 16.00 h. No he ido a dar el paseo adicional: quién sabe, tal vez se le ocurra venir justo ahora, cuando todo vibra con el sol...

Estoy casi solo en el edificio. A través de las paredes impregnadas de sol, veo – a lo lejos – a la derecha, a la izquierda, abajo – las habitaciones vacías suspendidas en el aire, que se repiten como en un espejo. Sólo a lo largo de la escalera azulada, apenas delineada por la tinta solar – se encarama despacio una fina sombra gris. Ya se oyen pasos – veo a través de la puerta – y siento: una sonrisa-esparadrapo pegada a mí – pasan de largo, por otra escalera – hacia abajo...

El clic del numerador. Me apresuro a la estrecha ranura blanca – y... había un número masculino desconocido para mí (letra consonante). El ascensor zumbó, la puerta retumbó. Frente a mí – una frente encasquetada de cualquier manera, torcida, y unos ojos que... Me dio una impresión muy extraña: como si hablara desde allí mismo, de debajo de la frente, donde tenía los ojos.

—Una carta de ella para usted... —de debajo de la frente, de debajo del voladizo—. Ha pedido que todo se haga sin falta – tal como está escrito ahí.

De debajo de la frente, de debajo del voladizo – alrededor. No hay nadie aquí, ni un alma, ¡vamos! Miró una vez más a su alrededor, me dio el sobre y salió. Me quedé solo.

No, no solo: en el sobre – un talón rosa y – apenas perceptible – su olor. ¡Es ella, vendrá, vendrá a verme! Cuanto antes – la carta, para verlo con mis propios ojos, para estar seguro del todo...

¿Qué? ¡Imposible! Vuelvo a leer – me salto algunas líneas: «El talón... Y baje las cortinas sin falta, como si realmente yo estuviera en su casa... Deben pensar que yo... Lo siento mucho, mucho...»

La carta – en trizas. En el espejo por un segundo – mis cejas crispadas, rotas. Cojo el talón para, igual que con su nota – –

«Ha pedido que todo se haga sin falta – tal como está escrito ahí.»

Mis manos se debilitaron, bajaron. El talón cayó sobre la mesa. Ella es más fuerte que yo – sí, más fuerte – y creo que haré lo que ella quiera. De todos modos... En fin, no lo sé: ya veremos – aún falta mucho para la noche... El talón está sobre la mesa.

En el espejo – mis cejas crispadas, rotas. Por qué no tengo un certificado médico también para hoy: para salir a caminar, caminar sin parar, dar toda la vuelta al Muro Verde – y luego desplomarme en la cama – caer hasta el fondo... Pero tengo que informar – al auditorio 13; tengo que atornillarme todo yo para estar durante dos horas – dos horas sin moverme... – cuando lo que necesito es gritar, patalear.

Conferencia. Es muy extraño – desde el megáfono brillante – no una voz metálica como de costumbre, sino suave, afelpada, musgosa. Una voz de mujer – me la imagino tal como debió de ser en algún momento: una vieja diminuta y encogida como un gancho, como ésa – junto a la Casa Antigua.

La Casa Antigua... y de repente – como una fuente – desde abajo, y tengo que atornillarme con todas mis fuerzas para no inundar de gritos todo el auditorio. Palabras suaves, afelpadas —a través de mí, y todo cuanto retengo: algo sobre niños, sobre filicultura. Soy como una placa fotográfica: lo capto todo con una precisión particular, ajena, extraña, absurda: una hoz dorada – un reflejo de luz sobre el cono del megáfono – debajo del megáfono – un niño – una ilustración viva – me llega al corazón; en la boca: el dobladillo de su microscópico unifo; el puñito cerrado sobre su dedo gordo (muy pequeño – en realidad) – y una sombra ligera y regordeta – el plieguecito de su muñeca. Lo registro todo – como una placa fotográfica: ahora una pierna desnuda – colgando sobre el borde – y el abanico rosado de sus dedos da un paso en el aire – ahora, ahora mismo caerá al suelo – –

Y – un grito de mujer, un unifo revoloteó en la tarima con alas transparentes, agarró al niño – con sus labios – por el pliegue regordete de su muñeca – lo movió hacia el centro de la mesa, bajó de la tarima. Lo grabo: la medialuna rosada de la boca – con los cuernitos hacia abajo –, sus ojos-platitos azules llenos hasta el borde. Es O. Y yo – como si leyera una fórmula armoniosa – de pronto siento la necesidad, la coherencia de este insignificante incidente.

Se sentaba un poco detrás de mí, a mi izquierda. Me volví a mirar; ella apartó obediente sus ojos de la mesa con el niño, con sus ojos – hacia mí, dentro de mí, y otra vez: ella, yo y la mesa en la tarima – tres puntos, y a través de estos tres puntos – líneas trazadas, proyecciones de algunos acontecimientos inevitables, aún invisibles.

A casa – por una calle verde, crepuscular, toda ella ojos con sus luces encendidas. Lo oigo: todo yo hago tictac – como un reloj. Y las manecillas dentro de mí – en cualquier momento pasarán sobre un número, y yo voy a hacer algo irreversible, ya no habrá punto de retorno. Ella necesita que alguien piense: está conmigo. Y yo la necesito a ella, ¿qué más me da su «necesito»? No quiero ser las cortinas de otro – no quiero, ¡y punto!

Detrás – unos pasos familiares, como si alguien chapoteara sobre charcos. No miro atrás, lo sé: es S. Me seguirá hasta la puerta – y luego se quedará esperando abajo, en la acera, y sus ojos como barrenas se atornillarán allí arriba, a mi habitación – hasta que caigan las cortinas para ocultar el crimen de no sé quién...

Él, Ángel de la Guarda, inclinó la balanza. Decidí: ¡no! ¡No y no!

Cuando subí a mi habitación y giré el interruptor – no podía creer lo que veían mis ojos: allí, junto a mi mesa, estaba O. Más bien – colgaba: así es como cuelga un vestido vacío y quitado – como si ya no hubiera el más mínimo resorte debajo del vestido: y sin resortes también los brazos, las piernas, y su voz, suspendida, tampoco tenía resortes.

—He venido – por mi carta. La ha recibido, ¿no? Necesito saber su respuesta, la necesito – hoy mismo.

Me encogí de hombros. Con placer – como si ella tuviera la culpa de todo – miré sus ojos azules, llenos hasta el borde – demoré mi respuesta. Y, también con placer, clavándole cada una de mis palabras, le dije:

—¿Mi respuesta? Bueno... Tiene razón. Sin duda. En todo.

—O sea que... —Su sonrisa ocultó un leve temblor, pero lo vi—. Bueno, ¡muy bien! Me voy ahora – ¡ahora mismo!

Seguía colgada sobre la mesa. Con ojos, piernas y brazos hacia abajo. Sobre la mesa aún había el talón rosado arrugado *de la otra*. Abrí a toda prisa este manuscrito mío – *Nosotros* – y entre sus páginas escondí el talón (quizá más de mí mismo que de O).

—Ya ve – sigo escribiendo. Ciento setenta páginas ya... Está saliendo algo tan inesperado...

Una voz – una sombra de voz:

—¿Recuerda...? Aquella vez, cuando le dije en la página siete... Entonces se me cayó una lágrima - y usted...

Platillos azules – por encima del borde, gotas raudas y silenciosas – por sus mejillas, abajo, raudas por encima del borde – palabras:

—No puedo, me voy ahora mismo... Nunca más, que así sea. Sólo quiero – debo tener un hijo suyo – ¡deme un hijo y me iré, me iré!

Lo veía: toda temblorosa bajo el unifo; y lo sentía: yo también ahora – – Crucé las manos detrás de la espalda y sonreí.

—¿Qué, le apetece la Máquina del Benefactor?

Y hacia mí – otra vez lo mismo, torrentes a través de los diques – sus palabras:

—¡Que así sea! Pero lo sentiré – lo sentiré dentro de mí. Aunque sólo sea por unos días... Verlo – ese plieguecito aunque sea una sola vez justo aquí – como lo vi allí – encima de la mesa. ¡Un solo día!

Tres puntos: ella, yo – y allí sobre la mesa un puñito con un plieguecito regordete...

Recuerdo que una vez, de niño, nos llevaron a la torre acumuladora. En la plataforma de arriba del todo me asomé por encima de la balaustrada de cristal; abajo – puntitos-personas, y en el corazón sentí un repiqueteo dulce: «¿Y si...?» Entonces me aferré a la balaustrada aún más fuerte; ahora – salté.

—¿Eso es lo que quiere? Aun siendo plenamente consciente de que...

Ojos cerrados – como directamente contra el sol. Una sonrisa húmeda y radiante.

—¡Sí, sí! ¡Quiero!

Cogí de debajo del manuscrito el talón rosado – el de la otra – y corrí hacia el empleado de guardia. O me cogió de la mano y gritó algo, pero qué – sólo lo entendí más tarde, cuando volví.

Estaba sentada en el borde de la cama, con los puños apretados sobre el regazo.

—¿Es... es el talón de ella?

—Qué más da. Bueno, sí – es el de ella.

Algo crujió. Probablemente – O se moviera y fueran los muelles de la cama. Estaba sentada con las manos en el regazo, en silencio.

—¿Y bien? Vamos... —La agarré bruscamente por el brazo – manchas rojas (mañana – moretones) en su muñeca, allí – donde el regordete plieguecito infantil.

Eso – lo último. Luego – gira el interruptor, los pensamientos se apagan, la oscuridad, las chispas – y por encima de la balaustrada hacia abajo...

Nota n.º 20
Resumen:

Una descarga. El material de las ideas. El Peñasco Cero

Descarga – es la definición más adecuada. Ahora veo que fue precisamente como una descarga eléctrica. El pulso de mis últimos días era cada vez más seco, más frecuente, más tenso – los polos cada vez se acercan más – un crepitar seco – un milímetro más: una explosión, luego – silencio.

Dentro de mí ahora hay mucho silencio y vacío – como en casa, cuando todo el mundo se ha ido y tú yaces solo, enfermo, oyendo claramente el repiqueteo nítido y metálico de tus ideas.

Quizá esta «descarga» me haya curado por fin de esa «alma» mía que me tortura[46] – quizá haya vuelto a ser como todos nosotros. Al menos, ahora, sin sentir dolor, me imagino a O en las escaleras del Cubo, la veo en la Campana de Gas. Y si allí, en la Sala de Operaciones, pronuncia mi nombre – que así sea; en el último momento – besaré con devoción y gratitud la mano castigadora del Benefactor. Como ciudadano del Estado Unido tengo un derecho – recibir el castigo – y a ese derecho me niego a renunciar. Ninguno de nosotros, los números, debería atreverse a rechazar este derecho, el único que tiene – y, por tanto, el más valioso.

... Sigilosos, metálicos, nítidos, los pensamientos siguen tintineando; un misterioso aeromóvil me transporta a las alturas azules de mis queridas abstracciones. Y veo que aquí – en el aire más puro y enrarecido – con un leve chasquido como el de un neumático cuando se pincha – estalla mi razonamiento sobre el «único derecho»,[47] y veo claramente que no es sino un vestigio de un ridículo prejuicio de los antiguos – su idea del «derecho».

Hay ideas de arcilla – y hay otras fundidas para siempre en oro o en nuestro precioso cristal.[48] Para determinar el material de una idea, basta con dejar caer sobre ella gotas de un potente ácido.[49] Uno de estos ácidos también lo conocían los antiguos: la *reductio ad finem*. Me parece que lo llamaban así; sin embargo, tenían miedo de este veneno, preferían ver el cielo, aunque fuera uno cualquiera, de arcilla o de juguete, antes que la nada azul. Nosotros, en cambio – gracias al Benefactor –, somos adultos y no necesitamos juguetes.

Así pues – dejemos caer una gota de ácido sobre la idea de «derecho». Incluso los antiguos – los más adultos – lo sabían: la fuente del derecho es la fuerza, el derecho es una función de la fuerza. Tomemos los dos platillos de una balanza: en uno – un gramo; en el otro – una tonelada; en uno – el «yo», en el otro – el «nosotros», el Estado Unido. ¿No está claro? Presuponer que el «yo» pueda tener algunos «derechos» en relación con el Estado es exactamente lo mismo que pensar que un gramo puede equivaler a una tonelada. De ahí – nuestro reparto: a una tonelada – derechos, a un gramo – deberes; y el camino natural de la insignificancia a la grandeza: olvida que eres un gramo, siéntete una millonésima parte de una tonelada...

En mi silencio azul oigo sus refunfuños – los suyos, venusianos regordetes y sonrosados; los suyos, uranitas, tiznados de hollín como herreros.[50] Pero compréndanlo: todo lo que es grande es sencillo; compréndanlo: sólo las cuatro reglas de la aritmética son inmutables y eternas.[51] Y sólo una moral construida sobre las cuatro reglas – será grande, inmutable y eterna. Ésta es la sabiduría suprema, ésta es la cúspide de la pirámide que los hombres – rojos del esfuerzo, gimiendo y resbalando – han luchado por escalar durante siglos. Y desde esta cúspide – allí, al fondo, donde como viles alimañas aún pulula lo que se conserva en nosotros del salvajismo de nuestros antepasados –, desde esta altura todos son idénticos: tanto la madre ilegítima – O –, como el asesino, como aquel loco que se atrevió a lanzar un poema contra el Estado Unido; y una sentencia los espera a todos: la muerte prematura. Ésta es la justicia divina con la que, iluminados por los ingenuos y rosados rayos de la mañana de la historia, soñaban los hombres de la Edad de Piedra: su «Dios» castigaba la blasfemia contra la santa Iglesia del mismo modo que el asesinato.[52]

Ustedes, uranitas – severos y negros como los españoles de antaño que tenían la sabiduría de quemar a la gente en la hoguera –, no dicen nada y su silencio me lleva a pensar: están de mi lado. Pero oigo: los venusianos sonrosados – murmuran algo sobre torturas y ejecuciones, sobre la vuelta a la barbarie. Queridos míos: les compadezco – son incapaces de pensar en términos filosófico-matemáticos.

La historia de la humanidad se eleva en círculos – como un aeromóvil.[53] Cada círculo es diferente – de oro o de sangre –, pero igualmente todos se dividen en 360 grados. Así que de cero – hacia delante: 10, 20, 200, 360 grados – y de nuevo cero. Sí, volvemos a cero: ¡así es! Pero para mi mente matemática está claro: éste es un cero completamente diferente, nuevo. Pasamos del cero por la derecha – y volvemos al cero por la izquierda, y, por lo tanto: en lugar de un «más cero», tenemos un «menos cero». ¿Lo entienden?

Ese cero lo veo como un peñasco mudo, enorme, estrecho, afilado como un cuchillo. En la oscuridad feroz y peluda, con la respiración contenida, zarpamos del lado negro y nocturno del Peñasco Cero. Durante siglos – nosotros, Colombinos – navegamos y navegamos, dimos la vuelta alrededor de la Tierra hasta que por fin: ¡hurra! Una salva – y todos a los mástiles: descubrimos el otro lado del Peñasco, ese lado nunca visto, iluminado por el resplandor de la aurora boreal del Estado Unido, un témpano azul claro, chispas de arcoíris, del sol – de cientos de soles, de miles de millones de arcoíris...

Y qué más da que sólo la hoja de un cuchillo nos separe del otro lado – el negro – del Peñasco Cero. El cuchillo: es lo más duradero, más eterno e ingenioso que haya inventado el hombre. El cuchillo – era la guillotina, el cuchillo – es el método universal para cortar todos los nudos, y por el filo del cuchillo discurre el camino de las paradojas – el único camino digno de una razón intrépida...

Nota n.º 21
Resumen:

Mi deber como autor. El hielo se hincha. El amor más difícil

Ayer era su día, pero – una vez más – ella no vino, y recibí otra nota suya – incomprensible, sin aclarar nada. Pero estoy tranquilo, completamente tranquilo. Si me comporto tal como me dicta su nota, si llevo su talón al empleado de guardia, y luego, con las cortinas bajadas, me quedo solo en mi habitación – eso, por supuesto, no significa que sea demasiado débil para resistirme a sus deseos. ¡Qué ridículo! Por supuesto que no es así. Es sólo que – separado por las cortinas de todas esas sonrisas-esparadrapos – puedo seguir escribiendo en paz estas páginas – eso en primer lugar. Y segundo: tengo miedo de que, si la pierdo a ella, a I, tal vez pierda la única clave para resolver todas las incógnitas (la historia del armario, mi muerte temporal, etcétera). Ahora considero que es mi deber resolver estos enigmas – aunque sólo sea como autor de estas notas, sin olvidar que, en general, las cosas incognoscibles son intrínsecamente hostiles al ser humano, y que el *homo sapiens* sólo es humano en el pleno sentido de la palabra cuando su gramática no contiene absolutamente ningún signo de interrogación, sino sólo signos de exclamación, comas y puntos.[54]

Y así, impulsado, supongo, por un sentido del deber de autor, hoy a las 16.00 h he tomado un aeromóvil y he vuelto a dirigirme a la Casa Antigua. Soplaba un fuerte viento de cara. El aeromóvil se esforzaba por atravesar la espesura del aire, las ramas transparentes azotaban el fuselaje con un silbido. Abajo – la ciudad parecía estar hecha de bloques de hielo azul. De repente – una nube, una rápida sombra oblicua, el hielo se vuelve plomizo y se hincha, como en primavera, cuando estás en la orilla y esperas: en cualquier momento todo se resquebrajará, manará a chorros, se arremolinará, correrá abajo; pero pasan los minutos y el hielo sigue ahí, y eres tú el que te hinchas, el corazón te late cada vez más inquieto, cada vez más rápido... (pero ¿por qué estoy escribiendo sobre esto, y de dónde vienen estas extrañas sensaciones? Porque no hay rompehielos que pueda romper el cristal más sólido y transparente de nuestra vida).[55]

Frente a la puerta de la Casa Antigua – nadie. Di la vuelta y me encontré a la anciana, la pequeña vigilante junto al Muro Verde: se protegía los ojos con la mano, mirando hacia arriba. Por encima del Muro – agudos triángulos negros de ciertos pájaros. Empezaron a graznar y a lanzarse de pecho contra la poderosa barrera de ondas eléctricas – y luego volvieron, otra vez por encima del Muro.

Veo: sobre la cara oscura y cubierta de arrugas – sombras oblicuas y raudas – y una mirada rápida hacia mí.

—¡No hay nadie, nadie, nadie! ¡Sí! Y no hay ninguna razón para que entre. Sí...

¿Qué quiere decir con que no hay ninguna razón para que entre? ¿Y qué extrañas maneras son ésas: tratarme sólo como la sombra de otra? Tal vez – todos ustedes sean mis sombras. ¿Acaso no he sido yo quien poblé estas páginas con ustedes –hasta hace poco aún blancos desiertos cuadrangulares? Sin mí, ¿acaso les habrían visto todos aquellos a los que conduzco por los estrechos senderos de estas líneas?

Todo esto, por supuesto, no se lo dije; lo sé por experiencia: la peor tortura que se le puede infligir a alguien es hacerle dudar de su realidad – su realidad tridimensional, ninguna de otro orden. Me limité a señalarle secamente que su trabajo consistía en abrirme la puerta, y me dejó pasar al patio.

Vacío. Silencioso. El viento – allí, más allá de los muros, distante – como aquel día en que, hombro con hombro, de dos en dos, salimos de abajo, de los pasillos – si es que eso realmente ocurrió. Pasé por debajo de unos arcos de piedra, donde mis pasos, al golpear contra las bóvedas húmedas, caían detrás de mí – como si alguien me siguiera todo el rato. Las paredes amarillas – con granos de ladrillo rojo – me observaban a través de las oscuras gafas cuadradas de las ventanas, me observaban mientras abría las puertas chirriantes de los cobertizos, mientras me asomaba a cada rincón, a cada callejón sin salida, a cada recoveco. Una portezuela en la valla daba a un descampado, un monumento a la Gran Guerra de los Doscientos Años: emergiendo del suelo – costillas de piedra desnudas, las mandíbulas amarillas de los muros al descubierto y una antigua estufa con su tubo vertical – un barco petrificado para siempre entre los embates de piedras amarillas y ladrillos rojos.

Una sensación repentina: ya había visto esos dientes amarillos antes – pero de una forma vaga, como si estuvieran en el fondo de una espesa masa de agua – así que me puse a buscar. Me hundía en pozos, tropezaba con piedras, garras oxidadas se agarraban a mi unifo y de la frente me resbalaban gotas de sudor muy saladas que se me metían en los ojos...

¡En ninguna parte! Esa salida de entonces de ahí debajo de los pasillos subterráneos no la encontré por ningún lado – no estaba ahí. Por lo demás – tal vez fuera lo mejor: lo más probable es que todo aquello no fuera más que uno de mis absurdos «sueños».

Exhausto, cubierto de polvo y telarañas – ya estaba abriendo la portezuela para volver al patio principal. De repente detrás de mí – un rumor, pasos que chapoteaban –

y luego frente a mí: las alas-orejas rosadas y la sonrisa dos veces curvada de S.

Con los ojos entrecerrados, me perforó con sus taladritos y me preguntó:

—¿Dando un paseo?

No dije nada. Me estorbaban los brazos.

—Así pues, ¿ya se encuentra mejor?

—Sí, gracias. Me parece que estoy volviendo a la normalidad.

Me soltó – levantó la vista. Como tenía la cabeza inclinada hacia atrás – por primera vez reparé en su nuez de Adán: protuberante, parecía un muelle de sofá roto.

Por encima de nosotros, a poca altura – unos 50 metros –, los aeromóviles zumbaban. Por su vuelo bajo y lento, por las colas negras de sus periscopios orientados hacia abajo – reconocí los aparatos de los Guardianes. Pero no eran dos o tres, como de costumbre, sino entre diez y doce (por desgracia, tengo que conformarme con una cifra aproximada).

—¿Por qué hay tantos hoy? —me arriesgué a preguntar.

El muelle del sofá estaba en su sitio, sus ojos clavados en mí de nuevo.

—¿Que por qué? Hmmm... El verdadero médico empieza a tratar a sus pacientes cuando aún están sanos, a los que enfermarán mañana, pasado mañana, o de aquí a una semana. Profilaxis, ¡eso es!

Asintió y empezó a chapotear por las baldosas de piedra del patio. Luego se dio la vuelta y – por encima del hombro – me dijo:

—¡Tenga cuidado!

Me he quedado solo. El silencio. El vacío. Lejos, en lo alto del Muro Verde, los pájaros revolotean. El viento. ¿Qué ha querido decir?

El aeromóvil se desliza rápidamente por la corriente de aire. Las sombras de las nubes, ligeras, pesadas – y abajo – las cúpulas azul claro, los cubos de hielo cristalino se vuelven plomizos, se hinchan...

Por la noche:

Abrí mi manuscrito para incluir en estas páginas algunos pensamientos, me parece, útiles (para ustedes, lectores) sobre el gran Día de la Unanimidad – ese día está ya cerca. Y me di cuenta: ahora no podía escribir. Aguzo el oído todo el tiempo al viento, que bate sus alas oscuras contra el cristal de las paredes; todo el tiempo miro alrededor, espero. ¿Qué? No lo sé. Y cuando vi aparecer las familiares branquias de color rosa pardo en mi habitación – me alegré mucho, lo digo con franqueza. Ella se sentó, se ajustó pudorosamente el pliegue del unifo que se le había quedado atrapado entre las rodillas, y enseguida me cubrió entero con sus sonrisas – un esparadrapo para cada uno de mis rasguños – y me sentí agradable y firmemente fajado, como un bebé en una manta envolvente.

—Verá, hoy entro en la clase —trabaja en la Fábrica Educativa Infantil—[56] y en la pared veo una caricatura. ¡Sí, sí, se lo aseguro! Me han dibujado como una especie de pez. Tal vez en realidad sí que...

—No, no, por favor —me apresuré a decir (de cerca no tiene nada parecido a branquias, estuvo fuera de lugar por mi parte mencionarlo).

—De todos modos, eso da lo mismo. Pero, como entenderá, el problema es el acto en sí. Por supuesto, he llamado a los Guardianes. Adoro a los niños, y considero que el amor más difícil y noble es el despiadado, ¿comprende?

¡Faltaría más! Eso concordaba mucho con mis pensamientos. No pude resistirme y le leí un pasaje de mi vigésima nota, el que empieza así: «Sigilosos, metálicos, nítidos, los pensamientos siguen tintineando...»

Sin mirar siquiera, vi cómo se estremecían sus mejillas de un rosa pardo, cómo se acercaban cada vez más a mí, hasta que de repente sus dedos duros y secos – incluso un poco espinosos – se posaron en mis manos.

—¡Deme eso, démelo! Lo fonografiaré y haré que los niños se lo aprendan de memoria. Esos venusianos suyos no lo necesitan tanto como nosotros, y lo necesitamos – ahora, mañana, pasado mañana.

Miró a su alrededor – y en voz muy queda:

—¿Lo ha oído? Dicen que en el Día de la Unanimidad...

Me levanté de un salto.

—¿Qué – qué dicen? ¿En el Día de la Unanimidad – qué?

Las paredes acogedoras desaparecieron. Inmediatamente me sentí arrojado ahí fuera, al exterior, donde sobre los tejados azotaba un viento formidable y donde las nubes oblicuas del crepúsculo descendían cada vez más...

Yu me pasó el brazo por los hombros con firmeza y decisión (aunque me di cuenta: al intentar contener mi agitación – los huesos de sus dedos temblaban).

—¡Siéntese, querido, no se altere! Se dicen tantas cosas... Y, de todos modos, si lo necesita – ese día estaré a su lado, dejaré a los niños en la escuela con otra persona – y estaré con usted, porque usted, querido, usted... también es un niño, y necesita...

—No, no —dije, haciendo un gesto de desdén—, ¡de ninguna manera! Entonces pensarán que soy un niño de verdad – que yo solo no puedo... ¡De ninguna manera! – (Lo confieso: tenía otros planes para ese día.)

Sonrió; el texto no escrito de la sonrisa obviamente decía: «Ah, ¡qué obstinado es este niño!» Luego se sentó. Los ojos bajos. Sus manos de nuevo ajustaban pudorosamente el pliegue del unifo entre sus rodillas – y luego cambió de tema:

—Creo que debería tomar una decisión... por su bien... No, se lo ruego: no me dé prisas, necesito pensar aún...

Yo no le daba prisas. Aunque sabía que tenía motivos para alegrarme, pues no hay mayor honor que coronar los años crepusculares de alguien con tu propio ser.

... Durante toda la noche – una especie de alas, y yo caminaba protegiéndome la cabeza de las alas con mis manos. Y luego – una silla. Pero una silla – no como las nuestras, las actuales, sino una de modelo antiguo, de madera. Yo alterno el movimiento de las piernas como un caballo (la derecha delantera con la izquierda trasera, la izquierda delantera con la derecha trasera), la silla se acerca corriendo a mi cama y se sube – y amo esa silla de madera: incómoda y dolorosa.

Es asombroso: ¿es posible que no se haya inventado ningún tratamiento para curar esta enfermedad de los sueños, para volverla racional – o quizá incluso útil?

Nota n.º 22
Resumen:

Olas detenidas. Todo se perfecciona. Soy un microbio

Imagínense que están en la orilla: las olas suben con ritmo; y en la cresta – de pronto se quedan quietas, inmóviles, detenidas. Así de terrible y antinatural ha sido cuando nuestro paseo – estipulado en las Tablas – se ha enmarañado, se ha desbaratado, se ha detenido. La última vez que ocurrió algo parecido, según nuestras crónicas, fue hace 119 años cuando – en mitad de nuestro concurrido paseo – un meteorito, sibilante y humeante, cayó del cielo.[57]

Marchábamos como siempre, es decir, como aparecen representados los guerreros de los monumentos asirios: un millar de cabezas – con sus piernas compactas, integrales, y su par de brazos juntos moviéndose con impulso al unísono. Al final de la avenida – donde la torre acumuladora rugía amenazante – frente a nosotros un cuadrilátero: a los lados, delante y detrás – los guardias; y en el centro había tres: en sus unifos ya no hay números dorados – y todo está terriblemente claro.

La enorme esfera que coronaba la torre era un rostro: desde las nubes se inclinaba hacia nosotros y esperaba con indiferencia, escupiendo los segundos. Y entonces – exactamente a las 13.06 h – se produjo una conmoción en el cuadrilátero. Ha sucedido justo a mi lado, vi hasta los detalles más ínfimos, y recuerdo con suma claridad un cuello delgado y largo, y en la sien – una intrincada maraña de venas azules, como ríos en el mapa de un pequeño mundo desconocido, y ese mundo desconocido resulta que era un joven. Debió de ver a alguien entre nuestras filas: se puso de puntillas, estiró el cuello y se detuvo. Uno de los guardias le lanzó un chispazo azul con su látigo eléctrico; y el joven lanzó un débil gañido, como un cachorro. Y entonces – un chasquido preciso, más o menos cada dos segundos – y un chillido, un chasquido – un chillido.

Nosotros seguimos avanzando rítmicamente como antes – como asirios – y yo, mientras observaba los elegantes zigzags de chispas, pensaba: «En la sociedad humana todo se perfecciona – y debe perfeccionarse – infinitamente. Qué instrumento tan feo era el antiguo látigo – y cuánta belleza en...»[58]

Pero en ese instante, como una tuerca que se suelta de una máquina a toda velocidad, de nuestras filas se desprendió una figura femenina delgada, elástica y flexible, y al grito de «¡Basta! ¡Deténganse!» se abalanzó de cabeza hacia el cuadrilátero. Fue como el meteorito de hace 119 años: el paseo al completo se congeló y nuestras filas parecían crestas grises de olas petrificadas por una repentina helada.

Por un segundo la miré con extrañamiento, como todos los demás: ya no era un número – sólo una persona que encarnaba la sustancia metafísica de la ofensa infligida al Estado Unido. Pero hizo cierto movimiento – al girar, dobló la cadera hacia la izquierda – y de repente lo tengo claro: lo conozco, conozco ese cuerpo flexible como un látigo – mis ojos, mis labios, mis manos lo conocen; en ese momento me convencí del todo.

Dos de los guardias le cortaron el paso. Un momento más, y sus caminos – en ese punto aún claro y espejado del pavimento – se cruzarían – la atraparían... El corazón me dio un vuelco, dejó de latir, y sin razonar – se puede, no se puede, es ridículo, es sensato – me lancé a ese punto...

Sentí sobre mí miles de ojos redondeados del horror, pero eso sólo dio más fuerza, entre alegre y desesperada, a ese salvaje peludo que salió de mí y que corría cada vez más rápido. Ya estaba sólo a dos pasos, ella se volvió – –

Frente a mí: un rostro tembloroso, salpicado de pecas, cejas pelirrojas... ¡No era ella! No era I.

Un estallido de alegría desenfrenada. Quiero gritar algo como «¡A por ella!», «¡Atrápenla!», pero sólo me oigo susurrar. Y sobre mi hombro ya siento una mano pesada: me sujetan, me llevan, intento explicarles que...

—Oigan, tienen que entender, pensaba que era...

Pero ¿cómo podía explicarles todo sobre mí, toda la enfermedad que he anotado en estas páginas? Y me calmo, camino sumiso... Una hoja arrancada de un árbol por una repentina ráfaga de viento cae obediente, pero en su vuelo gira y se aferra a cada rama conocida, a cada horquilla, a cada nudo: así me aferré yo a todas esas cabezas esféricas y mudas, al hielo transparente de las paredes, a la aguja azul de la torre acumuladora clavada en la nube.

Justo cuando una cortina opaca estaba a punto de separarme de una vez por todas de este hermoso mundo, lo vi: cerca, agitando sus orejas-alas rosas, sobre el espejo del pavimento, se deslizó una enorme cabeza familiar. Y familiar también era su voz aplastada:

—Considero que es mi deber testificar que el número D-503 está enfermo y es incapaz de regular sus emociones. Estoy seguro de que se dejó llevar por la indignación natural...

—Sí, sí —dije, aferrándome a eso—. Incluso grité: «¡Atrápenla!»

Detrás, a mi espalda:

—Usted no ha gritado nada.

—Sí, pero quería hacerlo, lo juro por el Benefactor, quería...

Por un segundo me atravesaron los taladros de unos fríos ojos grises. No sé si vio en mí que eso era (casi) cierto, o si tenía algún motivo secreto para otra vez liberarme temporalmente; en cualquier caso, se limitó a garabatear una notita y a entregársela a uno de los que me retenían – y volví a ser libre o, mejor dicho, volví a quedarme encerrado en las armoniosas e interminables filas asirias.

El cuadrilátero – y en él esa cara pecosa y la sien con el mapa de venas azules – desapareció al doblar la esquina, para siempre. Caminamos – un cuerpo de un millón de cabezas – y en cada uno de nosotros reina esa humilde alegría con la que deben de vivir las moléculas, los átomos, los fagocitos. En el mundo antiguo – eso lo entendieron los cristianos, nuestros únicos (aunque muy imperfectos) predecesores: conocían la grandeza de la Iglesia – «el rebaño unido», y sabían que la humildad es una virtud, mientras que el orgullo es un vicio, y que NOSOTROS proviene de Dios, y YO del demonio.

Y heme aquí – ahora avanzo al mismo ritmo que todos – y, sin embargo, estoy separado de los demás. Todavía tiemblo por las emociones que he vivido, como un puente por el que acaba de pasar, retumbando, un antiguo tren de hierro. Me siento a mí mismo. Pero sólo se sienten a sí mismos – perciben su propia individualidad – el ojo que supura, el dedo con un absceso, el diente que duele: un ojo sano, un dedo sano y un diente sano – es como si no existieran. ¿No está claro que la conciencia individual es sólo una enfermedad?

Tal vez yo ya no soy un impasible fagocito que devora con diligencia microbios (microbios pecosos y con sienes azules): quizá yo sea un microbio, y quizá haya ya miles entre nosotros que, como yo, fingen ser fagocitos.

¿Y si todo esto que ha pasado hoy – en realidad, un incidente de poca importancia – no es más que el principio, el primer meteorito de toda una serie de rocas ardientes y rugientes, lanzadas por el infinito sobre nuestro paraíso de cristal?

Nota n.º 23
Resumen:

Las flores. La disolución de un cristal. Sólo si...

Dicen que hay flores que sólo florecen una vez cada cien años. ¿Por qué no habrían de existir algunas que florezcan una vez cada mil años, o cada diez mil? Tal vez no lo supiéramos hasta ahora porque es hoy precisamente cuando ha llegado esa «vez-cada-mil-años».

Y así, en una dichosa embriaguez, bajo las escaleras hacia el empleado de guardia, y dondequiera que miro veo capullos milenarios abriéndose en silencio ante mí, y florecen sillones, zapatos, placas doradas, bombillas eléctricas, los ojos oscuros y peludos de alguien, las columnas facetadas de las barandillas, un pañuelo caído en los escalones, la mesita de recepción manchada de tinta, y encima de ella – las delicadas mejillas marrones con pecas de Yu. Todo es extraordinario, nuevo, delicado, rosa, húmedo.

Yu coge mi talón rosa y por encima de su cabeza – a través del cristal de la pared – veo, colgando de una rama invisible, la luna: azul, fragante. La señalo triunfalmente y digo:

—La luna – ¿entiende?

Yu me mira, luego al número del talón – y veo ese gesto suyo tan familiar, tan encantadoramente casto: se arregla los pliegues del unifo entre sus angulosas rodillas.

—Usted, querido, tiene un aspecto enfermizo, anormal, porque la enfermedad y la anormalidad son una misma cosa. Va directo a la ruina, y nadie se lo dirá: nadie.

Ese «nadie», por supuesto, equivale al número del talón: I-330 – lo que se confirma con la mancha de tinta que cae al lado del número 330. ¡Querida y maravillosa Yu! Por supuesto, tiene razón: soy un insensato, estoy enfermo, tengo alma, soy un microbio. Pero ¿acaso no es una enfermedad la floración? ¿Acaso no duele cuando se abre un capullo? ¿Y no cree que el espermatozoide es el microbio más terrible?

Estoy arriba, en mi habitación. En el cáliz completamente abierto del sillón está I. Yo en el suelo, le abrazo las piernas, mi cabeza en su regazo, no decimos nada. Silencio, pulsaciones... De pronto: soy un cristal y me *disuelvo* en ella, en I. Siento, con una claridad total, que los bordes pulidos que me delimitan en el espacio se derriten, se funden: desaparezco, me disuelvo en su regazo, dentro de ella, me hago cada vez más pequeño – y al mismo tiempo más amplio, más grande, más inabarcable. Porque ella no es «ella», sino el universo. Y por un segundo, yo y este sillón impregnado de alegría que está junto a la cama somos uno: la anciana con su magnífica sonrisa en la puerta de la Casa Antigua, la fronda salvaje más allá del Muro Verde, esas ruinas plateadas sobre un fondo negro que dormitan como la anciana, y una puerta que ahora mismo se cierra de golpe en un lugar increíblemente lejano – todo eso está en mí, junto a mí, escuchando los latidos de mi pulso y atravesando conmigo este momento de felicidad...

Con palabras absurdas, confusas y ahogadas intento explicarle que soy un cristal y que por eso dentro de mí – tengo una puerta, y por eso siento la felicidad del sillón. Pero me sale tal disparate que me detengo, me da vergüenza: yo – y de pronto...

—¡Querida I, perdóname! No entiendo nada: estoy diciendo unas tonterías...

—¿Y qué le hace pensar que la estupidez es algo malo? Si durante siglos se hubiera alimentado y cultivado la estupidez como se ha hecho con la razón, tal vez habría surgido de ella algo extraordinariamente valioso.[59]

—Sí... —Creo que tiene razón – ¿cómo no va a tenerla ahora?

—Y por la estupidez que hiciste – en el paseo de ayer – te quiero aún más – más.

—Pero ¿por qué me atormentaste, por qué no venías, por qué me enviabas tus talones, por qué me obligaste...?

—¿Tal vez necesitaba ponerte a prueba? ¿Saber que todo lo que yo quisiera lo harías, que eras todo mío?

—¡Lo soy, todo tuyo!

Tomó mi cara – a mí entero – entre sus palmas, levantó mi cabeza.

—Bueno, y qué hay de sus «deberes de cualquier número honesto», ¿eh?

Dientes dulces, afilados y blancos; su sonrisa. Sentada en el cáliz abierto del sillón – es como una abeja: con aguijón y miel.

Sí, los deberes... Repaso mis últimas notas mentalmente: en ningún lugar, en efecto, aparece ni siquiera una mención a lo que debería...

No digo nada. Con una sonrisa extasiada (y sin duda ingenua), contemplo sus pupilas, moviendo mis ojos de una a otra, y en cada una de ellas me veo a mí mismo: yo – minúsculo, milimétrico – estoy encerrado en esas diminutas mazmorras radiantes. Y luego – de nuevo – abejas: sus labios, el dulce dolor de la floración...

En cada uno de nosotros, los números, hay un metrónomo invisible que emite tictac en silencio, y nosotros, sin necesidad de mirar el reloj, sabemos la hora precisa con un margen de error de cinco minutos. Pero en ese momento – mi metrónomo interno se había detenido, no sabía cuánto tiempo había pasado y, preso del miedo, cogí la placa con el reloj de debajo de la almohada...

Alabado sea el Benefactor: ¡aún quedan veinte minutos! Pero los minutos – tan ridículamente cortos, escasos, corren, y tengo tanto que contarle – todo, todo sobre mí: la carta de O, la horrible noche en la que le di un niño y, sin saber por qué, sobre mis años de infancia – sobre el matemático Pliapa, sobre √-1, sobre la primera vez que estuve en la Fiesta de la Unanimidad y lloré amargamente, porque descubrí en mi unifo – justo ese día – una mancha de tinta.

I levantó la cabeza, se acodó. En las comisuras de sus labios – dos líneas largas y marcadas – y en el ángulo oscuro de sus cejas levantadas: una cruz.

—Quizá ese día... —Se quedó callada, con las cejas aún más oscuras. Me tomó la mano y la apretó con fuerza—. Dime, ¿no me olvidarás, te acordarás siempre de mí?

—¿Por qué dices eso? ¿De qué estás hablando? ¿I, querida?

I guardaba silencio, y sus ojos ya – junto a mí, a través de mí, distantes. De repente oí el viento retumbando sobre el cristal con sus enormes alas (por supuesto, había estado soplando todo el tiempo, pero sólo lo oí ahora) y por alguna razón recordé los estridentes pájaros sobre la cima del Muro Verde.

I sacudió la cabeza, se quitó algo de encima. Una vez más, por un segundo, me rozó toda ella – así un aeromóvil, por un segundo, elásticamente, roza el suelo antes de aterrizar.

—¡Vamos, dame mis medias! ¡Deprisa!

Las medias – tiradas sobre mi mesa, sobre una página abierta (la 193) de mis notas. Con las prisas, topé con el manuscrito, las hojas se desparramaron, y ya no había forma de ponerlas en orden y, lo principal, aunque lo hiciera, no habría un orden auténtico, seguiría habiendo límites, huecos, incógnitas.

—Así no puedo —dije—. Estás aquí, a mi lado y, sin embargo, pareces estar detrás de un muro antiguo y opaco: oigo susurros y voces a través de las paredes – y no distingo las palabras, no sé lo que hay allí. Así no puedo. Siempre dejas algo sin decir, nunca me has dicho adónde fui a parar aquella vez en la Casa Antigua, qué pasillos eran ésos y por qué estaba allí ese doctor – ¿o tal vez no hubo nada de eso?

I apoyó sus manos sobre mis hombros, y penetró despacio, profundamente, en mis ojos.

—¿Quieres saberlo todo?

—¡Sí, quiero! ¡Tengo que saberlo!

—¿Y no tendrás miedo de seguirme a todas partes, hasta el final – adondequiera que te lleve?

—¡No, iré a cualquier parte!

—¡Bien! Te lo prometo: cuando termine la fiesta, sólo si... Ah, por cierto: ¿cómo va vuestra *Integral*? Siempre me olvido de preguntar. ¿Estará pronto?

—No: ¿«sólo si», qué? ¿Otra vez? ¿«Sólo si», qué?

Ella (ya en la puerta):

—Tú mismo lo verás...

Estoy solo. Lo único que queda de ella es un aroma apenas perceptible, similar al polen dulce, seco y amarillo de algunas flores de más allá del Muro. Y además: clavadas en mí, sus anzuelos-preguntas – como esos que usaban los antiguos para pescar (Museo de Prehistoria).

... ¿Por qué de repente me ha preguntado por la *Integral*?

Nota n.º 24
Resumen:

Límite de la función. Pascua. Tacharlo todo

Soy – como una máquina que funciona a demasiadas revoluciones; los cojinetes se ponen incandescentes, en cualquier momento – el metal fundido empezará a chorrear, y todo – al infierno. Cuanto antes – agua fría, lógica. Vierto cubos, pero la lógica chisporrotea sobre los cojinetes calientes y se disuelve en el aire como un vapor blanco inalcanzable.

Pues sí, está claro: para establecer el verdadero valor de una función hay que determinar su límite. Y está claro que la absurda «disolución en el universo» de ayer tiene su límite en la muerte. Porque la muerte – es precisamente la disolución absoluta de mí en el universo. De ahí que, si con «A» designamos el amor y con «M» la muerte, entonces A=f(M), es decir, el amor y la muerte...[60]

Sí, exacto, exacto. Por eso me da miedo I, lucho contra ella, no quiero. Pero ¿por qué en mí conviven el «no quiero» y el «quiero»? Lo que más miedo me da es que quiero esa muerte feliz de ayer. Lo más aterrador es precisamente que incluso ahora, después de integrar la función lógica, cuando ya es obvio que contiene implícitamente la muerte, a ella la sigo queriendo con mis labios, mis manos, mi pecho, con cada milímetro...

Mañana – Día de la Unanimidad. Por supuesto, ella también estará allí, la veré, pero sólo de lejos. De lejos – me dolerá, porque la necesito, me atrae irresistiblemente – junto a ella – sus manos, su hombro, su pelo... Pero incluso quiero ese dolor – que así sea.

¡Gran Benefactor! Qué absurdo – ¡querer el dolor! ¿Quién no entiende que los sumandos de dolor – negativos – disminuyen esa suma que llamamos «felicidad»? Y por lo tanto...[61]

Pero – no hay ningún «por lo tanto». Puro. Desnudo.

Por la tarde

A través de las paredes de cristal de la casa – un atardecer ventoso, febrilmente rosado e inquieto. Giro mi sillón para que eso rosado no se abra paso frente a mí, reviso mis notas – y lo veo: de nuevo me he olvidado de que no escribo para mí, sino para ustedes, desconocidos a los que amo y compadezco – para ustedes, que aún pululan en algún lugar de los siglos remotos, allí abajo.

Pues bien – sobre el Día de la Unanimidad, sobre ese gran día. Siempre me ha gustado, desde que era niño. Me parece que para nosotros – es algo así como lo que para los antiguos era la «Pascua». Recuerdo que en la víspera solíamos componer un pequeño calendario – se iba tachando hora por hora con solemnidad: una hora más cerca, una hora menos de espera... Si estuviera seguro de que nadie me va a ver – palabra de honor, incluso ahora llevaría un pequeño calendario así, y con él contaría el tiempo que queda hasta mañana, cuando por fin la vea – aunque sea de lejos...

(Me han interrumpido: han traído un nuevo unifo recién salido del taller. Según la antigua costumbre, en la víspera de la fiesta, todos recibimos unifos nuevos. En el pasillo – pasos, gritos alegres, bullicio.)

Continúo. Mañana veré el espectáculo que se repite año tras año, y que cada vez despierta mis emociones: el poderoso cáliz del consentimiento de las manos piadosamente levantadas. Mañana – el día de las elecciones anuales del Benefactor. Mañana volveremos a entregar al Benefactor las llaves de la fortaleza inquebrantable de nuestra felicidad.

Esto, por supuesto, no se parece en nada a las elecciones caóticas y desorganizadas de los antiguos, cuando – hace gracia decirlo – ni siquiera se conocía de antemano el resultado de las elecciones. Construir un Estado sobre la base de contingencias del todo incalculables, a ciegas, ¿puede haber mayor disparate? Y, sin embargo, resulta que se necesitaron siglos para entenderlo.

¿Es necesario mencionar que, entre nosotros, como en todo lo demás, no hay lugar para el azar ni para las sorpresas? Las elecciones en sí mismas tienen un significado más bien simbólico:[62] nos recuerdan que somos un poderoso organismo compuesto por millones de células, que somos – en palabras del Evangelio de los antiguos – una sola Iglesia.[63] Porque la historia del Estado Unido no conoce ningún caso en el que ni siquiera una voz se atreviera a perturbar el majestuoso unísono de este solemne día.

Dicen que los antiguos celebraban las elecciones en secreto en cierto modo, escondiéndose como ladrones; algunos de nuestros historiadores afirman incluso que acudían a las celebraciones electorales cuidadosamente disfrazados (me imagino ese espectáculo entre fantástico y sombrío: la noche, una plaza, figuras con capas oscuras deslizándose a lo largo de las paredes, las llamas escarlatas de las antorchas inclinándose por el viento...). Para qué servía todo este secretismo – hasta ahora no está aún claro; lo más probable es que las elecciones estuvieran relacionadas con algunas ceremonias místicas, supersticiosas, tal vez incluso criminales. Nosotros, en cambio, no tenemos nada que ocultar ni de lo que avergonzarnos: celebramos las elecciones abierta y honestamente, a plena luz del día. Yo veo que todos votan al Benefactor; todos ven que yo voto al Benefactor – ¿y podría ser de otra manera, cuando «todos» y «yo» somos un «NOSOTROS»? Cuánto más noble, sincero y elevado en comparación con el «secreto» cobarde y ladrón de los antiguos. Y además: cuánto más funcional. Al fin y al cabo, incluso suponiendo lo imposible, es decir, cualquier disonancia en la habitual monofonía, los Guardianes invisibles están aquí, entre nuestras filas, y enseguida pueden determinar los números que se han desviado y salvarlos de dar nuevos pasos en falso, y al Estado Unido – de ellos. Y, por último, una cosa más...

Detrás de la pared de la izquierda: frente a la puerta de espejo del armario – una mujer se desabrocha a toda prisa el unifo. Y, por un segundo, todo es confuso: ojos, labios, dos frutos afilados y rosados. ¡Entonces cae el telón, en mí en un instante – todo lo de ayer, y no sé qué es «por fin, uno más», y no quiero saberlo, ¡no quiero! Sólo quiero una cosa: I. Quiero que, en cada minuto, en cualquier minuto, esté siempre conmigo – sólo conmigo. Y lo que acabo de escribir sobre la Unanimidad es innecesario, no es eso, quiero tacharlo todo, romperlo, tirarlo. Porque lo sé (aunque sea un sacrilegio, pero es así): la fiesta sólo es posible con ella, sólo si ella está a mi lado, hombro con hombro. Sin ella – el sol de mañana será sólo un circulito de hojalata, y el cielo – una hojalata azul pintada, y yo...

Tomo el auricular del teléfono.

—¿I, es usted?

—Sí, soy yo. ¡Sí que llama tarde!

—Quizá aún no sea tan tarde. Quiero preguntarle... Quiero que mañana esté conmigo. Querida...

«Querida» – lo digo en voz muy baja. Y, sin saber por qué, pasa ante mis ojos una escena de esta mañana en el hangar: a modo de broma, pusieron un reloj debajo de un martillo de cien toneladas – un golpe, una brisa en la cara – y un delicado silencioso toque de cien toneladas sobre el reloj frágil.

Una pausa. Me parece que oigo allí – en la habitación de I – a alguien susurrar. Luego su voz:

—No, no puedo. Comprenda: yo misma, con gusto... No, no puedo. ¿Por qué? Mañana lo verá.

Noche.

Nota n.º 25
Resumen:

Descenso de los cielos. La mayor catástrofe de la historia. Lo conocido se ha terminado

Cuando, antes del principio, todo el mundo se puso en pie y la solemne cortina de cobre del himno ondeó sobre sus cabezas – cientos de trompetas de la Fábrica de Música y millones de voces humanas[64] – por un segundo me olvidé de todo: me olvidé de algo inquietante que I había dicho sobre la celebración de hoy, creo que incluso me olvidé de ella misma. Ahora volvía a ser ese mismo niño que un día lloró por una diminuta mancha en su unifo que sólo él podía ver. Aunque nadie a mi alrededor vea las manchas negras e indelebles que tengo, aun así, sé que, para mí, un criminal, no hay lugar entre esos rostros abiertos. ¡Oh, si pudiera levantarme en este mismo momento y, ahogándome, gritar todo sobre mí a los cuatro vientos! Que luego llegara el fin – ¡que llegara! –, pero me sentiría por un segundo tan puro e irreflexivo como este cielo infantilmente azul.

Los ojos de todos se dirigían allí arriba: al azul prístino de la mañana, aún no seco de las lágrimas de la noche, una mancha apenas perceptible, a veces oscura, a veces vestida de rayos. Desde los cielos descendía hacia nosotros un nuevo Jehová en aeromóvil, tan sabio y tan amorosamente cruel como el Jehová de los antiguos. A cada momento se acercaba más – y más y más alto se elevaban millones de corazones para acogerlo – y Él ya nos ve. Y miro hacia abajo junto con él en el pensamiento: marcados con una línea de diminutos puntos azules, los círculos concéntricos de las gradas – como círculos de una telaraña, salpicados de soles microscópicos (– los destellos de las placas); y en su centro – ahora tomaría asiento la Araña blanca y sabia – el Benefactor vestido de blanco, que en su sabiduría nos había atado de pies y manos con las benévolas redes de la felicidad.

Pero he aquí que su majestuoso descenso de los cielos llegó a su fin, los bronces del himno enmudecieron – y todo el mundo se sentó – y al instante lo entendí: en realidad, todo era una telaraña finísima que estaba tensa y temblaba – y en cualquier momento se rompería y ocurriría algo increíble...

Levantándome un poco del asiento, miré a mi alrededor – y me encontré con una mirada amorosamente inquieta, que pasaba de una cara a otra. En ese momento uno levantó la mano y, moviendo apenas los dedos, hizo una señal a otro. Y entonces – una señal de respuesta con un dedo. Y otra... Lo entendí: eran ellos. Los Guardianes. Lo entendí: algo los perturba, la telaraña está tensa, tiembla. Y en mí – como en una radio sintonizada en la misma longitud de onda – un escalofrío en respuesta.

En la tarima, el poeta recitaba una oda preelectoral, pero no oí ni una palabra: sólo la constante oscilación del péndulo hexamétrico, y con cada oscilación del péndulo se acercaba cada vez más la hora señalada. Y aquí estoy de nuevo hojeando frenéticamente las caras en las filas, una tras otra – como páginas – y así sigo sin ver a la única que busco, y tengo que encontrarla cuanto antes, porque pronto el péndulo hará tictac y luego – –

Él – ¡él, por supuesto! Abajo, más allá de la tarima, deslizándose sobre el cristal reluciente, fulguraron unas alas-orejas rosas, el rizo oscuro y dos veces curvado de la letra S reflejaba un cuerpo a la carrera – corría a algún lugar en los pasillos intrincados entre las gradas.

S, I – algún tipo de hilo (entre ellos – para mí todo el tiempo hubo cierto hilo; no sé cuál aún – pero algún día lo desenredaré). Clavé mi mirada con los ojos; él – como un ovillito alejándose cada vez más, y el hilo detrás de él. Se detuvo, y entonces...

Como una descarga de alto voltaje, fulminante: me penetró, me retorció en un nudo. En nuestra fila, tan sólo a 40 grados de mí, S se detuvo, se inclinó. Vi a I y junto a ella – al repugnante R-13 con labios de negro y sonriente.

Mi primer pensamiento – lanzarme allí y gritarle: «¡¿Por qué estás hoy con él? ¿Por qué no querías estar conmigo?!» Pero la telaraña invisible y benévola me entrelazaba con fuerza los brazos y las piernas; apretando los dientes, me senté férreamente, sin apartar los ojos. Como ahora: un agudo dolor físico en mi corazón. Lo recuerdo, pensé: «Si por razones no físicas – el dolor físico puede surgir, está claro que – –»

Por desgracia, no formulé ninguna conclusión: sólo recuerdo – algo sobre el «alma» fulguró, destelló un absurdo dicho antiguo – «con el alma en los pies». Y me quedé helado: el hexámetro enmudeció. Ahora empieza... ¿Qué?

El habitual receso de cinco minutos antes de las elecciones. El habitual silencio preelectoral. Hoy, sin embargo, no era como de costumbre, piadoso y reverente: ahora era como el de los antiguos, cuando aún no se conocían nuestras torres acumuladoras, cuando el cielo indómito seguía desencadenando «tormentas» de vez en cuando. Ahora era como el de los antiguos antes de la tormenta.

El aire – de hierro fundido transparente. Apetece respirar con la boca abierta. El oído, dolorosamente tenso, lo graba: en algún lugar detrás – un susurro inquietante de roedor. Con los ojos bajados todo el tiempo veo a esos dos – I y R – el uno al lado del otro, hombro con hombro, y sobre mis rodillas tiemblan las extrañas – mis odiosas – manos peludas...

En las manos de cada uno – las placas con relojes. Uno. Dos. Tres... Cinco minutos... Desde la tarima – una voz lenta, de hierro fundido:

—Los que estén «a favor» – ¡que levanten la mano, por favor!

Si pudiera mirarlo a Él a los ojos como lo hacía antes – con franqueza y devoción: «Estoy ante ti. ¡Todo yo! ¡Tómame!» Pero ahora no me atrevía. Con un esfuerzo – como si mis articulaciones estuvieran oxidadas – levanté la mano.

El susurro de millones de manos. El «¡ah!» apagado de alguien. Y lo siento, algo ya ha comenzado, precipitándose hacia abajo, pero no entendía qué, y por falta de fuerzas, no me atrevía a mirar...

—¿Quiénes – «en contra»?

Éste siempre había sido el momento más majestuoso de toda la celebración: todos siguen sentados y quietos, inclinando alegremente la cabeza ante el yugo benévolo del Número de los Números. Pero en ese momento, con horror, volví a oír el susurro: ligero como un suspiro, se oyó más que las trompetas cobrizas del himno de antes. Así por última vez en su vida suspira un hombre de manera apenas audible – y a mi alrededor a todos se les empalidecen las caras, y todos – gotas de sudor frío en la frente.

Levanté los ojos – y...

Fue – una centésima de segundo, una pestañita. Lo vi: miles de manos se agitaron hacia arriba – «¿en contra?» – cayeron. Vi la cara pálida y tachada con una cruz de I, su mano levantada. Se me ofuscaron los ojos.

Otra pestañita; una pausa; silencio; pulso. Luego – como si un director de orquesta enloquecido diera la señal – en todas las gradas a la vez un crujido, gritos, un torbellino de unifos en tromba, las figuras de los Guardianes agitándose desconcertados, los tacones de alguien en el aire justo ante mis ojos – y junto a los tacones la boca de alguien abierta del todo en un grito inaudible. Esto, por alguna razón, se me quedó grabado en la memoria: miles de bocas gritando en silencio – como en la pantalla de un monstruoso cine.

Y como en una pantalla – en algún lugar lejano, abajo, un segundo antes que yo – los labios descoloridos de O: apretada contra la pared del pasillo, estaba allí con los brazos cruzados protegiéndose el vientre. Y ella ya no está – la arrastraron, o me olvidé de ella, porque...

Esto ya no está en una pantalla – sino dentro de mí, en mi corazón oprimido, en mis sienes que retumban con frecuencia. Por encima de mi cabeza, a la izquierda, sobre un banco – de repente apareció R-13 – salpicando, rojo, furioso. En sus brazos – I, pálida, con el unifo desde el hombro hasta el pecho desgarrado, sobre el blanco – sangre. Ella lo cogía con fuerza por el cuello, y él con grandes saltos – de banco en banco – aborrecible y ágil como un gorila – la llevó hacia arriba.

Como un incendio en tiempos de los antiguos – todo se volvió púrpura para mí – y sólo una cosa: saltar, alcanzarlos. Ahora no me explico de dónde saqué tanta fuerza, pero me abrí paso entre la multitud como un ariete – por encima de los hombros de alguien, por encima de los bancos – y ya cerca, agarré de las solapas a R.

—¡No te atrevas! ¡No te atrevas, te digo! Ahora mismo. —Por suerte, mi voz no se oyó – todos gritaban, todos corrían.

—¿Quién? ¿Qué pasa? ¿Qué? —R se dio la vuelta, sus labios salpicaban, temblaban – debió de pensar que lo agarraba uno de los Guardianes.

—¿Qué? Pues eso – que no quiero, ¡no lo permitiré! Quítale las manos de encima, ¡ahora mismo!

Pero él se limitó a chasquear los labios con rabia; sacudió la cabeza y siguió corriendo. Y ahí estaba yo – y me da una vergüenza increíble escribirlo, pero creo que debo hacerlo para que ustedes, desconocidos lectores míos, puedan estudiar la historia de mi enfermedad hasta el final – así que le di un golpe con impulso en la cabeza. ¿Comprenden? ¡Lo golpeé! Lo recuerdo claramente. Y además recuerdo: la sensación de liberación y de ligereza en todo mi cuerpo debido a ese golpe.

I se zafó a toda prisa de sus brazos.

—¡Váyase! —le gritó a R—, ya lo ve: él... ¡Váyase, R, váyase!

R, mostrando sus dientes blancos de negro, me salpicó una palabra en la cara, se lanzó hacia abajo y desapareció. Y levanté en brazos a I, la apreté con fuerza contra mí y me la llevé.

Mi corazón latía dentro de mí – enorme, y con cada latido arrojaba una ola tan desenfrenada, tan caliente, tan alegre. Y si algo allí había saltado en mil pedazos, ¡qué más daba! Con tal de llevármela así, llevármela, llevármela...

Por la noche, a las 22.00 h

Me cuesta sostener la pluma en la mano: un cansancio tan descomunal después de todos los impresionantes acontecimientos de esta mañana ¿Se han caído los muros protectores y seculares del Estado Unido?[65] ¿Volvemos a estar sin techo, en un estado de libertad salvaje, como nuestros lejanos antepasados? ¿Ya no hay Benefactor? En contra... En el Día de la Unanimidad – ¿en contra? Me avergüenzo de ellos, dolor, miedo. Por lo demás – ¿quiénes son «ellos»? ¿Y quién soy yo: «ellos» o «nosotros» – acaso lo sé?

Aquí está: sentada en un banco de cristal caliente por el sol – en la grada superior, adonde la he traído. Su hombro derecho y más abajo – el comienzo de una curva maravillosa e incalculable – están expuestos; una finísima culebrilla roja de sangre. Como si no notara la sangre, de ese pecho expuesto... No, más: ella lo ve todo, pero es exactamente lo que necesita ahora, y si llevara el unifo abrochado – ella misma lo habría roto, ella...

—Y mañana... —Aspira aire con avidez a través de unos dientes apretados, brillantes y afilados—. Y mañana – no se sabe qué. ¿Entiendes?: no lo sé, nadie lo sabe – ¡es desconocido! ¿Te das cuenta de que todo lo conocido se ha acabado? ¡Nuevo, increíble, insólito!

Allí abajo espumean, corren, gritan. Pero eso – lejos, cada vez más lejos, porque ella me mira, me atrae lentamente hacia sí a través de las estrechas y doradas ventanas de sus pupilas. Así – mucho tiempo, en silencio. Y, por alguna razón desconocida, me acuerdo de cómo una vez, al otro lado del Muro Verde, miré fijamente unas incomprensibles pupilas amarillas, y los pájaros revoloteaban sobre el Muro (aunque quizá eso fuera en otra ocasión).

—Escucha: si no ocurre nada especial mañana – te llevaré allí – ¿comprendes?

No, no lo entiendo. Pero asiento en silencio. Yo – me disolví, yo – infinitesimal, yo – un punto...

Al fin y al cabo, hay una cierta lógica en este estado puntual (el de hoy): un punto es lo que más incógnitas presenta; basta con que vibre, con que se mueva – puede transformarse en miles de curvas diferentes, en cientos de cuerpos.

Tengo miedo de moverme: ¿en qué me transformaré? Y me parece que todo el mundo, al igual que yo, tiene miedo de hacer el más mínimo movimiento. Por ejemplo, ahora mismo, mientras escribo esto, todos están sentados, apretujados en sus jaulas de cristal, y esperan algo. En el pasillo no se oye el habitual zumbido del ascensor a estas horas, ni risas, ni pasos. A veces los veo: de dos en dos, mirando hacia atrás, pasan de puntillas por el pasillo, susurran...

¿Qué pasará mañana? ¿En qué me convertiré mañana?

Nota n.º 26
Resumen:

El mundo existe. Erupción. 41 °C

Por la mañana. A través del techo – el cielo tan firme como siempre, redondo, de mejillas rojas. Pienso – me sorprendería menos si viera sobre mi cabeza un sol insólito, cuadrangular, gente con ropa abigarrada hecha de pieles de animales, paredes de piedra, opacas. Así pues, ¿se deduce que el mundo – nuestro mundo – sigue existiendo? ¿O es sólo la fuerza de la inercia – el generador ya se ha apagado, pero los engranajes siguen girando con estruendo – dos vueltas, tres vueltas – se detendrán a la cuarta...?

¿Conocen ese extraño estado? Es de noche; se despiertan, abren los ojos en la oscuridad y de repente lo sienten – están perdidos; y deprisa, deprisa, empiezan a palpar a su alrededor, a buscar a tientas algo conocido, seguro – una pared, una lámpara, una silla. Eso es lo que estaba haciendo hoy, cuando repasaba *El Periódico del Estado Unido* – deprisa, deprisa – y aquí está:

> Ayer se celebró el tan esperado Día de la Unanimidad. Por cuadragésima octava vez se reeligió por unanimidad al Benefactor, que tantas veces ha dado muestras de su firme sabiduría. La ceremonia se

vio ensombrecida por los disturbios provocados por los enemigos de la felicidad, que se privaron así del derecho a ser llamados «ladrillos de los cimientos del Estado Unido», reafirmado ayer. A nadie se le escapa que tener en cuenta sus voces sería tan absurdo como considerar parte de una magnífica sinfonía heroica la tos de los enfermos, casualmente presentes, en la sala de conciertos...

¡Oh, sabio entre los sabios! Pero, después de todo, a pesar de todo, ¿estamos salvados? De hecho, ¿qué se puede objetar a este silogismo archicristalino?

Y luego – dos líneas más:

> Hoy a las 12.00 h habrá una asamblea conjunta de la Oficina de Administración, la Oficina Médica y la Oficina de los Guardianes. Se espera que en los próximos días se promulgue una importante ley estatal.

Sí, las paredes siguen en pie – están aquí – puedo tocarlas. Y esa extraña sensación de que estoy perdido, de que me he extraviado, ha desaparecido, y no me sorprende en absoluto ver el cielo azul, el sol redondo; y todo el mundo – como siempre – va a trabajar.

Atravesé la avenida con pasos especialmente firmes y retumbantes – y me pareció que todo el mundo caminaba del mismo modo. Pero entonces aparece un cruce, doblo la esquina y veo: extrañamente, la gente bordea la esquina del edificio – como si alguna tubería hubiera reventado en la pared, saliera agua fría a chorros y no se pudiera pasar por la acera.

Cinco, diez pasos más – y yo también estoy rociado de agua fría, me tambaleo, me veo expulsado de la acera... En la pared – más o menos a dos metros de altura – una hoja de papel cuadrangular, y en ella – letras verdes incomprensibles y venenosas:

MEFI.[66]

Y debajo – una espalda curvada en forma de S, con unas orejas-alas que se agitan transparentes de ira o emoción. Con el brazo derecho levantado y el izquierdo estirado con impotencia hacia atrás – como un ala enferma y maltrecha – saltaba – para arrancar el papel – pero no podía, no lo alcanzaba por muy poco.

Probablemente todos los que se cruzaban con él pensarán para sí mismos: «Si yo, uno de tantos, me acercara – ¿no pensará que soy culpable de algo y que por eso quiero...?»

Lo admito: también yo pensé lo mismo. Pero al recordar cuántas veces él había sido para mí un verdadero ángel de la guarda, cuántas veces me había salvado – encontré el valor para acercarme, estiré el brazo y arranqué la hojita.

S se dio la vuelta, hundió rápido-rápido sus taladritos en mí, hasta el fondo, y extrajo algo de allí. Luego levantó la ceja izquierda, con la que señaló la pared donde había estado colgado el cartel de MEFI. Y fulguró ante mí el rabillo de su sonrisa – para mi sorpresa parecía incluso alegre. De todos modos, ¿había alguna razón para sorprenderse? En lugar del período de incubación – con su abrumadora fiebre que aumenta poco a poco – el médico siempre preferirá una erupción y una temperatura de 40 °C: así, por lo menos, se ve claro de qué enfermedad se trata. Esos MEFI que habían aflorado hoy en las paredes eran una erupción en toda regla. Entiendo su sonrisa...*

Descenso al tren subterráneo – y allí, debajo de mis pies, en el cristal impoluto de la escalera – de nuevo una hoja blanca: MEFI. Y en la pared de abajo, en el banco, en el espejo del vagón (al parecer pegada a toda prisa – de forma descuidada, torcida) – ¡por todas partes la misma erupción blanca y espantosa!

---

* Tengo que confesar que comprendí el verdadero significado de esa sonrisa sólo al cabo de muchos días, llenos a rebosar de los acontecimientos más extraños e inesperados.

Silencio – se oye el zumbido nítido de las ruedas, como el ruido de la sangre inflamada. A alguien lo tocan en el hombro – se sobresalta y deja caer un fajo de papeles. Y a mi izquierda – otro: lee una y otra vez, una y otra vez, la misma línea del periódico, que apenas tiembla. Y siento que en todo – ruedas, manos, periódicos, pestañas – el pulso se acelera cada vez más – y quizá hoy, cuando me encuentre allí con I – la fiebre suba a 39, 40, 41 °C – marcados en el termómetro con una línea negra...

En el hangar – el mismo silencio, apenas perturbado por el lejano e invisible zumbido de una hélice. Las máquinas, mudas, parecen enfurruñadas. Y sólo las grúas, apenas audibles, como si se movieran de puntillas, se deslizan, se inclinan, agarran con sus pinzas bloques azules de aire congelado y los cargan en los depósitos laterales de la *Integral*: las estamos preparando para el vuelo de prueba.

—Qué le parece: ¿habremos terminado de cargarla en una semana?

Ése era yo – al Segundo Constructor. Su rostro – una loza decorada con florecillas de dulce color azul y rosa delicado (los ojos, los labios), pero hoy se ven un tanto desteñidos, borrosos. Estábamos contando en voz alta, pero de repente me interrumpí a media palabra y me quedé boquiabierto: en lo alto bajo la cúpula, sobre uno de los bloques azules levantados por la grúa – un cuadradito blanco apenas visible – un papelito pegado. Y todo yo tiemblo – tal vez de la risa – sí, me oigo reír (¿conocen esa sensación – cuando uno se oye su propia risa?)

—No, escuche... —le digo—. Imagine que vuela en un avión antiguo; el altímetro marca 5.000 metros, se ha roto un ala, cae en barrena y entretanto calcula: «Mañana – de 12.00 a 14.00 h... De 14.00 a 18.00 h... A las 18.00 h – cena...» ¿No es gracioso? Pues esto – ¡esto es precisamente lo que ahora nos está pasando!

Las florecillas azules se mueven, se desencajan. ¿Y qué pasaría si yo fuera de cristal, y él viera que dentro de unas 3-4 horas...?

Nota n.º 27
Resumen:

Sin resumen – Es imposible

Estoy solo en los interminables pasillos – esos mismos. Un cielo mudo de hormigón. En algún lugar el agua gotea sobre la piedra. Una puerta familiar, pesada y opaca – y de allí un estruendo ensordecedor.

Ella dijo que saldría a buscarme a las cuatro en punto. Pero desde las 16.00 h ya han pasado cinco minutos, diez, quince: no hay nadie. Por un segundo – mi anterior yo, cuyo miedo es que se abra esta puerta. Otros cinco minutos, y si no sale – –

El agua gotea contra la piedra en algún lugar. No hay nadie. Con una alegría nostálgica lo siento: estoy salvado. Lentamente vuelvo a recorrer el pasillo. La trémula línea de puntos de las bombillas en el techo se vuelve más tenue, cada vez más tenue...

De pronto a mis espaldas – tintinea apresuradamente la puerta, un rápido ruido de pasos que rebota suavemente en el techo, en las paredes – y ahí está ella, volátil, un tanto jadeante por la carrera, respirando por la boca.

—Lo sabía: ¡que estarías aquí, que vendrías! Lo sabía: tú, tú...

Las lanzas de las pestañas se abrieron, me dejaron entrar – y... ¿Cómo describir lo que hace conmigo ese antiguo, absurdo y maravilloso rito, cuando sus labios tocan los míos? ¿Con qué fórmula expresar ese torbellino que arrasa con todo en el alma, salvo con ella? Sí, sí, en el alma – reíos, si queréis.

Con esfuerzo, levanta despacio los párpados – y con dificultad, dice lentamente:

—No, basta... Después: ahora – ¡vamos!

La puerta se abrió. Escalones – desgastados, viejos. Y un alboroto insoportablemente abigarrado, un silbido, luz...

Han pasado casi veinticuatro horas desde entonces, todo en mí ya se ha aposentado un poco – pero aún me resulta muy difícil dar una descripción siquiera aproximada. En mi cabeza – como si una bomba hubiera explotado, y bocas abiertas, alas, gritos, hojas, palabras, piedras – todo junto, en un montón, una cosa tras otra...

Recuerdo que lo primero que se me ocurrió fue: «Deprisa, atrás, a todo correr.» Porque está claro: mientras estaba allí, en los pasillos, y esperaba – de alguna manera ellos volaron o destruyeron el Muro Verde – y desde allí todo se derrumbó y arrasó nuestra ciudad no contaminada hasta ese momento del inframundo.[67]

Debí de comentarle algo parecido a I. Ella se echó a reír.

—¡Oh, no! Sólo – hemos ido más allá del Muro Verde...

Entonces abrí los ojos – y frente a mí, en realidad – eso mismo que hasta entonces ningún hombre vivo había visto antes, salvo mil veces más pequeño, debilitado, oscurecido por el turbio cristal del Muro.

El sol... no era el nuestro, repartido uniformemente sobre la superficie espejada del pavimento: eran una suerte de esquirlas vivas, manchas que saltaban sin cesar haciendo que mis ojos se deslumbraran y la cabeza me diera vueltas. Y los árboles, como velas – en línea recta hacia el cielo; como arañas acuclilladas en el suelo sobre sus patas torcidas; como fuentes mudas y verdes... Y todo eso se retuerce, se mueve, susurra; una bolita áspera salta bajo mis pies y estoy encadenado, no puedo dar un solo paso – porque debajo de mis pies no hay una superficie plana – ninguna superficie plana, ¿comprenden? – sino algo repulsivamente suave, flexible, vivo, verde, elástico.

Me quedé aturdido por todo eso, me atraganté – ésa podría ser la palabra más apropiada. Me quedé allí, con las dos manos agarradas a una rama temblorosa.

—¡No es nada, no es nada! Es sólo al principio, se le pasará. ¡Ánimo!

Al lado de I – sobre esa redecilla verde, vertiginosamente saltarina – el finísimo perfil de alguien recortado en papel... No, no de alguien: lo conozco. Lo recuerdo: el doctor – no, no, lo recuerdo todo con mucha nitidez. Y ahora lo entiendo: los dos me toman por debajo de los brazos y me arrastran hacia delante entre risas. Mis piernas se enredan, resbalan. Hay graznidos, musgo, terrones, chillidos, ramas, troncos, alas, hojas, silbidos...

Y – los árboles se disiparon, un claro luminoso, y en el claro – gente... o no sé qué: quizá sea más justo decir – criaturas.

Ahí – lo más difícil. Porque aquello ya estaba más allá de todos los límites de probabilidad. Y ahora me resulta claro por qué I siempre había guardado un silencio tan obstinado: de todos modos, no lo hubiera creído – ni siquiera a ella. Quizá mañana tampoco me crea a mí mismo – esta misma nota.

En el claro, en torno a una piedra desnuda parecida a un cráneo, había una multitud de trescientas o cuatrocientas... personas – llamémoslas así – «personas», me cuesta decirlo de otra manera. Al igual que en las gradas en un primer momento sólo se ven las caras conocidas, allí al principio sólo me fijé en nuestros unifos de color gris-azul.

Y al cabo de un segundo – entre los unifos – con toda claridad y sencillez: personas morenas, alazanas, doradas, bayas, rucias, blancas – aparentemente personas. Todas ellas desnudas, cubiertas de pelo corto y brillante – similar al que uno vería en un caballo disecado en el Museo de Prehistoria. Pero las hembras – tenían caras exactamente iguales – sí, sí, exactamente iguales – [que] nuestras mujeres: de un rosa delicado y libres de pelo, y libres de pelo también estaban sus pechos – llenos, fuertes, con una hermosa forma geométrica. Los machos sólo tenían una parte de la cara sin pelo – como nuestros antepasados – y órganos reproductores (totalmente parecidos a los nuestros).

Fue tan increíble, tan inesperado que me quedé parado – afirmo con toda convicción: me quedé parado tranquilamente y mirando. Como una balanza: sobrecargad un platillo – y luego, por mucho peso que pongáis allí – la flecha no se moverá...

De pronto – estoy solo: I ya no está conmigo – no sé cómo ni dónde ha desaparecido. Alrededor – sólo esos seres, con su pelo satinado al sol. Agarro el hombro caliente, fuerte y oscuro de alguien.

—Escuche – por el Benefactor – ¿no ha visto adónde se ha ido ella? Estaba justo aquí – hace un minuto...

Hacia mí – unas cejas desgreñadas, severas.

—¡Sh-h-h! Silencio. —Y señaló hirsutamente hacia allí, hacia el centro, donde estaba la piedra amarilla como una calavera.

Allí, arriba, por encima de las cabezas, por encima de todos – la vi. El sol me impactaba en los ojos, del otro lado, y hacía que toda ella – contra el lienzo azul del cielo – fuera una silueta nítida, negra como el carbón, sobre el fondo azul. Un poco más arriba vuelan las nubes, y es así: como si no fueran nubes, sino una piedra, y ella misma sobre la piedra, y la multitud detrás de ella, y el claro – se deslizan sin hacer ruido como un barco, y ligera – la Tierra flota bajo los pies...

—Hermanos... —¡Es ella!—. ¡Hermanos! Todos lo sabéis: más allá del Muro, en la ciudad, están construyendo la *Integral*. Y también lo sabéis: ha llegado el día en que destruiremos ese Muro – todos los muros – para que el viento verde sople de extremo a extremo – a través de la Tierra. Pero la *Integral* se llevará estos muros allí arriba, hacia miles de Tierras que esta noche os murmurarán con llamas en el negro follaje de la noche...

Contra la piedra – olas, espuma, viento.

—¡Abajo la *Integral*! ¡Abajo!

—No, hermanos: nada de «abajo». ¡La *Integral* debe ser nuestra! ¡Y será nuestra! El día en que surque el cielo por primera vez – nosotros iremos a bordo. Porque el Constructor de la *Integral* está con nosotros. Dejó los muros, vino aquí conmigo para estar entre vosotros. ¡Viva el Constructor!

Un momento – y estoy en algún lugar allí arriba; debajo de mí – cabezas, cabezas, cabezas, bocas vociferantes abiertas del todo, brazos chapoteando hacia arriba y cayendo. Era insólitamente extraño, embriagador: me sentía por encima de todos los demás, yo era yo, un mundo separado, dejé de ser un sumando como siempre y me convertí en una unidad.

Y ahí estaba yo – con el cuerpo arrugado, feliz, aplastado como después de los abrazos de amor – abajo, cerca de la propia roca. Sol, voces de arriba – la sonrisa de I. Una mujer de pelo dorado y piel satinada que huele a hierbas. En sus manos – un cáliz, al parecer de madera. Toma un sorbo con sus labios rojos – y me lo entrega, y yo bebo con avidez con los ojos cerrados, para apagar el fuego – bebo chispas dulces, punzantes y frías.

Y luego – la sangre en mí, y todo el mundo – mil veces más rápido, la Tierra ligera vuela como una pluma. Y todo para mí – ligero, simple, brillante.

Ahora me fijo en las conocidas letras enormes sobre la piedra: MEFI – y no sé por qué es tan necesario, es un hilo simple y sólido que lo une todo. Veo una imagen tosca – quizá sobre esa misma piedra: un joven alado, un cuerpo transparente, y allí donde debería estar el corazón – un carbón cegador, de color púrpura, que arde.[68] Y otra vez: entiendo que ese carbón... O no es eso: lo siento – igual que siento cada palabra sin oírla (ella habla desde arriba, desde la piedra) – y siento que todos respiran juntos – y todos juntos vuelan a algún lugar, como los pájaros sobre el Muro entonces...

Detrás, desde la espesura jadeante de los cuerpos – una voz fuerte:

—¡Pero esto es una locura!

Y me parece – sí, me parece que fui precisamente yo – que salté sobre la piedra, y desde allí el sol y las cabezas sobre el fondo azul – una sierra dentada verde, y grité:

—¡Sí, sí, exacto! Todo el mundo tiene que volverse loco, tiene que volverse absolutamente loco – ¡cuanto antes! Es necesario – ¡lo sé!

Junto a mí – I; su sonrisa, dos trazos oscuros – desde las comisuras de su boca hacia arriba, en ángulo; y también en mí – carbón, y eso – fugaz, ligero, un poco doloroso, hermoso...

Después – sólo fragmentos sueltos, dispersos.

Despacio, abajo – un ave. La veo: está viva como yo, como una persona gira la cabeza a la derecha, a la izquierda – y se atornillan en mí sus ojos negros, redondos...

Y además: su espalda – con un pelaje brillante del color del marfil antiguo. Un insecto oscuro con diminutas alas transparentes se arrastra por mi espalda – la espalda se sacude para ahuyentar el insecto, se vuelve a sacudir...

Y además: la sombra de las hojas – entretejida, enrejada. Los que están tumbados en la sombra comen algo que se parece a la legendaria comida de los antiguos: una fruta amarilla oblonga y un trozo de algo oscuro. Una mujer me lo pone en la mano y me río: no sé si puedo comerlo.

Y otra vez: la multitud, cabezas, piernas, brazos, bocas. Por un segundo aparecen rostros – y desaparecen, estallan como burbujas. Y por un segundo – o tal vez sólo me lo pareció a mí – alas-orejas voladoras, transparentes.

Aprieto la mano de I con todas mis fuerzas. Ella mira hacia atrás:

—¿Qué pasa?

—Él está aquí... Me pareció...

—¿Quién, él?

—S... Justo hace un momento – entre la multitud...

Cejas finas negras como el carbón levantadas hacia las sienes: un triángulo agudo, una sonrisa. No entiendo: ¿por qué sonríe – cómo puede sonreír?

—¿No entiendes, I...? ¿No entiendes lo que significa que él, o alguno de ellos, esté aquí?

—¡Ridículo! ¿Acaso a alguien de allí, de detrás del Muro, se le ocurriría pensar que estamos aquí? Recuerda: ¿alguna vez pensaste que fuera posible? ¡Si nos atrapan allí, que nos atrapen! ¡Estás delirando!

Sonríe ligera, alegre – y yo sonrío; la Tierra – ebria, alegre, ligera – flota...

Nota n.º 28
Resumen:

Las dos. Entropía y energía. La parte opaca del cuerpo

Miren: si su mundo se parece al de nuestros lejanos antepasados, imagínense que una vez en el océano tropezaran con la sexta o la séptima parte del mundo – con alguna Atlántida – y allí hubiera increíbles ciudades laberínticas, gente que se elevara en el aire sin alas ni aeromóviles, piedras levantadas por el poder de la vista – en pocas palabras, algo que no se les pasaría por la cabeza ni aunque estuvieran enfermos de sueños. Pues bien, así estaba yo ayer. Porque – entiéndanlo – ninguno de nosotros ha estado más allá del Muro desde la Guerra de los Doscientos Años – como ya les dije antes.

Lo sé: mi deber ante ustedes, desconocidos amigos míos, es hablarles en detalle sobre ese mundo extraño e inesperado que se me reveló ayer. Pero por el momento no puedo volver a eso. Todo es nuevo, todo el rato cosas nuevas, un chaparrón de acontecimientos, y no me basto para recogerlo todo: hago una bolsa con los faldones y ahueco las manos – y, sin embargo, se derraman cubos enteros a mi lado, mientras que en estas páginas sólo caen algunas gotas...

Al principio oí voces fuertes detrás de mi puerta – y reconocí su voz, la de I, elástica, metálica – y otra, casi rígida – como una regla de madera – la voz de Yu. Luego la puerta se abrió con un rechino y ambas entraron disparadas en mi habitación. Asimismo: entraron disparadas.

I apoyó la mano en el respaldo de mi butaca y, por encima del hombro, a la derecha – sólo con los dientes – le sonreía a Yu. No me gustaría enfrentarme a una sonrisa así.

—Oiga —me dijo I—, esta mujer parece haberse propuesto protegerle de mí como a un niño pequeño. ¿Lo hace – con su consentimiento?

Y entonces – la otra, con sus branquias temblorosas:

—Sí, es sólo un niño. ¡Sí! Ésa es la única razón por la que no ve que lo de usted con él – es sólo para... Que todo esto es una comedia. ¡Sí! Y mi deber...

Por un momento, en el espejo – la línea recta rota y saltarina de mis cejas. Me levanté de un salto y, luchando por mantener dentro de mí al otro – con sus puños peludos temblorosos, esforzándome por hacer pasar cada palabra por mis dientes, le grité a bocajarro – frente a las branquias:

—S-s-salga de aquí – ¡ahora mismo! ¡Largo!

Sus branquias se hincharon de color rojo ladrillo; luego bajaron, se volvieron grises. Abrió la boca para decir algo y sin decir nada – se marchó dando un portazo.

Me abalancé sobre I.

—¡No me lo perdonaré! ¡Nunca me lo perdonaré! Ella se atrevió – ¿a ti? Pero no debes pensar que yo pienso que tú... que ella... Todo es porque ella quiere registrarse conmigo, pero yo...

—Por suerte, no tendrá tiempo de hacerlo. Y aunque hubiera mil como ella: me da lo mismo. Lo sé – tú no creerás a esas mil, sino que me creerás a mí. Porque después de anoche – estoy toda yo ante ti, hasta el final, tal como querías. Estoy – en tus manos, puedes – en cualquier momento...

—¿Qué? ¿En cualquier momento? —Y al instante comprendí – qué; la sangre me inundó las orejas, las mejillas, y grité—: ¡No hables de eso, nunca me hables de eso! Sabes que *ése* era mi yo anterior, pero ahora...

—Quién te conoce... Una persona es como una novela: hasta la última página no se sabe cómo va a terminar. Si no, no valdría la pena leerla...

I me acaricia la cabeza. No le veo la cara, pero lo oigo en su voz: está mirando a algún lugar muy lejano, sus ojos están clavados en una nube que flota en silencio, despacio, no se sabe adónde...

De pronto, me apartó con la mano, con firmeza y ternura:

—Escucha: he venido a decirte que tal vez – éstos sean para nosotros los últimos días... Ya lo sabes: a partir de hoy por la tarde todos los auditorios se han cancelado.

—¿Cancelado?

—Sí. Y he pasado por ahí – y lo he visto: están preparando algo en los edificios de los auditorios, unas mesas, médicos de blanco.

—Pero ¿qué significa?

—No lo sé. Nadie lo sabe todavía. Y esto es lo peor. Sólo siento: que han conectado la corriente, que salta una chispa y, que, si no es hoy, será mañana... Pero tal vez no lo logren.

Hace tiempo que dejé de entenderlo: quiénes son ellos y quiénes – nosotros. No sé qué quiero: que actúen a tiempo o no. Sólo tengo una cosa clara: I ahora camina por el borde, por el mismísimo borde – y en cualquier momento...

—Pero es una locura —digo—. Ustedes – y el Estado Unido. Es como si alguien pusiera la mano en el cañón de un fusil – y pensara que eso va a detener el disparo. ¡Es una auténtica locura!

Una sonrisa.

—«Todo el mundo tiene que volverse loco – volverse loco cuanto antes.» Alguien dijo eso ayer. ¿Lo recuerdas? Allí...

Sí, lo tengo apuntado. Y, por lo tanto, era real. Miro en silencio su rostro: ahora se ve con gran claridad sobre él – una cruz oscura.

—I, querida, aún no es demasiado tarde... Si quieres – lo dejaré todo, lo olvidaré todo – y me iré contigo allí, más allá del Muro – con esos... No sé quiénes son...

Movió la cabeza. A través de las oscuras ventanas de sus ojos – allí, en su interior, podía ver que ardía un horno, chispas, lenguas de fuego hacia arriba, montones de leña seca y alquitranada apilados. Y me resultó claro: era demasiado tarde, mis palabras ya nada podían...

Se levantó – ahora se irá. Quizá – sean los últimos días, quizá – los últimos minutos... Le agarré la mano.

—¡No! Sólo un poco más – vamos, para... para...

Levantó mi mano despacio hacia la luz – esa mano peluda que yo tanto odiaba. Quise quitársela, pero ella me sujetaba con fuerza.

—Tu mano... Al fin y al cabo, tú no sabes – y poca gente lo sabe – que hubo mujeres de aquí, de la ciudad, que amaron a aquéllos. Y debe de haber en ti algunas gotas de sangre de sol, de bosque. Tal vez por eso yo a ti te – –

Una pausa – y qué extraño: por la pausa, por el vacío, por la nada – cuánto palpita el corazón. Y grito:

—¡Ah! ¡Todavía no te vas a ir! No te irás – hasta que me hables de ellos – porque los amas... a ellos, y ni siquiera sé qué son, de dónde vienen.

—¿Quiénes son? ¿La mitad que perdimos, H_2 y O? Para obtener H_2O – arroyos, mares, cascadas, olas, tormentas – se necesita que las mitades se junten...

Recuerdo con nitidez cada uno de sus movimientos. Recuerdo cómo cogió de la mesa mi escuadra de cristal y todo el rato, mientras ella hablaba, presionó su borde afilado contra mi mejilla – en mi mejilla apareció una cicatriz blanca, luego se tiñó de rosa y se desvaneció. Y es sorprendente: no puedo recordar sus palabras – sobre todo al principio – y sólo algunas imágenes separadas, colores.

Lo sé: al principio dijo algo – de la Guerra de los Doscientos Años. Y ahí – rojo sobre el verde de la hierba, sobre arcillas oscuras, sobre el azul de la nieve – charcos rojos que no se secan. Luego hierbas amarillas, quemadas por el sol; gente desnuda, amarilla, desaliñada – y perros desaliñados – al lado de carroña hinchada, de perros o quizá de humanos... Eso, por supuesto – más allá de los muros, porque la ciudad – ya había ganado, en la ciudad ya existía nuestro actual alimento – a base de petróleo.

Y casi desde el cielo hasta abajo – pliegues negros y pesados, y estos pliegues se ondulan: sobre los bosques, sobre los pueblos – columnas lentas, humo. Un aullido ensordecedor: entran en la ciudad con columnas negras interminables – para salvarlas a la fuerza y enseñarles la felicidad.

—¿Sabías casi todo esto?

—Sí, casi.

—Pero tú no sabías, y sólo unos pocos lo sabían, que una pequeña parte de ellos sobrevivió después de todo y siguió viviendo allí, más allá de los muros. Desnudos – se adentraron en el bosque. Allí aprendieron de los árboles, de los animales, de los pájaros, de las flores, del sol. Se volvieron peludos, pero bajo su pelaje conservaron la sangre caliente y roja. Con ustedes fue peor: se llenaron de números, los números se arrastran sobre ustedes como piojos. Deberían despojarlos a ustedes de todo y echarlos desnudos al bosque. Para que aprendan a temblar de miedo, de alegría, de ira furiosa, de frío, para que le recen al fuego. Y nosotros, los mefis – queremos...

—No, espera – ¿y eso de Mefi? ¿Qué es «Mefi»?

—¿Mefi? Es un nombre antiguo, es el que... Te acuerdas: allí, sobre la piedra – la imagen del joven... O no: prefiero hablar en tu idioma, así lo entenderás más fácilmente. Mira: hay dos fuerzas en el mundo – la entropía y la energía. Una – al beatífico descanso, al feliz equilibrio; la otra – a la destrucción del equilibrio, al movimiento dolorosamente infinito. A la entropía – los nuestros, o, mejor dicho, vuestros antepasados, los cristianos – la adoraban como a Dios. Y nosotros, los anticristianos, nosotros...[69]

Y en ese momento – apenas audible, como un susurro, un golpe en la puerta – y en la habitación irrumpió ese mismo tipo achatado, con la frente encasquetada sobre los ojos, el que a veces me había traído notas de I.

Corrió hacia nosotros, se detuvo, resopló – como una bomba de aire – incapaz de decir ni una palabra: debía de haber venido corriendo con todas sus fuerzas.

—¡Vamos! ¿Qué pasa? —I lo agarró del brazo.

—Vienen – hacia aquí... —La bomba jadeó por fin—. Los Guardianes... y con ellos ése..., eh, cómo se llama... El que parece un jorobado...

—¿S?

—¡Sí! Están cerca – en la casa. Dentro de nada estarán aquí. ¡Deprisa, deprisa!

—¡Tonterías! Tendré tiempo. —Ella se rió, y en los ojos – chispas, llamas alegres.

Era un coraje absurdo y temerario – o bien había algo más incomprensible para mí.

—¡I, por el Benefactor! Compréndalo – porque esto...

—Por el Benefactor. —Un triángulo agudo – una sonrisa.

—Bueno..., bueno, pues por mí... ¡Te lo ruego!

—Ah, aún tenía que hablar con usted de un asunto... Bueno, qué más da: mañana...

Ella asintió alegre (sí: alegre) en dirección a mí; también asintió él, asomándose un segundo por debajo del alero de su frente. Y yo – solo.

Cuanto antes – a la mesa. Abrí mis notas y tomé la pluma – para que me encontraran ocupado realizando este trabajo para la gloria del Estado Unido. Y de repente – cada pelo de mi cabeza está vivo, separado, y se mueve: «¿Qué pasa si cogen y leen, aunque sea sólo una página – de estas de aquí, de las últimas?»

Estaba sentado a la mesa, inmóvil – en toda la materia que me rodeaba crecieron átomos al instante un millón de veces – y vi cómo temblaban las paredes, cómo temblaba la pluma en mi mano, cómo se ondulaban las letras, se fundían...

¿Esconderlas? Pero dónde: todo es de cristal. ¿Quemarlas? Pero desde el pasillo y desde las habitaciones vecinas – me verán. Y además ya no puedo, no estoy en condiciones de destruir este pedazo doloroso – y tal vez el más precioso para mí – de mí mismo.

A lo lejos – en el pasillo – ya hay voces, pasos. Sólo alcancé a coger el fajo de hojas de papel y deslizarlas debajo de mí – y ahí estaba ahora, clavado al sillón que se tambalea con cada átomo, y el suelo debajo de mis pies – una cubierta de barco, arriba y abajo...

Acurrucado, escondido bajo el alero de la frente – de reojo, sigilosamente, lo vi: iban de habitación en habitación, empezando por el extremo derecho del pasillo, cada vez acercándose más. Vi a algunos sentados y congelados como yo; otros – salían corriendo a su encuentro y abrían la puerta de par en par – ¡dichosos! Ojalá yo también...

«La virtud encarnada en el Benefactor es la más perfecta desinfección necesaria para la humanidad, como resultado de la cual en el organismo del Estado Unido no hay ninguna peristalsis...» Con mi pluma saltarina iba escribiendo este completo galimatías y me inclinaba sobre la mesa cada vez más, mientras en mi cabeza – una fragua loca, y con la espalda sentí: el pomo de la puerta se cerró de golpe, sopló una ráfaga de aire y el sillón empezó a bailar debajo de mí...

Sólo entonces, con dificultad, pude separarme de la página y me volví hacia los que entraban (qué difícil es hacer comedia... Oh, ¿quién me ha hablado hoy de comedia?). Delante estaba S – sombrío, en silencio, perforando con sus ojos un pozo en mí, en mi butaca, en las hojas de papel que temblaban en mi mano. Luego, por un segundo – algunas caras familiares y comunes en el umbral, y de pronto se separó una de ellas – las branquias hinchadas y de color marrón rosado...

Recordé todo lo que había pasado en esta habitación media hora antes y me quedó claro que ella estaba a punto de – –.

Todo mi ser latía y palpitaba en esa parte (afortunadamente opaca) del cuerpo con la que había cubierto el manuscrito.

Yu se acercó por detrás a él, a S, le tocó con suavidad la manga – y dijo en voz baja:

—Éste es D-503, el Constructor de la *Integral*. Seguro que ha oído hablar de él, ¿no? Siempre está así, sentado a su mesa... ¡No se apiada en absoluto de sí mismo!

¿... Soy yo ése? ¡Qué mujer tan maravillosa y sorprendente!

S se acercó a mí, se inclinó sobre mi hombro – sobre la mesa. Escondí con el codo lo que había escrito, pero él gritó con severidad:

—¡Por favor, enséñeme ahora mismo lo que tiene ahí!

Ardiendo de vergüenza, le entregué la hojita. La leyó y vi que una sonrisa se le escapaba de los ojos, recorría su rostro y, moviendo apenas la colita, se posó en algún lugar de la comisura derecha de su boca...

—Un poco ambiguo, pero aun así... Bueno, adelante: no le molestaremos más.

Chapoteó – como una pala en el agua – en dirección a la puerta y, con cada paso suyo, volvían poco a poco a mí mis piernas, mis brazos, mis dedos – mi alma volvió a repartirse uniformemente por mi cuerpo, respiré...

Por último: Yu se quedó en mi habitación, se acercó, se inclinó sobre mi oído – y en un susurro:

—Tiene suerte de que yo...

Incomprensible: ¿qué quería decir con eso?

Por la noche, más tarde, me enteré: se habían llevado a tres. En cualquier caso, nadie habla de esto en voz alta, al igual que de ninguno de los otros acontecimientos recientes (la influencia educativa de los Guardianes invisiblemente presentes entre nosotros). Las conversaciones – sobre todo acerca de la vertiginosa caída del barómetro y el cambio del tiempo.

Nota n.º 29
Resumen:

Hilos en la cara.[70] Brotes. Una compresión antinatural

Es extraño: el barómetro está bajando, pero aún no sopla el viento, reina el silencio. Allí arriba ya ha empezado la tormenta – inaudible aún para nosotros. Las nubes se precipitan raudas. Por el momento hay pocas – jirones dentados, dispersos. Y así: es como si allí arriba alguna ciudad se hubiera desmoronado, y ahora trozos de paredes y torres volaran hacia abajo, creciendo frente a nuestros ojos a una velocidad espantosa – cada vez más cerca – pero que aún tuvieran que volar algunos días a través del infinito azul hasta caer en el fondo, sobre nosotros, abajo.

Abajo – silencio. En el aire – hilos finos, incomprensibles, casi invisibles. Todos los otoños el viento los trae de detrás del Muro. Flotan despacio – y de pronto lo sientes: algo extraño, invisible en tu cara; quieres quitártelo de encima – pero no: no puedes, no hay manera de deshacerse de ellos...

Sobre todo se encuentran muchos de estos hilos – si se camina junto al Muro Verde, adonde fui esta mañana: I me había citado en la Casa Antigua – en ese, nuestro «apartamento».

Desde lejos ya había visto la mole opaca y rojo óxido de la Casa Antigua, cuando oí detrás de mí unos pequeños pasos apresurados y una respiración agitada. Miré hacia atrás – y lo vi: me seguía O.

Toda ella estaba redondeada perfectamente, de una manera particular y elástica. Sus brazos y los cálices de sus pechos, así como todo su cuerpo, tan familiar para mí, se redondeaban y le tensaban el unifo: de un momento a otro se rompería la fina tela – y saldrían al sol, a la luz. Me lo he imaginado: allí, en el espeso verdor, en primavera, con la misma persistencia, los brotes se abren paso con fuerza de debajo de la tierra – para arrojar ramas y hojas cuanto antes, para florecer.

Se quedó en silencio unos segundos, irradiando azul en mi cara.

—Le vi – entonces, el Día de la Unanimidad.

—Yo también la vi... —Y al instante recordé que ella había estado abajo, en el estrecho pasillo, arrimada contra la pared, protegiéndose el vientre con los brazos. Sin querer le miré su vientre redondo bajo el unifo.

Evidentemente, se dio cuenta: se volvió toda redonda y rosada, y sonrió de color rosa.

—Estoy tan feliz, tan feliz... Estoy llena – ya sabe: a rebosar. Camino y no oigo nada a mi alrededor, sólo escucho todo lo que hay dentro de mí, en mi interior...

Me quedé en silencio. En mi cara – algo extraño, molesto – y no podía librarme de eso. Y de repente, inesperadamente, con un azul aún más radiante, me agarró la mano – y sentí sus labios en mi mano... Fue la primera vez en mi vida. Una suerte de caricia antigua hasta entonces desconocida para mí; y de ella – tal vergüenza y dolor que (tal vez incluso de manera brusca) aparté la mano.

—Escuche, ¡se ha vuelto loca! Y no tanto porque – en general, usted... ¿De qué se alegra tanto? ¿Acaso puede olvidarse de lo que la espera? Si no hoy – dentro de un mes o de dos...

Se apagó; todas las redondeces – de pronto dobladas, encorvadas. Y en mi corazón – una compresión desagradable, incluso dolorosa, relacionada con el sentimiento de lástima (el corazón – es en realidad una bomba perfecta; la compresión, la presión – la aspiración de líquido por la bomba – es un absurdo técnico; así de claro: qué absurdos, antinaturales y dolorosos son, en realidad, todos esos «amores», «compasiones» y cosas por el estilo que producen este tipo de compresión).

Silencio. El cristal verde y turbio del Muro – a la izquierda. La mole rojo oscuro – delante. Y esos dos colores, superpuestos, dieron en mi cabeza – como resultante – una idea, creo, excelente.

—¡Espere! ¡Sé cómo salvarla! La libraré de esto: de ver a su niño y morir. Podrá amamantarlo – ¿entiende? – lo verá crecer en sus brazos, redondearse y madurar como una fruta...

Temblaba toda ella, aferrada a mí.

—¿Se acuerda de esa mujer... bueno, aquella vez, hace tiempo, en el paseo? Pues bien: ella está aquí, en la Casa Antigua. Vamos a verla, y se lo garantizo: lo arreglaré todo al instante.

Ya nos veía a los dos, a I y a mí, guiándola por los pasillos – y ya estaba allí, entre flores, hierba, hojas... Pero ella retrocedió, los cuernitos de su medialuna rosada temblaban, se curvaron hacia abajo.

—Se trata de – *ésa* —dijo.

—Es decir... —Por alguna razón me sentí avergonzado—. Bueno, sí: ésa.

—Y quiere que vaya a verla – para pedirle – que yo... ¡No se atreva a hablarme nunca más de eso!

Encogida, se alejó rápidamente de mí. Como si hubiera recordado algo – se volvió y gritó:

—¡Me moriré – que así sea! Y usted no pinta nada, ¿acaso no le da lo mismo?

Silencio. Caen desde lo alto, con una velocidad aterradora crecen ante mis ojos – trozos de torres y muros azules – pero todavía durante horas – quizá días – tendrán que volar por el infinito; hilos invisibles flotan despacio, se posan en mi cara – y no hay forma de sacudírselos, no hay forma de librarse de ellos.

Camino lentamente hacia la Casa Antigua. En mi corazón – una compresión absurda, dolorosa...

Nota n.º 30
Resumen:

El último número. El error de Galileo. ¿No sería mejor?

He aquí mi conversación con I – allí, ayer, en la Casa Antigua, en medio del estruendo abigarrado que ahogaba el flujo lógico de los pensamientos – colores rojos, verdes, amarillos broncíneos, blancos, anaranjados... Y todo el tiempo – bajo la sonrisa de mármol congelada del antiguo poeta de nariz chata.

Reproduzco esta conversación palabra por palabra – porque, me parece – será de gran y decisiva importancia para el destino del Estado Unido – y más aún: del universo. Y, por lo tanto – aquí ustedes, desconocidos lectores míos, quizá encuentren alguna justificación para mi...

Y de inmediato, sin ningún preámbulo, I me lanzó todo sobre mí:

—Lo sé: pasado mañana tienen el primer vuelo de prueba de la *Integral*. Ese día nos apoderaremos de ella.

—¿Qué quiere decir? ¿Pasado mañana?

—Sí. ¡Siéntate, no te pongas nervioso! No podemos perder ni un minuto. Entre los cientos de detenidos al azar ayer por los Guardianes, había doce *mefis*.[71] Si dejamos pasar dos o tres días, morirán.

Me quedé en silencio.

—Para supervisar el vuelo de prueba – tendrán que enviar ingenieros eléctricos, mecánicos, médicos, meteorólogos. Y a las doce en punto – recuerda – cuando llamen para ir a comer y todo el mundo vaya al comedor, nos quedaremos en el pasillo, encerraremos a todo el mundo en el comedor – y la *Integral* será nuestra... ¿Entiendes?: es necesario, ¡a toda costa! La *Integral* en nuestras manos: será el arma que nos ayudará a acabar con todo de un plumazo, rápidamente, sin dolor. Su aeromóvil... ¡Ja! Será un mísero mosquito contra un halcón. Y además: en caso de ser necesario – podemos dirigir los tubos de los motores hacia abajo y sólo con eso ya...

Me levanté de un salto.

—¡Eso no tiene sentido! ¡Es ridículo! ¿Es que no te das cuenta de que ese plan es una revolución?[72]

—¡Sí, una revolución! ¿Por qué debería ser ridículo?

—Es ridículo – porque no puede haber revolución. Porque nuestra revolución – y soy yo quien habla, no tú – nuestra revolución fue la última. Y no puede haber más revoluciones. Todo el mundo sabe que...

Un triángulo de cejas agudo y burlón:

—Querido: eres – un matemático. Más aún: eres un filósofo – de las matemáticas. Así que: dime el último número.

—¿Qué significa? Yo... no te entiendo: ¿qué quieres decir con el *último*?

—Bueno, el último, el más alto, el más grande.

—Pero, I, eso es ridículo. Dado que la cantidad de números es infinita, ¿a qué tipo de último te refieres?

—¿Y a qué tipo de última revolución te refieres tú? No hay una última, las revoluciones son infinitas. Eso de la última es para los niños: porque los niños tienen miedo al infinito, y tienen que dormir tranquilos por la noche...

—Pero qué sentido – ¿qué sentido tiene todo esto? – ¡Por el Benefactor! ¿Qué sentido tiene, si todo el mundo ya es feliz?

—Supongamos que... Bueno, está bien: incluso si fuera así. ¿Y luego, qué?

—¡Ridículo! Es una pregunta infantil. A los niños se les cuenta – todo hasta el final, y siguen preguntando, sin falta: «¿Y ahora qué? ¿Y por qué?»

—Los niños son los únicos filósofos valientes. Y los filósofos valientes son siempre niños. Siempre hay que ser como los niños y preguntar siempre: ¿y qué más?[73]

—¡Nada más! ¡Punto! Todo el universo – uniformemente, por todas partes – se derramó...

—Ajá. ¡De manera uniforme, por todas partes! Pues he ahí adonde hemos llegado: la entropía, la entropía psicológica. ¿No es evidente para ti, matemático, que sólo en las diferencias – en las diferencias de temperatura, en los contrastes térmicos – sólo en ellos reside la vida? Y si en todas partes, en todo el universo, los cuerpos se calientan por igual – o se enfrían por igual... ¡Tienen que chocar para que haya fuego, explosiones, gehena![74] ¡Y nosotros los haremos chocar!

—Pero, I, entiende, entiéndeme: nuestros ancestros – durante la Guerra de los Doscientos Años – hicieron precisamente eso...

—¡Ah, y tenían razón, mil veces razón! Sólo cometieron un error: llegar a creer que ellos eran el último número – pues no existe tal cosa en la naturaleza, ¡no existe! Su error fue el de Galileo: tenía razón en que la Tierra gira alrededor del sol, pero no sabía que todo el sistema solar – se mueve también alrededor de algún centro, no sabía que la órbita real de la Tierra – no la relativa – no es un simple círculo...

—¿Y vosotros qué?

—Y nosotros – por ahora sabemos que no hay un último número. Tal vez lo olvidemos. No: seguro que nos acabaremos olvidando cuando envejezcamos – al igual que todo ha de envejecer de manera irremediable. Y luego nosotros – de manera inevitable – también caeremos – como las hojas de un árbol en otoño – como vosotros pasado mañana... No, no, querido – tú no. ¡Al fin y al cabo, estás con nosotros!

Acalorada, huracanada, fulgurante – nunca la había visto así – me abrazó con todo su cuerpo. Desaparecí...

Lo último – mirándome a los ojos con firmeza, profundamente:

—Así que recuerda: a las doce.

Y yo dije:

—Sí, me acuerdo.

Se fue. Solo – en medio de un furioso y abigarrado estruendo – azul, rojo, verde, amarillos broncíneos, anaranjados...

Sí, a las 12.00 h... – y de pronto la absurda sensación de algo ajeno pegado a mi cara – algo de lo que no puedo desprenderme. De repente – ayer por la mañana, Yu – y lo que le gritó a I en la cara en ese momento... ¿Por qué? ¡Qué absurdo!

Me apresuré a salir – y a volver cuanto antes a casa, a casa...

En algún lugar detrás de mí oí el trino agudo de los pájaros sobre el Muro. Y frente a mí, en el sol poniente de fuego carmesí y cristalizado – las esferas de las cúpulas, los cubos enormes y ardientes de las casas, y como un relámpago congelado en el cielo – la aguja de la torre acumuladora. Y todo eso – esa impecable belleza geométrica – tenía yo mismo, con mis propias manos... ¿No había ninguna otra salida, ningún otro camino?

Por delante de cierto auditorio (no recuerdo su número). En el interior – bancos apilados; en el centro – mesas cubiertas con láminas de cristal blanco como la nieve; sobre la blancura – el sol proyecta una mancha de sangre rosa. Y todo eso encierra un desconocido – y por tanto inquietante – mañana. Esto va en contra de la naturaleza: que un ser que ve y piensa viva entre irregularidades, incógnitas, equis. Como si a uno le vendaran los ojos y lo obligaran a caminar, a andar a tientas, a tropezar, y supiera – en algún lugar bastante cercano hay un borde, sólo un paso – y todo lo que quedará de ti es un pedazo de carne aplastado y desgarrado. ¿No es lo mismo?

... ¿Y si sin esperar – yo mismo cabeza abajo? ¿No sería eso lo único correcto, lo que lo desenredaría todo de una vez?

Nota n.º 31
Resumen:

Gran operación. Lo he perdonado todo. Choque de trenes.

¡Salvados! En el último momento, cuando ya parecía – no había nada a lo que agarrarse, cuando parecía – todo había terminado...

Así pues: era como si ya hubiera subido la escalera de la terrible Máquina del Benefactor, y con un gran chirrido la campana de cristal ya me hubiera cubierto, y por última vez en la vida – deprisa, deprisa – estuviera absorbiendo el cielo azul con los ojos...

Y de pronto: todo esto – sólo un «sueño». El sol – rosado y alegre – y la pared – qué alegría acariciar la fría pared con la mano – y la almohada – embriagarse sin fin con el hueco que deja la cabeza en la almohada blanca...

Esto es más o menos lo que he experimentado al leer *El periódico del Estado* esta mañana. Había tenido un sueño espantoso, y había terminado. Y yo, mezquino, yo, incrédulo – ya estaba pensando en una muerte voluntaria. Me da vergüenza ahora leer las últimas líneas que escribí ayer. Pero, de todos modos: que se queden ahí, sí, que permanezcan como testimonio de eso increíble que pudo pasar – y que ya no pasará... ¡Sí, no pasará!...

En la primera página de *El periódico del Estado* resplandecía lo que sigue:

¡Alégrense!

¡Porque a partir de hoy ustedes son *perfectos*! Las criaturas y los mecanismos concebidos hasta ahora eran más perfectos que ustedes.

¿Por qué?

Cada chispa de una dinamo es una chispa de la más pura razón; cada movimiento de pistón es un silogismo impecable. Pero ¿acaso no es esta razón infalible también la suya?

La filosofía de las grúas, las prensas y las bombas es tan completa y clara como un círculo trazado con un compás.[75] Pero ¿acaso es menos circular su filosofía?

La belleza del mecanismo – en su ritmo constante y preciso como el de un péndulo. Pero ustedes, educados desde niños con el sistema de Taylor, ¿no son precisos como un péndulo?

Sólo una cosa:

¡los mecanismos no tienen imaginación!

¿Han visto alguna vez que una sonrisa enajenada y absurdamente soñadora se extendiera por la cara del cilindro de una bomba mientras trabaja? ¿Han oído alguna vez a las grúas por la noche, durante las horas destinadas al descanso, suspirar con ansiedad mientras giraban de un lado a otro?

¡No!

Pero ustedes – ¡deberían sonrojarse de vergüenza! – los Guardianes perciben estas sonrisas y suspiros cada vez más a menudo. Y – cúbranse los ojos – ¡los historiadores del Estado Unido dimiten para no tener que apuntar estos vergonzosos acontecimientos!

Pero no es su culpa – ¡están enfermos! Y el nombre de esta enfermedad: ¡*imaginación*!

Es un gusano que surca arrugas negras en la frente. ¡Es una fiebre que les impulsa a correr cada vez más lejos, aun cuando ese «lejos» comience donde termina la felicidad! Es la última barricada en el camino hacia la felicidad.

Alégrense: ¡ya ha saltado por los aires!

¡El camino está despejado!

El último descubrimiento de la Ciencia del Estado: el centro de la imaginación es un patético nódulo en el área del Puente de Varolio. Basta con una triple cauterización de ese nódulo con rayos X – y se curarán de la imaginación.

¡Para siempre!

Son – perfectos, son – iguales a las máquinas; el camino a una felicidad del 100 % – libre. Así que apresúrense todos – viejos y jóvenes – apresúrense a someterse a la Gran Operación. Diríjanse a toda prisa a los auditorios donde se está llevando a cabo la Gran Operación. ¡Viva la Gran Operación! ¡Viva el Estado Unido! ¡Viva el Benefactor!

... Ustedes – si leyeran todo esto no en mis notas, que parecen una extraña novela antigua – si tuvieran en sus manos, como yo en las mías, esta misma hoja de periódico que todavía huele a tinta fresca – si, como yo, supieran que todo esto es la realidad auténtica, si no la de hoy, la de mañana – ¿acaso no se sentirían como yo? ¿Acaso – como yo ahora – no estarían mareados? ¿No penetrarían esas terribles, deliciosas y heladas agujas en su espalda y sus brazos? ¿No les parecería que son un gigante, un Atlas – y, que, si se enderezan, se golpearían inevitablemente la cabeza contra el techo de cristal?

Descolgué el teléfono.

—I-330... Sí, sí: 330. —Y luego grité, jadeante—: ¡Está usted en casa, ¿verdad? ¿Lo ha leído?! – ¿lo está leyendo? Es, es... ¡Es asombroso!

—Sí... —Un silencio largo y oscuro. El receptor zumbaba de un modo apenas audible, ponderando algo...—. Es imprescindible que le vea hoy. Sí, en mi casa después de las 16.00 h. Sin falta.

¡Adorable! ¡Qué adorable! «Es imprescindible...» Lo sentí: estoy sonriendo – y de ningún modo podía parar, y así es como llevaré mi sonrisa por la calle – en lo alto de mi cabeza – como una farola...

Allí, afuera, el viento me embistió. Se arremolinaba, silbaba, azotaba. Pero eso sólo me animaba más. Grita, aúlla – me da lo mismo: ¡ahora no conseguirá derribar los muros! Y por encima de mi cabeza se desploman nubes de hierro fundido – da lo mismo: no podrán ocultar el sol – lo hemos encadenado al cenit para siempre – nosotros, los Josués.

En la esquina – un nutrido grupo de Josués apiñados con la frente apretada contra la pared de cristal. Dentro, sobre una mesa blanca y deslumbrante, yacía uno tumbado. Las plantas de los pies descalzos asomaban por debajo de la blancura formando un ángulo amarillo, médicos blancos – inclinados sobre el cabecero, y una mano blanca – entregaba a otra mano una jeringa llena de algo.

—Y usted, ¿por qué no entra? —pregunté – a nadie o más bien a todo el mundo.

—¿Y usted? —La esfera de alguien se volvió hacia mí.

—Yo – más tarde. Primero tengo que...

Me fui un poco confundido. En efecto, primero tenía que verla, a I. Pero por qué «primero» – no pude respondérmelo a mí mismo...

El hangar. La *Integral* brillaba azul hielo, resplandecía. En la sala de máquinas rugía la dinamo – repetía sin cesar cierta palabra acariciadora – como si fuera una palabra familiar mía. Me incliné y acaricié el largo y frío tubo del motor. Adorable... Qué – ¡qué adorable! Mañana tú – cobrarás vida, mañana – temblarás por primera vez en tu vida al sentir las chispas de fuego en tu vientre...

¿Con qué ojos miraría a ese poderoso monstruo de cristal, si todo siguiera como ayer? Si supiera que mañana a las doce en punto – la entregaré... Sí, la traicionaré...

Con cuidado – desde atrás por el codo. Me di la vuelta: la cara plana como un plato del Segundo Constructor.

—Ya lo sabe —me dijo.

—¿Qué, lo de la Operación? Sí, ¿verdad? Cómo – todo, todo – a la vez...

—Pero no, no es eso: el vuelo de prueba se ha pospuesto hasta pasado mañana. Todo por culpa de esa... Nos dimos prisa para nada, nos esforzamos...

«Todo por culpa de la Operación...» ¡Qué hombre tan ridículo y estrecho de miras! No puede ver más allá de su plato. Si supiera que, de no ser por la Operación, mañana a las doce en punto estaría encerrado bajo llave en una jaula de cristal, yendo y viniendo, subiéndose por las paredes...

En mi habitación, a las 15½. Entré – y vi a Yu. Estaba sentada a mi mesa – huesuda, erguida, firme – con la mejilla derecha apoyada en su mano. Debía de llevar mucho tiempo esperándome: porque cuando se puso de pie de un salto para recibirme – en la mejilla se le quedaron impresos los cinco hoyuelos de los dedos.

Por un segundo en mí – esa misma mañana aciaga, y aquí mismo, junto a la mesa – ella al lado de I, exasperada... Pero sólo un segundo – y al instante quedó borrado por el sol de hoy. Así ocurre cuando en un día claro uno entra en la habitación, gira distraídamente el interruptor – la bombilla se enciende, pero es como si no estuviera allí – tan ridícula, pobre, innecesaria...

Sin pensarlo dos veces le di la mano, se lo perdoné todo – agarró las dos mías, las apretó con fuerza, de manera punzante, y, con sus mejillas flácidas colgando como ornamentos antiguos – dijo:

—Lo esperaba... Sólo un minuto... Sólo quería decirle: ¡Estoy muy feliz, muy feliz por usted! ¿Entiende?: mañana o pasado mañana – ya estará completamente sano – renacerá...

Me fijé en una hojita de papel sobre la mesa – las dos últimas páginas de mi nota de ayer: tal como las había dejado la noche anterior – allí estaban... Si ella supiera lo que he escrito allí... En fin: qué más da: ahora – ya es sólo historia, ahora – ya es algo ridículamente lejano, como a través de unos prismáticos del revés...

—Sí —dije—, ¿Sabe?: ahora venía caminando por la avenida, y delante de mí iba un hombre, y detrás de él – una sombra en el pavimento. Y entienda: la sombra – brilla. Y me parece – bueno, incluso estoy convencido – que mañana no habrá más sombras en absoluto, ni de personas ni de objetos, el sol – a través de todo...

Ella – con ternura y severidad:

—¡Usted es un fantasioso! A los niños de mi escuela – no les permitiría hablar así...

Y algo sobre los niños, sobre cómo los llevó a todos a la vez a la Operación, sobre cómo tuvieron que atarlos allí, y algo sobre que «hay que amar – despiadadamente, sí, despiadadamente», y que ella, al parecer, finalmente se decidiría...

Se ajustó la tela gris-azul entre las rodillas, en silencio, rápidamente – pegó sobre mí su sonrisa, y se fue.

Y – por suerte, el sol hoy todavía no se ha detenido, el sol corría, y ya a las 16, llamo a su puerta – mi corazón late...

—¡Pase!

En el suelo – junto a su butaca, abrazado a sus piernas levanto la cabeza para mirarla a los ojos – primero a uno, luego al otro – y en cada uno me veo a mí mismo – en un maravilloso cautiverio...

Y allí, detrás del Muro, una tormenta; allí – nubes cada vez más férreas: ¡qué más da! En mi cabeza – apretujadas, impetuosas – sobre el borde – palabras, y en voz alta, junto al sol, vuelo a alguna parte... No, ahora ya sabemos adónde – y detrás de mí hay planetas – planetas que estallan en llamas, poblados por flores ardientes y cantarinas – y planetas silenciosos y azules, en los que las piedras racionales se unen en sociedades organizadas – planetas que, como nuestra Tierra, han alcanzado la cima de la felicidad absoluta, al cien por cien...

Y de repente – desde arriba:

—¿Y no crees que la cima – es precisamente las piedras unidas en una sociedad organizada?

Y un triángulo cada vez más agudo y oscuro:

—Y la felicidad... ¿Qué es? Después de todo los deseos – son atormentadores, ¿no? Está claro: la felicidad – cuando no hay más deseos, ni uno solo...[76] Qué error, qué superstición tan idiota, que hasta ahora delante de la felicidad – hayamos puesto un signo más, y delante de la felicidad absoluta – un signo menos, por supuesto – el divino menos.[77]

Yo – recuerdo – murmuré avergonzado:

—El menos absoluto – 273 °C...

—Menos 273 °C – exacto. Un poco de frío, pero ¿no demuestra eso que estamos en la cima?[78]

Como entonces, hace mucho tiempo – ella hablaba como por mí, a través de mí – desarrollaba mis pensamientos hasta el final. Pero había algo tan terrible en eso – no podía – y con esfuerzo arranqué un «no».

—No —dije—. Tú... Estás bromeando...

Se echó a reír fuerte – demasiado fuerte. Rápidamente, en un segundo, se rió hasta cierto borde – tropezó – abajo... Una pausa.

Se levantó. Apoyó las manos en mis hombros. Me miró durante mucho tiempo, lentamente. Entonces me atrajo hacia ella – y nada más: sólo sus labios afilados y calientes.

—¡Adiós!

Esto – desde lejos, desde arriba, y llegó a mí no enseguida – tal vez al cabo de un minuto o dos.

—¿Qué quiere decir con «adiós»?

—Estás enfermo, has cometido crímenes por mí – ¿no fue un tormento para ti? Y ahora con la Operación – te curarás de mí. Y por lo tanto – adiós.

—¡No! —grité.

Un triángulo despiadadamente afilado, negro sobre blanco.

—¿Cómo? ¿No quieres ser feliz?

La cabeza me estallaba, dos trenes lógicos con estrépito chocaban, se subían el uno encima del otro, crujían, se hacían añicos...

—Bueno, bueno, espero – elija: la Operación y el cien por cien de felicidad – o...

—No puedo sin ti, no quiero sin ti —dije o simplemente pensé – no lo sé, pero I me oyó.

—Sí, lo sé —me respondió. Y luego – apoyando todavía las manos sobre mis hombros y sin quitarme los ojos de encima—. Así pues – hasta mañana. Mañana – a las doce en punto: ¿te acuerdas?

—No. Se ha aplazado un día... Pasado mañana...

—Mejor para nosotros. A las doce en punto – pasado mañana...

Caminé solo – por la calle al anochecer. El viento me giraba, me llevaba y me arrastraba – como a un trozo de papel, trozos del cielo de color hierro volaban, volaban – se suponía que aún debían volar a través del infinito un día, dos... Me rozaban los unifos de los que se cruzaban conmigo – pero yo iba solo. Estaba claro: todos se han salvado, pero para mí ya no hay salvación – no quiero *la salvación*...

Nota n.º 32
Resumen:

No me lo creo. Tractores. Una astillita humana

¿Creen ustedes en eso de que van a *morir*? «Sí, el hombre es mortal, yo soy un hombre – por lo tanto...» No, no es eso: ya sé que lo saben. Lo que pregunto es: ¿alguna vez se lo han *creído*, lo han creído por completo, creído no con la mente sino con el cuerpo, han sentido que un día esos dedos con los que ahora sostienen esta misma página – estarán amarillos, helados...?

No: por supuesto que no se lo creen – y por eso hasta ahora no han saltado desde un décimo piso a la calle, por eso siguen comiendo, pasando página, afeitándose, sonriendo, escribiendo...

Lo mismo – sí, lo mismo exactamente – me está pasando hoy. Sé que esa pequeña manecilla negra del reloj se arrastrará aquí abajo, a medianoche, volverá a subir despacio, cruzará una última línea – y llegará un mañana increíble. Lo sé, pero en cierto modo *no me lo creo* – o tal vez me parece que veinticuatro horas – son veinticuatro años. Por eso aún puedo hacer algo, ir deprisa a algún sitio, responder a preguntas, subir por la escalerilla hasta la *Integral*. También siento que se balancea todavía en el agua y me doy cuenta – hay que agarrarse al pasamanos – y bajo la mano el frío cristal. Veo las transparentes grúas vivas, doblando sus cuellos de grulla, estirando sus picos, con cuidado y ternura nutriendo a la *Integral* con el terrible alimento explosivo para sus motores. Y abajo, en el río – veo claramente las venas azules acuosas, los nudos hinchados por el viento. Pero es así: todo muy separado de mí, ajeno, plano – como un bosquejo en una hoja de papel. Y es extraño que el rostro plano y bosquejado del Segundo Constructor – diga de repente:

—Así pues: ¿cuánto combustible cargamos para los motores? Si calculamos tres... Bueno, tres horas y media...

Frente a mí – en proyección, en el esbozo – mi mano con el contador, el cuadrante logarítmico, el número 15.

—Quince toneladas. Pero será mejor que cargue... Sí: cargue cien...

Eso es porque sé que de todos modos mañana – –

Y veo de reojo – cómo mi mano con el cuadrante empieza a temblar de manera apenas perceptible.

—¿Cien? Pero ¿por qué tanto? Con eso hay – para una semana. Qué digo para una semana: ¡más!

—No es mucho... Quién sabe...

—Lo sé...

El viento sopla, el aire está lleno a rebosar de algo invisible. Me cuesta respirar, me cuesta caminar – y con dificultad, despacio, sin detenerse ni un segundo – se arrastra la manecilla en el reloj de la torre acumuladora, allí, al final de la avenida. La aguja de la torre – entre las nubes – aúlla brumosa, azul y ensordecedoramente: absorbe electricidad. Aúllan las trompetas de la Fábrica de Música.

Como siempre – en filas, de cuatro en cuatro. Pero las filas – en cierto modo inestables, tal vez por el viento – se tambalean, se doblan. Cada vez más. Chocaron con algo en la esquina, y retrocedieron – una masa compacta, congelada, apiñada, con la respiración jadeante, y todos a la vez – cuellos largos de ganso.

—¡Miren! ¡No, miren, miren – allí, deprisa!

—¡Son ellos! ¡Son ellos!

—... Y yo – ¡de ninguna manera! De ninguna manera – prefiero poner la cabeza en la Máquina...

—¡Silencio! Loco...

En la esquina, en el auditorio – la puerta abierta de par en par, y desde allí – una columna lenta y pesada, de unas cincuenta personas. Una «persona», sin embargo – no es la palabra: no tienen piernas – sino unas pesadas ruedas soldadas – que giran con un mecanismo invisible; no son personas – sino una especie de tractores humanoides. Sobre sus cabezas ondea al viento una bandera blanca, con un sol bordado con hilo de oro – y entre sus rayos una inscripción: «¡Somos los primeros! ¡Ya estamos operados! ¡Que todo el mundo nos siga!»

Se abrieron paso, despacio e inconteniblemente, a través de la multitud – y está claro que, si en lugar de nosotros, hubieran encontrado en su camino un muro, un árbol o una casa – ellos, de todos modos, habrían trazado un surco a través de la pared, el árbol o la casa. Ahí están – ya en mitad de la avenida. Con los brazos enlazados – se estiraron formando una cadena, de cara a nosotros. Y nosotros, una masa tensa, con las cabezas despeinadas – esperamos. Cuellos estirados como los de los gansos. Nubes. El viento silba.

De repente las alas de la cadena, a derecha e izquierda, se plegaron rápidamente – y contra nosotros – cada vez más rápido – como una máquina pesada cuesta abajo – nos cercaron – y hacia la puerta abierta, por las puertas, hacia dentro...

El grito estridente de alguien:

—¡Nos acorralan! ¡Corred!

Todo se derrumbó. Junto a la misma pared – aún un pequeño y estrecho portal viviente – todo el mundo hacia allí – de cabeza hacia delante – las cabezas afiladas al instante como cuñas, y codos afilados, costillas, hombros, costados. Como un chorro de agua comprimido en una manguera de incendios, se dispersaron en forma de abanico – y salpicaron por todas partes pies pataleando, brazos agitándose, unifos. Desde algún lugar, por un momento, frente a mis ojos – un cuerpo dos veces curvado como una letra S, alas-orejas transparentes – y ya no está, se lo tragó la Tierra – y estoy solo – en medio de brazos y piernas apresurados – corro...

Recobrar el aliento en un portal – con la espalda bien arrimada a la puerta – y de repente hacia mí, como lanzada por el viento, una pequeña astillita humana.[79]

—Todo el tiempo... le he seguido... No quiero – ¿entiende? – no quiero. Estoy de acuerdo...

Manos redondas y diminutas en mi manga, unos ojos redondos y azules: es ella, O. Y de alguna manera se desliza por la pared y se sienta en el suelo. Acurrucada allí, en los fríos peldaños, y yo – sobre ella, le acaricio la cabeza, la cara – las manos húmedas. Sí: como si yo fuera muy grande, y ella – muy pequeña – sólo una pequeña parte de mí. Todo es muy diferente a como es con I, y me parece ahora: algo parecido debían de sentir los antiguos respecto a sus hijos.

Debajo – a través de las manos que cubren su rostro – apenas se oye:

—Yo todas las noches... No puedo – si me curan... Todas las noches – a solas, en la oscuridad, pienso en él – cómo será, cómo lo... No tendré nada por lo que vivir – ¿entiende? Y usted tiene que... Tiene que...

Un sentimiento absurdo – pero en realidad estoy convencido: sí, tengo que hacerlo. Absurdo – porque este deber mío – es otro crimen. Absurdo – porque el blanco no puede ser negro al mismo tiempo; el deber y el crimen – no pueden ir juntos. O tal vez no haya blanco ni negro en la vida, y el color sólo depende de la premisa lógica principal. Y si la premisa era que yo le había dado ilegalmente un hijo...

—De acuerdo, está bien – pero no hace falta que usted, no hace falta que... —digo—. Entiende: debo llevarla con I – como le propuse en su momento – para que ella...

—Sí. —En voz baja, sin quitarse las manos de la cara.

La ayudé a levantarse. Y en silencio, cada uno ocupado en lo suyo – o tal vez en lo mismo – por la calle cada vez más oscura, entre las silenciosas casas de color plomo, a través de unas ramas de viento duras, que nos azotaban...

En un punto tenso y transparente – a través del silbido del viento – oí detrás de nosotros unos pasos familiares, como si chapotearan sobre charcos. Al doblar la esquina me volví – entre las nubes que se precipitaban de cabeza al espejo azul marino del pavimento, vi a S. Al instante – brazos ajenos, sin seguir el compás de los pasos, y dije a O en voz alta – que mañana... Sí, mañana –el primer vuelo de la *Integral*, será algo insólito, maravilloso, terrible.

O – me lanza una mirada con asombro, redonda, azul, hacia mis ruidosos brazos que se bambolean sin sentido. Pero no le dejo decir ni una palabra – hablo y hablo. Y en mi interior, separado de lo que decía en voz alta – esto sólo lo oigo yo – un pensamiento zumba febrilmente y martillea: «Es imposible... De alguna manera tengo que... No puedo llevarla hasta I...»

En lugar de doblar a la izquierda – giro a la derecha. El puente ofrece su lomo encorvado sumiso y servil – a nosotros tres: a mí, a O – y a él, a S, detrás. Desde los edificios iluminados en la otra orilla, las luces estallan en el agua, salpican miles de chispas que saltan con frenesí, manchadas de furiosa espuma blanca. El viento zumba – como una cuerda tendida en algún lugar bajo. Y a través de ese sonido grave – detrás, todo el tiempo – –

La casa donde vivo. Delante de la puerta O se detuvo, empezó a decir algo:

—¡No! Pero si usted me ha prometido...

Pero no la dejé terminar, la empujé a toda prisa por la puerta – y ya estamos dentro, en el vestíbulo. Sobre la mesita de control – las mejillas conocidas, caídas y trémulas de la agitación; alrededor – un compacto grupito de números – una especie de discusión, cabezas colgando sobre la barandilla del primer piso – bajan corriendo de uno en uno. Pero eso – luego, luego... Ahora me apresuré a llevar a O a la esquina opuesta, me senté de espaldas a la pared (allí, detrás de la pared, lo vi: una sombra oscura y cabezona se deslizaba arriba y abajo por la acera), saqué mi cuaderno.

O – se hundía despacio en la butaca – como si debajo del unifo su cuerpo se evaporara y se derritiera, y sólo quedara un vestido vacío y unos ojos vacíos – que te absorbían a su vacuidad azul. Con cansancio:

—¿Por qué me ha traído aquí? ¿Me ha engañado?

—No... ¡Silencio! Mire allí: ¿Ve – detrás de la pared?

—Sí. Una sombra.

—Él – me sigue todo el tiempo... ¡No puedo! Comprenda – me resulta imposible acompañarla. Ahora le escribiré una nota – usted la tomará e irá sola. Lo sé: él se quedará aquí.

Debajo del unifo – se agitó de nuevo su cuerpo relleno, el vientre se le redondeó un poco, en las mejillas – un amanecer apenas perceptible, una aurora.

Le deslicé la nota en sus fríos dedos, le apreté la mano con fuerza y di un sorbo de sus ojos azules por última vez.

—¡Adiós! Tal vez en otro momento...

Apartó la mano. Encorvada, se alejó despacio – dos pasos – se volvió rápidamente – y otra vez a mi lado. Sus labios moviéndose – con sus ojos y sus labios – toda ella repetía una palabra, la misma palabra todo el rato – y qué sonrisa tan insoportable, qué dolor...

Y luego una astillita humana encorvada en la puerta, una sombra diminuta detrás de la pared – sin mirar atrás, rápidamente – cada vez más...

Me acerqué a la mesita de Yu. Excitada, hinchando las branquias de indignación, me dijo:

—¿Lo entiende? ¡Todo el mundo parece haberse vuelto loco! Ese de ahí jura que ha visto con sus propios ojos, cerca de la Casa Antigua, a un hombre – desnudo y cubierto de pelo...

De entre la multitud de cabezas despeinadas – una voz:

—¡Sí! Y lo repito una vez más: lo he visto, sí.

—Bueno, qué le parece, ¿eh? ¡Qué delirio!

Y ese «delirio» suyo – tan convincente, tan inflexible, que me pregunté: «¿No es en efecto un delirio todo lo que me ha pasado a mí y a mi alrededor en los últimos tiempos?»

Pero me miré los brazos peludos – y me acordé: «En ti debe de haber algunas gotas de sangre de bosque... Tal vez por eso yo...»

No: por suerte – no es un delirio. No: por desgracia – no es un delirio.

Nota n.º 33
Resumen:

(Sin resumen, a toda prisa, el último)

Ese día – ha llegado.

Cuanto antes el periódico: tal vez – allí... Leo el periódico con los ojos (justo así: mis ojos ahora – como una pluma, como un contador que se sostiene y se siente en las manos – es algo extraño, un instrumento).

Allí – en letras grandes, en toda la primera página:

> Los enemigos de la felicidad no duermen. ¡Agarren la felicidad con las dos manos! Mañana se suspenderá el trabajo – todos los números tendrán que presentarse a la Operación. Los que no comparezcan – serán sometidos a castigo en la Máquina del Benefactor.

¡Mañana! ¿Acaso puede haber – habrá un mañana?

Empujado por la inercia de cada día, extendí la mano (instrumento) hacia la estantería – y coloqué el periódico de hoy junto con el resto, en una carpeta decorada con motivos dorados. Y al mismo tiempo:

«¿Para qué? ¿No da todo ya lo mismo? Después de todo, aquí, en esta habitación – ya nunca más, nunca más...»

El periódico de mis manos – al suelo. Y me pongo de pie y miro alrededor de toda, toda, toda la habitación, me apresuro a recoger – meto febrilmente todo lo que me da pena dejar aquí en una maleta invisible. La mesa. Los libros. La butaca. En la butaca se sentaba entonces I – y yo abajo, en el suelo... La cama...

Luego un minuto, dos – espero absurdamente algún milagro, tal vez – suene el teléfono, tal vez me diga que...

No. No hay ningún milagro...

Me voy – a lo desconocido. Éstas son mis últimas líneas. Adiós – a ustedes, desconocidos, a ustedes, queridos, con los que he vivido tantas páginas, a los que yo, enfermo del alma – me he mostrado por completo, hasta el último tornillito suelto, hasta el último resorte roto...

Me voy.

Nota n.º 34
Resumen:

Manumisos. Noche soleada. Radio-valquiria

¡Oh, si de verdad me hubiera hecho pedazos a mí y todos los demás, si de verdad – junto con ella – hubiera ido a parar a algún lugar más allá del Muro, entre bestias feroces que enseñan sus colmillos amarillos, si de verdad nunca más hubiera vuelto aquí! Habría sido mil – un millón de veces más fácil. Y ahora – ¿ahora qué? Voy y estrangulo a esa – – Pero ¿servirá de algo?

¡No, no, no! Contrólate, D-503. Aférrate al sólido eje de la lógica – empuja con todas tus fuerzas la palanca, aunque sólo sea por un instante – y como un antiguo esclavo haz girar la piedra molar de los silogismos – hasta que hayas anotado y dado sentido a todo lo que ha pasado...[80]

Cuando subí a bordo de la *Integral* – todos los demás ya se habían reunido, todos habían ocupado sus puestos, todos los panales de nuestra gigantesca colmena de cristal estaban llenos. A través del cristal de la cubierta – personas diminutas como hormigas abajo – en los telégrafos, dinamos, transformadores, altímetros, válvulas, manecillas, motores, bombas, tuberías. En la sala de oficiales – algunos inclinados sobre tablas e instrumentos – probablemente delegados de la Oficina de Ciencias. Y junto a ellos – el Segundo Constructor con dos ayudantes suyos.

Los tres parecían tortugas, con la cabeza hundida entre los hombros, y sus rostros – grises, otoñales, sin un rayo de luz.

—Bueno, ¿cómo va? —pregunté.

—Pues... No tiene muy buena pinta... —respondió uno de ellos con una sonrisa gris, sin un rayo de luz—. No se sabe dónde vamos a tener que aterrizar. En general, no está claro que...

Me resultaba insoportable mirarlos – a ellos, a los que, dentro de una hora, con mis propias manos, iba a arrancar de las acogedoras cifras de las Tablas de las Horas, arrancar para siempre del seno del Estado Unido. Me recordaron a los trágicos personajes de *Los tres manumisos* – cuya historia conoce cualquiera de nuestros escolares. Es la historia de tres números que, a modo de experimento, fueron liberados del trabajo por un mes: «Haz lo que quieras, ve adonde te plazca.»* Esos desgraciados deambulaban por sus lugares de trabajo habituales y espiaban con ojos hambrientos; se detenían en las plazas – y durante horas enteras – realizaban aquellos movimientos que a esas horas del día se habían convertido ya en una necesidad para sus cuerpos: serraban y cepillaban el aire, agitaban martillos invisibles, golpeaban yunques invisibles. Al décimo día, por fin, no aguantaron más: cogidos de la mano, se metieron en el agua y, al ritmo de la Marcha, se sumergieron más y más, hasta que el agua puso fin a su tormento...

Repito: me costaba mirarlos, me apresuré a marcharme.

—Voy a hacer sólo algunas comprobaciones en la sala de máquinas —dije—, y luego – ¡nos vamos!

Me preguntaron algo – qué voltaje se necesitaba para el despegue, cuánto lastre de agua tenía que haber en el tanque de popa. Era como si dentro de mí hubiera una es-

---

* Esto sucedió hace mucho tiempo, en el siglo III después de las Tablas.

pecie de gramófono: respondía a todas las preguntas de manera rápida y precisa, mientras que yo, sin cesar – dentro de mí rumiaba mis cosas.

Y de repente, en el pasillo estrecho – algo me golpeó justo allí, en mi interior – y a partir de ese momento supe que todo había comenzado de verdad.

En el pasillo desfilaban unifos grises, caras grises, y de entre ellos, por un segundo, destacó uno: el pelo encasquetado, mirada de debajo de la frente – era él. Lo entendí: estaban ahí, y no podía huir, y sólo quedaban unos minutos – unas decenas de minutos... Un temblor microscópico, molecular, por todo mi cuerpo (que ya no cesó hasta el final) – como si un enorme motor se hubiera puesto en marcha dentro de mí, y el edificio de mi cuerpo fuera demasiado ligero: todas las paredes, los tabiques, cables, vigas, luces – todo temblaba...

Aún no lo sabía: ¿está *ella* aquí? Pero ahora no queda tiempo – han venido a buscarme para que suba cuanto antes al puente de mando: es hora de irnos... ¿Adónde?

Caras grises, sin un solo rayo. Abajo, en el agua, venas tensas y azules. Pesadas láminas de cielo color hierro. Y la mano también me pesa como el hierro cuando la levanto para coger el teléfono de mando.

—¡Arriba – 45° C!

Una explosión sorda – una sacudida – una furiosa montaña de agua blanca y verdosa en la popa – la cubierta desaparece de debajo de mis pies – suave, de goma – y todo para abajo, toda la vida, para siempre... Por un segundo – caemos cada vez más hondo por una especie de embudo, todo se encoge a mi alrededor – el plano en relieve color azul hielo de la ciudad, las burbujas redondas de las cúpulas, el solitario dedo de plomo de la torre acumuladora. Luego – la cortina fugaz de nubes de algodón – la atravesamos – y el sol, el cielo azul. Segundos, minutos, kilómetros – el azul se solidifica rápidamente, se inunda de oscuridad, las estrellas brotan como frías gotas de sudor plateado...

Y ahí está – una noche inquietante, insoportablemente clara, negra, estrellada y soleada. Como si de repente uno se quedara sordo: todavía verías las trompetas rugiendo, pero sólo verías: trompetas mudas, en silencio. Así estaba el sol – mudo.

Era natural, era de esperar. Salimos de la atmósfera terrestre. Pero tan rápido, tan por sorpresa – que todos a mi alrededor se quedaron atónitos, callados. Y yo – yo me sentí incluso aliviado bajo aquel sol fantástico y mudo: como si, después de encogerme por última vez, ya hubiera cruzado el umbral inevitable – y mi cuerpo en algún lugar de allí abajo, y me precipitara a un mundo nuevo, donde todo debía ser diferente, estar vuelto del revés...

—¡Mantenga la velocidad! —le grité a la máquina – o quizá no fuera yo, sino ese gramófono que había en mí – y entonces el gramófono, con la mano mecánica y articulada, le pasó el teléfono de mando al Segundo Constructor. Y yo, de la cabeza a los pies cubierto de un temblor suavísimo y molecular que sólo yo sentía – bajé corriendo las escaleras a buscar...

La puerta de la sala de oficiales – esa misma: dentro de una hora emitirá un tintineo pesado y se cerrará... Al lado de la puerta – un tipo al que no conocía, de baja estatura, con una cara como la de cientos, como la de miles que encontrarías en la multitud, pero con unos brazos excepcionalmente largos, hasta las rodillas: como si se los hubieran puesto por error, a toda prisa, de otro conjunto humano.

El largo brazo se estiró, me cerró el paso.

—¿Adónde va?

Está claro: no sabe que yo lo sé todo. Déjalo: tal vez – eso es lo mejor. Y desde arriba, con deliberada brusquedad:

—¡Soy el Constructor de la *Integral*! Yo dirijo las pruebas. ¿Entendido?

El brazo desapareció.

La sala de oficiales. Sobre los instrumentos y los mapas – cabezas cubiertas de cerdas grises – y cabezas amarillas, calvas, maduras. Los vi a todos enseguida – de un vistazo – y vuelta atrás, por el pasillo, por la escalera, abajo, hacia la sala de máquinas. Allí, calor y estruendo de las tuberías al rojo vivo por las explosiones; las manivelas centelleaban en una danza desesperada y ebria; las manecillas en los cuadrantes – presas de un constante y apenas perceptible temblor...

Y ahí – por fin – junto al tacómetro – él, con la frente encasquetada sobre el cuaderno...

—Oiga... —Estruendo: hay que gritar justo al oído—. ¿Está ella aquí? ¿Dónde?

En la sombra – debajo del ceño – una sonrisa:

—¿Ella? Está allí. En la sala del radioteléfono...

Y yo – hacia allí. Allí – tres de ellos. Todos – con cascos alados y auriculares. Y ella – parecía una cabeza más alta de lo habitual, alada, brillante y voladora – como las antiguas valquirias, y las chispas azules y enormes que caían de la antena de la radio – parecían salir de ella, y también era por ella aquí – un leve y fugaz olor a ozono.

—Alguien... No, aunque sea – usted... – le dije a ella jadeante (por la carrera)—. Tengo que enviar un mensaje abajo, a Tierra, al hangar... Vamos, yo dictaré...

Al lado de la sala de aparatos – una pequeña caja-cabina. Al escritorio, uno al lado de otro. Encontré su mano, la estreché con firmeza.

—¿Y bien? ¿Qué va a pasar?

—No lo sé. ¿Entiendes lo maravilloso que es esto, volar – sin saber adónde – lo mismo da... Dentro de poco serán las 12.00 h – y no se sabe qué pasará. Y por la noche... ¿Dónde estaremos tú y yo esta noche? Tal vez – sobre la hierba, sobre las hojas secas...

De ella – chispas azules y olor a rayo, y el temblor en mí – cada vez más frecuente.

—Anote —digo en voz alta sin dejar de jadear (por la carrera)—. Hora: 11.30 h. Velocidad: 6.800...

Ella – de debajo del casco alado, sin apartar los ojos del papel, en voz baja:

—... Anoche ella vino a verme con una nota tuya... Lo sé, lo sé todo: no digas nada. Aun así, el niño – ¿es tuyo? La mandé allí – ya está más allá del Muro. Vivirá...

De nuevo en el puente de mando. De nuevo – una noche delirante, con un cielo negro y estrellado y un sol cegador; la aguja del reloj de pared cojea despacio, de un minuto a otro; todo como envuelto en una niebla, revestido de un temblor ligerísimo, apenas perceptible (sólo para mí).

No sé por qué se me ocurrió: habría sido mejor que *esto* no hubiera ocurrido aquí, sino en algún lugar más abajo, más cerca de la Tierra.

—¡Alto! —grité a la sala de máquinas.

Seguimos avanzando – por inercia – pero más despacio, cada vez más lento. Ahora la *Integral* se aferraba a un pelito ínfimo, por un instante se quedó suspendida, inmóvil, luego el pelito se rompió – y la *Integral*, como una piedra, hacia abajo – cada vez más rápido. Así, en silencio, minutos, decenas de minutos – se oye el pulso – la manecilla se acerca cada vez más a las 12.00 h frente a mis ojos. Está claro: yo soy la piedra, I es la Tierra, pero yo soy la piedra lanzada por alguien – y la piedra necesita caer sin falta, chocar con la tierra para hacerse añicos... ¿Y si...? —Abajo, ya denso, el humo azul oscuro de las nubes... ¿Y si...?

Pero el gramófono que hay en mí – de manera articulada, levantó con precisión el auricular y ordenó: «reducir la marcha» – la piedra dejó de caer. Sólo los cuatro apéndices inferiores – dos en popa y dos en proa – resoplaron con fatiga, lo suficiente para paralizar el peso de la *Integral* – y ésta, con un leve temblor, firme como si estuviera anclada – se quedó suspendida en el aire, a un kilómetro más o menos del suelo.

Todos salimos a la cubierta (eran cerca de las 12.00 h, la campana del almuerzo) y, asomados sobre la borda de cristal, nos apresuramos a engullir de golpe todo ese mundo desconocido y oculto – allí, más abajo. Ámbar, verde, azul: un bosque en otoño, un prado, un lago. En el borde del platillo azul – una suerte de ruinas amarillas y huesudas, un dedo amarillo, seco y amenazante – debe de ser la torre de una antigua iglesia que sobrevivió de milagro.

—¡Miren, miren! ¡Allí – más a la derecha!

Allí – a través del desierto verde – una sombra marrón de una especie de mancha que volaba rauda. En las manos tenía unos binóculos y maquinalmente me los acerqué a los ojos: con la hierba hasta el pecho, con colas ondeantes, cabalgaba una manada de caballos pardos, y sobre sus lomos – seres blancos, bayos y negros...

Detrás de mí:

—Vuelvo a decirlo: – lo vi – una cara.

—¡Anda ya! ¡A otro con ese cuento!

—Vamos, vamos, coja los binóculos...

Pero ya habían desaparecido. El interminable desierto verde...

Y en el desierto – llenándolo todo, a mí y a todos – la aguda vibración de la campana: la hora del almuerzo, dentro de un minuto – las doce en punto.

Disperso en fragmentos fugaces e inconexos – el mundo. En los peldaños – la sonora placa dorada de alguien – pero me da lo mismo: acaba de crujir bajo mi tacón. Una voz: «¡Vuelvo a decirlo – una cara!» Un cuadrado oscuro: la puerta de la sala de oficiales abierta. Unos dientes blancos apretados, una sonrisa afilada...

Y justo cuando el reloj empezó a sonar, infinitamente despacio, aguantando la respiración entre golpe y golpe, y las filas delanteras ya habían avanzado – el cuadrado de la puerta quedó bloqueado de repente por esos dos brazos familiares, anormalmente largos:

—¡Alto!

Unos dedos presionados en mi palma – era I, a mi lado:

—¿Quién es? ¿Lo conoces?

—¿Acaso...? ¿Acaso no es...?

Él – sobre los hombros de alguien. Por encima de un centenar de caras – su rostro, que era como el de cientos, como el de miles, ahora era único:[81]

—En nombre de los Guardianes... A ustedes – a los que hablo, me oís bien, cada uno de ustedes me oirá –les digo: *lo sabemos*. Aún no tenemos sus números – pero ¡lo sabemos todo! ¡La *Integral* – no será suya! La prueba se llevará a cabo hasta el final, y ustedes – ustedes no se atreverán a moverse – efectuarán la prueba con sus propias manos. Y luego... De todos modos, ya he terminado...

Silencio. Las placas de cristal bajo mis pies – blandas, de algodón, y yo también tengo unos pies blandos, de algodón. A mi lado – ella, I – con una sonrisa completamente blanca y chispas azules de rabia. Entre dientes – en mi oído:

—Oh, ¿así que ha sido usted? ¿Ha «cumplido con su deber»? Bueno, así pues...

Su mano se desprendió de la mía; el casco furiosamente alado de valquiria – en algún lugar lejano, más adelante. Yo – solo, petrificado, en silencio, como todos los demás voy a la sala de oficiales.

«Pero si no he sido yo – ¡no he sido yo! No he hablado de esto con nadie, sólo se lo he dicho a estas páginas blancas y mudas...»

Por dentro – de manera inaudible, desesperada, muy fuerte – le gritaba eso a I. Estaba sentada al otro lado de la mesa, frente a mí – y ni una sola vez me rozó con su mirada. Junto a ella – la calva madura y amarilla de alguien. Oigo (es – I):

—¿«Nobleza»? Mi querido profesor, pero si incluso un sencillo análisis filológico de esta palabra demuestra que se trata de una superstición, de una reliquia de antiguas épocas feudales. Mientras que nosotros...

Lo sentí: empalidezco – y ahora todo el mundo se dará cuenta... Pero el gramófono que había en mí realizaba los cincuenta movimientos de masticación prescritos para cada bocado, me encerré en mí como en una casa opaca de las antiguas – tapié la puerta con piedras, cubrí las ventanas con cortinas...

Luego – en mi mano el teléfono de mando, y el vuelo – en la última angustia helada – a través de las nubes – hacia una noche gélida y tan estrellada que parece soleada. Minutos, horas. Era evidente que dentro de mí todo el tiempo, febrilmente, a toda potencia – el motor lógico que ni siquiera yo oía. Porque, de repente, en un punto del espacio azul: mi escritorio, y sobre él – sobre una hoja olvidada de mis notas – las mejillas-branquias de Yu. Y lo veo claro: no podía ser nadie más que ella – lo veo todo claro...

¡Ah, si tan sólo – si tan sólo pudiera llegar hasta la radio...! Los cascos alados, el olor a rayos azules... Recuerdo – le dije algo en voz alta a ella, y recuerdo – ella, mirando *a través de* mí, como si yo fuera de cristal – desde lejos:

—Estoy ocupada: estoy recibiendo un mensaje desde abajo. Dícteselo a ella...

En la minúscula caja-cabina, después de unos momentos de reflexión, dicté con firmeza:

—Hora: 14.40 h. ¡Abajo! Motores parados. Es el fin.

Puente de mando. El corazón mecánico de la *Integral* se ha detenido, estamos cayendo, y mi corazón – incapaz de seguir el ritmo de la caída, se queda atrás, se me sube cada vez más a la garganta. Nubes – y luego una mancha verde a lo lejos – cada vez más verde, cada vez más nítida – que se acerca hacia nosotros como un remolino – ahora es el fin – –

El rostro de loza blanco y crispado del Segundo Constructor. Probablemente fuera él – el que me empujó con todas sus fuerzas, me di un golpe en la cabeza, y ya estaba oscureciendo y cayendo – cuando oí, como a través de una niebla:

—¡Motores de popa, a toda máquina!

Una brusca sacudida hacia arriba... No recuerdo nada más.

Nota n.º 35
Resumen:

En un aro. Zanahoria. Asesinato

No he dormido en toda la noche. Toda la noche – en una sola cosa...

Después de lo de ayer, unas vendas me ciñen la cabeza. De hecho: no se trata de vendas, sino de un aro; un aro despiadado, hecho de acero vitrificado, un aro clavado en mi cabeza, y yo – sigo en el mismo círculo forjado: matar a Yu. Matar a Yu – y luego ir a ver a la otra y decirle: «¿Qué – me crees?» Lo más repugnante es que matar es algo sucio, antiguo, aplastarle la cabeza con algo – ante eso me viene a la boca una sensación extraña de algo asquerosamente dulce en la boca, y no puedo tragar la saliva, la escupo todo el rato en mi pañuelo, tengo la boca seca.

En mi armario había una pesada varilla de émbolo que se había agrietado durante la fundición (tenía que examinar la estructura de aquella grieta con un microscopio). Enrollé mis notas en un tubo (para que ella pueda leerlo todo sobre mí – hasta la última letra), metí la varilla rota dentro y bajé. La escalera – infinita, los peldaños – algunos asquerosamente resbaladizos, líquidos; todo el rato – me secaba la boca con el pañuelo...

Abajo. Mi corazón tronaba. Me detuve, saqué la varilla – a la mesita de inspección – –

Pero ella no estaba allí: un tablero vacío, helado, con gotas de tinta. Me acordé: hoy – todos los trabajos están cancelados; todos tienen que ir a la Operación, es comprensible: ella no tiene nada que hacer aquí, nadie a quien registrar...

En la calle. Viento. Un cielo de placas de hierro en movimiento. Y como en algún momento de ayer: el mundo entero está roto en pedacitos separados, afilados, independientes, y cada uno de ellos, al caer en picado, se detenía un segundo, se quedaba suspendido en el aire frente a mí – y se evaporaba sin dejar rastro.

Era como si las letras negras y precisas de esta página – se repente se movieran y, presas del susto, salieran corriendo en todas direcciones – y ni una sola palabra, sólo un galimatías: sust – – salt – – kak – – En la calle – la muchedumbre igual de dispersa, no en filas – en línea recta, hacia atrás, en diagonal, a través.

Y ya no hay nadie. Por un segundo, eso que se precipitaba se quedó inmóvil: allí, en el primer piso, en una jaula de cristal suspendida en el aire – un hombre y una mujer – en un beso, de pie – ella con todo el cuerpo inclinado hacia detrás, como si se rompiera. Es – para siempre, por última vez...

En alguna esquina – un arbusto espinoso de cabezas en movimiento. Sobre las cabezas –por separado, en el aire – una pancarta con las palabras: «¡Abajo la Máquina! ¡Abajo la Operación!» Y por separado (de mí) – yo, que pienso por un instante: «¿Es que todos tenemos un dolor que sólo podemos expulsar desde dentro – con ayuda del corazón, y todos tenemos que hacer algo antes de...?» Y por un segundo – no hay nada en el mundo excepto (mi) mano animal con un rollo pesado de hierro...

Ahora – un niño: todo – hacia delante, bajo el labio inferior – una sombra. El labio inferior – lo tiene girado – como el puño de una manga arremangada – tiene toda la cara arremangada – el niño llora a gritos – huye de alguien a todo correr – detrás de él se oyen pasos fuertes...

Por el niño pienso: «Sí, Yu – debe de estar en la escuela ahora, tengo que ir cuanto antes.» Corrí a la estación del tren subterráneo más cercana.

En la puerta, alguien corriendo.

—¡No funcionan! ¡Los trenes no funcionan hoy! Allí – –

Bajé. Allí – un completo delirio. El brillo de soles de cristal facetados. El andén repleto de cabezas. Un tren vacío, petrificado.

Y en el silencio – una voz. Ella – no se ve, pero conozco, conozco esa voz elástica, flexible y fustigadora como un látigo – y en alguna parte, el triángulo agudo de cejas levantadas hacia las sienes... Grité:

—¡Déjenme! ¡Déjenme pasar! Tengo que – –

Pero unos dedos en mí – me atenazaban las manos, en los hombros como si fueran clavos. Y en el silencio – una voz:

—...¡No, corra arriba! Allí – lo curarán, lo atiborrarán de una felicidad muy nutritiva y, cuando esté saciado, se adormecerá plácidamente y roncará ordenadamente, al compás: – ¿acaso no oye esa gran sinfonía del ronquido? Es ridículo: quieren librarlo de esos signos de interrogación que se retuercen como gusanos, que muerden y atormentan como lombrices. Y usted se queda aquí plantado, escuchándome. ¡Enseguida – arriba – a la Gran Operación! ¿Qué más le da que me quede aquí sola? ¿Qué más le da – si no quiero que otros quieran por mí, sino que quiero querer las cosas yo misma – si quiero lo imposible...?[82]

Otra voz – lenta, pesada:

—¡Ajá! ¿Lo imposible? ¿Eso significa – perseguir tus tontas fantasías, y dejar que te muevan la cola en la cara? No: nosotros – por la cola, debajo de nosotros, y luego...

—Y luego – se lo comerá, se pondrá a roncar – y necesitará una nueva cola delante de las narices. Al parecer, los antiguos tenían un animal así: el burro. Para hacerlo avanzar, avanzar hacia delante – delante del hocico, en el pértigo, le ataban una zanahoria, de modo que no pudiera alcanzarla. Y si la alcanzaba, se la comía.

De pronto las tenazas me soltaron, me lancé hacia el medio, donde hablaba ella – y en ese momento todo se derrumbó, todo el mundo se apretujó – y un grito vino de atrás: «¡Vienen! ¡Vienen aquí!» La luz saltó, se apagó – alguien cortó el cable eléctrico – y una avalancha de gritos, gemidos, cabezas, dedos...

No sé cuánto tiempo corrimos por el túnel. Por fin: unos peldaños – crepúsculo – cada vez más luz – y de nuevo en la calle como un abanico, en diferentes direcciones...

Y ahora – solo. El viento, y gris, bajo – por encima de mi cabeza – anochece. Sobre el cristal mojado del pavimento – muy hondo – luces invertidas, paredes, figuras que se mueven al revés. Y el rollo increíblemente pesado en mi mano – me tira hacia abajo, hacia el fondo.

Abajo, en la mesa, Yu seguía sin aparecer, y su habitación también – vacía, oscura.

Subí a mi habitación, encendí la luz. Las sienes me latían con fuerza, ceñidas por un aro; me paseé de arriba abajo – encerrado en el mismo círculo: la mesa, el rollo blanco sobre la mesa, la cama, la puerta, la mesa, el rollo blanco... En la habitación de la izquierda las cortinas están echadas. A la derecha: sobre un libro – una calva llena de bultos, y la frente – una enorme parábola amarilla. Las arrugas de la frente – una serie de líneas amarillas indescifrables. A veces nuestras miradas se cruzan – y entonces lo siento: esas líneas amarillas – acerca de mí.

... Pasó a las 21.00 h. Llegó Yu – por su cuenta. Lo único que se me quedó nítidamente grabado en la memoria: yo respiraba tan fuerte que oía mi respiración, y quería acallarla todo el rato – y no lo conseguía.

Se sentó, se arregló el unifo entre las rodillas. Sus branquias de color rosa pardo se agitaban.

—¡Ay, querido! Así pues, ¿es verdad que está herido? En cuanto lo supe – enseguida...

La varilla estaba frente a mí, sobre la mesa. Di un salto, respirando aún más fuerte. Ella lo oyó y se detuvo a media palabra y, por alguna razón, también se levantó. Yo ya veía ese lugar concreto de su cabeza, en la boca un gusto dulzón y repulsivo... El pañuelo, pero no tenía – escupí en el suelo.

Ése, el de detrás de la pared de la derecha – tenía arrugas amarillas y atentas – sobre mí. Necesito que no lo vea, aún sería más repulsivo – si él lo veía... Apreté el botón – aunque no tuviera el permiso – ¿no daba ahora todo lo mismo? – las cortinas cayeron.

Por lo visto, ella lo sintió, lo comprendió, y echó a correr hacia la puerta. Pero le cerré el paso – y jadeando fuerte, sin quitarle ni un segundo los ojos de encima a ese punto de su cabeza...

—¡Usted... se ha vuelto loco! No se atreverá...

Retrocedió – se sentó o, mejor dicho, cayó en la cama – temblando, deslizó las manos entre las rodillas, con las palmas juntas. Como un muelle, con la mirada clavada en ella, estiré la mano hacia la mesa – sólo se me movió una mano – y cogí la varilla.

—¡Se lo suplico! ¡Un día – deme sólo un día! Mañana, mañana mismo – iré y lo arreglaré todo...

¿De qué hablaba? Levanté mi mano – –

Y lo pienso: la maté. Sí, ustedes, lectores desconocidos, tienen derecho a llamarme «asesino». Sé que habría dejado caer la varilla sobre su cabeza si no hubiera gritado:

—¡Por el amor de... por el amor de!... Estoy de acuerdo – ahora, enseguida...

Con manos temblorosas se quitó el unifo – su cuerpo amplio, amarillo y flácido cayó sobre la cama... Sólo entonces lo comprendí: ella pensaba que las cortinas eran porque – yo deseaba...

Fue tan inesperado, tan absurdo, que me eché a reír. Y al instante el muelle tenso que había en mí se rompió; la mano se aflojó y la varilla retumbó contra el suelo. Entonces vi con mis propios ojos que la risa es el arma más terrible:[83] con la risa se puede matar todo – incluso el asesinato.

Sentado a la mesa, me reía – una última risa desesperada – y no veía ninguna salida posible a esa situación estúpida. No sé cómo habría acabado todo si hubiera seguido su curso natural, pero de pronto entró en juego un nuevo factor externo: sonó el teléfono.

Me apresuré a descolgar: ¿y si era ella? – y en el auricular oí una voz desconocida:

—Un momento.

Un zumbido agonizante, interminable. A lo lejos – unos pasos pesados, cada vez más cerca, cada vez resonaban más, y se volvían más pesados – y entonces...

—¿D-503? Hmmm... Le habla el Benefactor. ¡Venga a verme – de inmediato!

Cling – han colgado – cling.

Yu seguía acostada en la cama, con los ojos cerrados y las branquias abiertas en una sonrisa. Recogí del suelo su vestido, se lo tiré. Entre dientes:

—¡Vamos! ¡Deprisa – deprisa!

Se levantó sobre un codo, los pechos se le desparramaron hacia un lado, se le redondearon los ojos, se volvió de cera.

—¿Qué?

—Eso. ¡Vamos – que se vista de una vez!

Ella – toda acurrucada, con el vestido pegado al cuerpo, la voz aplastada.

—Dese la vuelta...

Me di la vuelta y apoyé la frente en el cristal. Sobre el espejo negro y húmedo temblaban luces, siluetas, chispas. No: soy – yo, es – en mi interior... ¿Para qué me habrá llamado Él? ¿Acaso ya sabe de ella, de mí, de todo?

Yu, ya vestida, estaba junto a la puerta. Di dos pasos hacia ella – le apreté la mano como si pudiera extraer de ella lo que necesitaba.

—Escuche... ¿Usted dio el nombre de ella? – ya sabe de quién hablo – ¿la mencionó? ¿No? Sólo la verdad – la necesito... Me da lo mismo todo – pero quiero la verdad...

—No.

—¿No? Pero ¿por qué? Ya que fue allí a informar...

Su labio inferior – de pronto del revés, como el de aquel niño – y por sus mejillas, por sus mejillas, lágrimas...

—Porque yo... Tenía miedo de que si daba su nombre... usted por eso... dejaría de am... ¡Oh, no puedo, no habría podido...!

Lo entendí: decía la verdad. ¡Una verdad absurda, ridícula, humana! Abrí la puerta.

Nota n.º 36
Resumen:

Páginas en blanco. Dios cristiano. Sobre mi madre

Algo extraño – como si tuviera una página en blanco en mi cabeza: cómo llegué allí, cómo esperé (sé que esperé) – no recuerdo nada, ni un solo sonido, ni una sola cara ni un solo gesto. Como si el circuito que me conecta con el mundo se hubiera roto.

Volví en mí – y ya estaba ante Él, y tuve miedo de levantar los ojos: sólo veía sus enormes manos de hierro – sobre sus rodillas. Esas manos lo aplastaban a Él mismo, sus rodillas se doblaban bajo ellas. Movía despacio sus dedos. Su rostro – en algún lugar entre la niebla, en lo alto, y como si sólo fuera porque su voz me llegaba desde esa altura – no retumbaba como un trueno, no me ensordecía, sino que parecía una voz humana normal y corriente.

—Así pues – ¿usted también? ¿Usted, el Constructor de la *Integral*? ¿Usted – llamado a convertirse en un gran conquistador? ¿Usted – cuyo nombre debía iniciar un capítulo nuevo y brillante en la historia del Estado Unido...? ¿Usted?

La sangre se me subió a la cabeza, a las mejillas – de nuevo una página en blanco: sólo en las sienes – el pulso, y arriba una voz retumbante, pero ni una sola palabra. Sólo cuando se calló volví en mí, y lo vi: una mano se movía pesadamente – se arrastró despacio – y me señaló un dedo.

—¿Y bien? ¿Por qué se calla? ¿Sí o no? ¿Soy un verdugo?

—Es así —dije con humildad. Y luego ya oí con claridad cada una de sus palabras.

—¿Y qué? ¿Piensa que me da miedo esa palabra? ¿Ha intentado alguna vez quitarle la cáscara y ver lo que hay allí dentro? Ahora se lo voy a enseñar. Recuerde: una colina azul, la cruz, una multitud. Algunos – arriba, empapados de sangre, clavan el cuerpo en la cruz; otros – abajo, empapados de lágrimas, miran. ¿No le parece que el papel de los que estaban arriba era el más difícil, el más importante? Si no hubiera sido por ellos, ¿cómo se habría representado toda esa majestuosa tragedia? La muchedumbre ignorante los abucheó: pero por eso, al fin y al cabo, el autor de la tragedia – Dios – debería recompensarlos aún más generosamente. Y el propio Dios cristiano, archimisericordioso, que quema despacio a todos los desobedientes en el fuego del infierno, ¿no es un verdugo? ¿Y acaso los que ardieron en la hoguera a manos de cristianos fueron menos que los cristianos quemados? Sin embargo – entiéndase –, sin embargo, este Dios ha sido alabado durante siglos como un Dios de amor. ¿Absurdo? No, al contrario: una patente escrita con sangre en la razón indestructible del hombre. Ya entonces – salvaje, peludo – lo comprendió: el amor verdadero, algebraico, de la humanidad – es inevitablemente inhumano, y el signo inevitable de la verdad – es su crueldad.[84] Al igual que el fuego – su cualidad indispensable es que quema. Muéstreme un fuego que no queme. Vamos – ¡pruébelo, arguméntelo!

¿Cómo iba a discutir? ¿Cómo iba a discutir cuando ésos eran (antiguamente) mis propios pensamientos – sólo que nunca había sabido revestirlos de una armadura tan bien forjada y brillante? Me quedé en silencio...

—Si esto significa que está de acuerdo conmigo – hablemos como adultos cuando los niños ya se han ido a la cama: hablémoslo todo hasta el final. Pregunto: ¿qué ha rezado, soñado y anhelado la gente – desde la cuna? Que alguien les dijera de una vez por todas qué es la felicidad – y luego los encadenara a esa felicidad. ¿Y qué otra cosa hacemos ahora, sino eso? El antiguo sueño del paraíso... Recuerde: en el paraíso ya no se sabe qué es el deseo, la piedad, el amor; allí sólo hay bienaventurados con la imaginación extirpada (sólo por eso son bienaventurados) – ángeles, siervos de Dios... Y justo en el momento en que ya habíamos alcanzado ese sueño, en el que lo habíamos agarrado así (apretó Su mano: si hubiera sostenido una piedra en ella – habría manado zumo de la piedra) – cuando todo lo que quedaba era desollar la presa y partirla en pedazos – en ese mismo momento usted – usted...

El estruendo de hierro fundido cesó de pronto. Yo – todo rojo, como una barra de acero en el yunque bajo un martillo. El martillo se cernía en silencio y la espera, la espera – era aún... terri...

De pronto:

—¿Cuántos años tiene?

—Treinta y dos.

—¡Y es tan ingenuo – como dos de dieciséis! Escuche: ¿de verdad no se le ocurrió ni una vez que ellos – todavía no conocemos sus nombres, pero estoy seguro de que los conoceremos por usted – sólo lo necesitaban porque es el Constructor de la *Integral* – sólo para que a través de usted...?

—¡No siga! ¡No siga! —grité.

... Era como cubrirse con las manos y gritarle a una bala: uno sigue oyendo su ridículo «no siga» y la bala ya lo ha atravesado, y uno ya se está retorciendo en el suelo.

Sí, sí: el Constructor de la *Integral*... Sí, sí... Y al instante: el rostro furioso de Yu, con sus branquias temblorosas y rojas como ladrillos – esa mañana, cuando las dos aparecieron juntas en mi habitación...

Lo recuerdo muy claramente: me eché a reír – y miré hacia arriba. Delante de mí se sentó un calvo, un hombre socráticamente calvo, y en la calva – pequeñas gotas de sudor.

¡Qué sencillo es todo! ¡Qué majestuosamente banal y ridículamente simple!

La risa me ahogaba, me salía a bocanadas. Me tapé la boca con la mano y salí corriendo.

Peldaños, viento, fragmentos húmedos y fulgurantes de luces, de caras, y mientras corría: «¡No! ¡Quiero verla! ¡Aunque sea sólo una vez más!»

Ahí – otra vez la página vacía, en blanco. Sólo recuerdo: pies. No personas, sino precisamente pies: pasos desordenados, cientos de pies cayendo sobre el pavimento, una intensa lluvia de pies. Y una canción alegre, traviesa, y un grito – por lo visto dirigido a mí: «¡Oye! ¡Oye! ¡Ven aquí, ven con nosotros!»

Luego – una plaza desierta, llena a rebosar de un viento tenaz. En el centro – una mole opaca, pesada, temible: la Máquina del Benefactor. Y por ella – en mi interior, como un eco inesperado: una almohada de un blanco deslumbrante; sobre la almohada, una cabeza echada hacia atrás con los ojos entrecerrados; una franja de dientes afilada y dulce... Y todo eso de alguna manera absurda y terrible, conectado con la Máquina – y sé cómo, pero no quiero verlo todavía, nombrarlo en voz alta – ¡no quiero, no hace falta!

Cerré los ojos y me senté en los escalones que llevan hacia arriba, hacia la Máquina. Debía de estar lloviendo: tenía la cara mojada. En algún lugar a lo lejos, sonidos ensordecedores – gritos. Pero nadie me oye, nadie me oye gritar: ¡sálvenme de esto, sálvenme!

Si tuviera una madre – como los antiguos: *mi* – sí, eso es – mi madre. Y si para ella – yo no fuera el Constructor de la *Integral*, ni el número D-503 ni una molécula del Estado Unido, sino un simple pedazo humano – un pedazo de sí misma – pisoteado, aplastado, abandonado... Y que sea yo el que clavo o al que clavan – quizá sea lo mismo – para que ella oyera lo que nadie oye, para que sus labios seniles llenos de arrugas – –

Nota n.º 37
Resumen:

Infusorio. El fin del mundo. Su habitación

Por la mañana en el comedor – el vecino de la izquierda me susurró con miedo:

—¡Vamos, coma! ¡Lo están observando!

Yo – con todas mis fuerzas – sonreí. Y lo sentí – como una grieta en la cara: sonrío – los bordes de la grieta se extienden más y más – y me duele cada vez más...

Más adelante – así: en cuanto lograba pinchar un cubito con el tenedor, al instante el tenedor me temblaba en la mano y tintineaba contra el plato – y temblaban y tintineaban las mesas, las paredes, los platos, el aire, y afuera – cierto estruendo enorme, hasta el cielo, redondo y de hierro – a través de las cabezas, a través de las casas – y a lo lejos se congeló en círculos apenas perceptibles, pequeños, como sobre la superficie del agua.

Vi, en un instante, caras viscosas y descoloridas, bocas detenidas a toda velocidad, tenedores congelados en el aire.

Luego todo se confundió, se salió de sus carriles seculares, todos se levantaron de sus asientos (sin entonar el himno) – de cualquier manera, sin seguir el ritmo, terminando de masticar, atragantándose, agarrándose unos a otros: «¿Qué? ¿Qué ha pasado? ¿Qué?» Y – como fragmentos desordenados de lo que alguna vez había sido la majestuosa y armoniosa Máquina – todos se precipitaron abajo, a los ascensores – por la escalera – peldaños – estruendo de pasos – retazos de palabras – como jirones de una carta rota y azotada por el viento...

También cayeron de todos los edificios vecinos, y al cabo de un minuto la avenida – era como una gota de agua vista bajo un microscopio: los infusorios, atrapados en una gota transparente como el cristal, confusos, lanzándose hacia un lado, hacia arriba, hacia abajo.

—Ajá. —La voz triunfante de alguien – ante mí una nuca y un dedo apuntando al cielo; recuerdo muy claramente la uña amarilla-rosada y debajo de ella – una medialuna blanca como elevándose desde detrás del horizonte. Y es como una brújula: cientos de ojos, siguiendo ese dedo, girado hacia el cielo.

Huyendo de cierta persecución invisible, allí arriba había nubes que corrían, se aplastaban, saltaban una por encima de otra – y los oscuros aeromóviles de los Guardianes, teñidos por las nubes, con las trompas negras colgantes de los tubos – y aún más adelante – allí, al oeste, algo parecido a – –

Al principio nadie entendió qué pasaba – ni siquiera lo entendí yo, que (por desgracia) sé más cosas que todos los demás. Era como un enorme enjambre de aeromóviles negros: a una altura increíble – puntos rápidos apenas visibles. Cada vez más cerca; desde arriba, gotas roncas y guturales – por último, sobre nuestras cabezas *pájaros*. Como triángulos agudos, negros, penetrantes que caen y llenaron el cielo, la tormenta los derribaba, se posaron en las cúpulas, los tejados, los postes, los balcones.

—Aja-a-á. —La triunfante nuca se volvió – y vi a aquel tipo que miraba desde debajo de la frente. Pero ahora de él sólo quedaba ya el nombre, parecía haber salido por entero de debajo de esa eterna frente suya, y en la cara – junto a los ojos, junto a los labios – le crecían rayos como si fueran manojos de pelo, sonreía.

—¡¿Lo entiende?! —me gritó a través del silbido del viento, de las alas, de los graznidos—. ¿Lo entiende? El Muro – ¡Han volado el Muro! ¿Lo en-tien-de?

Por el lado, en algún lugar al fondo, figuras que pasan de largo – cabezas estiradas – que corren rápidamente hacia dentro, hacia los edificios. En mitad de la calzada – una avalancha rápida, y que sin embargo parece lenta (por el peso), de operados que marchaban hacia allí – hacia el oeste.

... Mechones peludos de rayos junto a los labios y los ojos. Le cogí de la mano.

—Oiga: ¿dónde está ella – dónde está I? ¿Allí, más allá del Muro – o...? Necesito saberlo – ¿me oye? Ahora mismo, no puedo...

—¡Está aquí! —me gritó ebrio, alegre: unos dientes fuertes, amarillos...—. Está aquí, en la ciudad, ¡actuando! ¡Vaya, todos nosotros estamos actuando!

¿Quiénes son *nosotros*? ¿Quién soy yo?

A su alrededor – había unos cincuenta como él, salidos de debajo de sus frentes oscuras, ruidosos, alegres, de dientes fuertes. Tragándose la tormenta con la boca abierta, usaban unos electrocutores en apariencia inofensivos e inocuos (¿de dónde los habían sacado?) – se movían hacia allí, hacia el oeste, detrás de los operados, pero dando la vuelta – por la avenida paralela, la 48...

Tropecé contra los cables que el viento había tensado y retorcido y corrí hacia ella. ¿Para qué? No lo sé. Tropezaba, calles vacías, ciudad ajena y salvaje, algarabía incesante y triunfal de pájaros, el fin del mundo. A través del cristal de las paredes – en varias casas vi (se me quedó grabado en la memoria): números femeninos y masculinos copulando sin pudor – sin bajar siquiera las cortinas, sin talones, a plena luz del día...

Una casa – ¡su casa! La puerta abierta de par en par, desconcertada. Abajo, detrás de la mesita de control – está vacío. El ascensor se ha quedado atascado en mitad del hueco. Jadeante, subí corriendo por las interminables escaleras. El pasillo. Rápido – como los radios de una rueda – los números en las puertas: 320, 326, 330... ¡I-330, sí!

Y a través de la puerta de cristal: todo lo que hay en la habitación está desparramado, revuelto, apelotonado. Una silla derribada a toda prisa – boca abajo, con las cuatro patas hacia arriba – como un animal muerto. La cama – puesta de través, de manera absurda, apartada de la pared. En el suelo – los pétalos deshojados y pisoteados de los talones rosas.

Me agaché, recogí uno, otro, un tercero: en todos aparecía «D-503» – en todos estaba yo – gotas de mi yo – derretido y derramado. Y eso era todo lo que quedaba...

Por alguna razón no podía dejarlos así, en el suelo, para que los pisotearan. Cogí otro puñado, lo puse sobre la mesa, los alisé con cuidado, los miré – y... me reí.

Antes no lo sabía – ahora lo sé, y también ustedes lo saben: la risa tiene distintos colores. Es – sólo un eco lejano de una explosión interior: quizá sean cohetes festivos, rojos, azules, dorados; quizá – jirones del cuerpo humano revoloteando...

En los talones fulguró un nombre completamente desconocido para mí. Los números no los retuve – sólo la letra: F. Arrojé todos los talones de la mesa al suelo – los pisé – a mí mismo – con el tacón – así, así – y me fui...

Me senté en el pasillo, en el alféizar de la ventana contra la puerta – esperando, estúpidamente, durante mucho tiempo. A la izquierda chapotearon unos pasos. Un viejo: su cara – perforada, vacía, como una burbuja con pliegues – y del pinchazo aún le rezumaba despacio algo transparente. Lenta y vagamente lo entendí: eran lágrimas. Sólo cuando el viejo ya estaba lejos – caí en la cuenta y lo llamé:

—Oiga – oiga ¿no conoce a la número I-330...?

El viejo se volvió, agitó la mano con frenesí y siguió cojeando...

Al anochecer volví a mi casa. En el oeste, el cielo se contraía a cada segundo en un calambre azul pálido, y se oía un estruendo sordo, amortiguado. Los tejados estaban cubiertos de cabecitas negras y quietas: pájaros.

Me tumbé en la cama – y enseguida, como una fiera, el sueño se abalanzó sobre mí y me ahogó...

Nota n.º 38
Resumen:

(No sé cuál. Quizá todo el resumen – esto: un cigarrillo tirado)

Me desperté – luz intensa, dolía mirar. Entrecerré los ojos. En mi cabeza – cierto humillo azul y cáustico, todo en una niebla. Y a través de esa niebla:

«Pero si yo no he encendido la luz – ¿cómo es que...?»

Me levanté de un salto – sentada a la mesa, con la barbilla apoyada en la mano, I me miraba con una sonrisita...

Sentado a esa misma mesa estoy escribiendo ahora. Ya han quedado atrás esos diez-quince minutos, brutalmente retorcidos en un muelle bien firme. Y tengo la impresión de que la puerta acaba de cerrarse justo ahora detrás de ella y de que aún puedo alcanzarla, cogerla de las manos – y a lo mejor ella se reirá y dirá...

I estaba sentada a la mesa. Corrí hacia ella.

—¡Tú, tú! Yo estuve – vi tu habitación – pensé que tú – –

Pero a mitad del camino me topé con las afiladas y fijas lanzas de sus pestañas, me detuve. Lo recordé: así me había mirado entonces, a bordo de la *Integral.* Tenía que ser capaz de contárselo todo de una vez, en un segundo – para que me creyera – de lo contrario, nunca...

—Oye, I – te lo tengo que... te lo tengo todo que... No, no, ahora – sólo voy a beber un poco de agua...

En la boca – seca, como envuelta con papel secante. Me serví agua – y no puedo: coloqué el vaso sobre la mesa y agarré la jarra con fuerza con las dos manos.

Ahora lo vi: el humillo azul – es del cigarrillo. Se lo llevó a los labios, aspiró, tragó con avidez el humo – igual que yo el agua, y dijo:

—¡No hace falta! ¡No digas nada! De todos modos – ya ves: a pesar de todo, he venido. Ahí abajo – me están esperando. Y quieres que nuestros últimos minutos...

Tiró el cigarrillo al suelo, se inclinó con todo el cuerpo hacia atrás sobre el brazo de la butaca (ahí, en la pared, había un botón, le costaba alcanzarlo) – y se me quedó grabado cómo el sillón se balanceó y se levantaron dos patas del suelo. Luego cayeron las cortinas.

Se acercó, me abrazó con fuerza. Sus rodillas a través del vestido – un veneno lento, suave, cálido, que lo envolvía todo...

Y de repente... Suele pasar: estás cayendo ya en un dulce y cálido sueño – de pronto algo te atraviesa, te estremeces y de nuevo tus ojos se abren como platos... Así era ahora: en el suelo de su habitación hay talones rosas pisoteados, y en uno: la letra F y unos números... En mí – se enredaron en una bola, y ni siquiera ahora puedo decir lo que sentí, pero la apreté de tal manera que ella gritó del dolor...

Otro minuto – de esos diez o quince, sobre la almohada de un blanco deslumbrante – su cabeza con los ojos entrecerrados echada hacia atrás; una franja de dientes afilada y dulce. Y todo el tiempo me recuerda de manera obsesiva, absurda y dolorosa algo que no podía, que ahora – que no debía. Y cada vez con más ternura, con más crueldad, la aprieto – cada vez son más visibles las manchas azules de mis dedos...

Dijo (sin abrir los ojos – me di cuenta):

—Dicen que ayer fuiste a ver al Benefactor, ¿es verdad?

—Sí, lo es.

Y entonces sus ojos se abrieron mucho – y observé con placer cómo empalidecía rápidamente, se desvanecía y desaparecía su rostro: era sólo ojos.

Le conté todo. Y sólo – no sé por qué... No, no es verdad, lo sé – sólo omití una cosa – lo que Él me dijo al final, que ellos sólo me necesitaban para...

Poco a poco, como una fotografía en el revelador, su rostro emergió: las mejillas, la franja blanca de sus dientes, los labios. Se levantó y se acercó a la puerta de espejo del armario.

Volvía a tener la boca seca. Me serví agua, pero me daba asco beber – puse el vaso sobre la mesa y pregunté:

—¿Para eso has venido – porque necesitabas averiguarlo?

Desde el espejo hacia mí – un triángulo agudo y burlón de cejas alzadas hacia arriba, hacia las sienes. Se volvió para decirme algo, pero no dijo nada.

No era necesario. Lo sé.

¿Despedirme de ella? Moví mis piernas – como si fueran de otra persona –, choqué con la silla – cayó patas arriba, muerta, como allí – en su habitación. Sus labios estaban fríos – una vez el suelo de aquí, de mi habitación, junto a la cama, había estado igual de frío.

Y cuando se fue – me senté en el suelo y me incliné sobre su cigarrillo abandonado – –

No puedo escribir más – ¡no quiero escribir más!

Nota n.º 39
Resumen:

Fin

Todo eso fue como el último grano de sal arrojado en una solución saturada: rápidamente, pinchando como agujas, los cristales se juntaron, se endurecieron, se solidificaron.[85] Lo tenía claro: todo estaba decidido – y mañana por la mañana *lo haré*. Era lo mismo que suicidarme – pero tal vez sólo así resucitaría. Porque sólo lo que está muerto puede resucitar.

En el oeste, el cielo se agitaba a cada segundo en una convulsión azul. La cabeza me ardía y me latía con fuerza. Así pasé toda la noche y no me dormí hasta cerca de las siete de la mañana, cuando la oscuridad ya se había retirado, verdeaba y empezaban a verse los tejados salpicados de pájaros...

Me desperté: ya eran las diez (hoy, es obvio, no había sonado el timbre). Sobre la mesa – desde el día anterior – había un vaso con agua. Bebí el agua con avidez y salí corriendo: debía hacerlo enseguida, cuanto antes.

El cielo – desierto, azul claro – estaba devorado por la tormenta. Los espinosos ángulos de las sombras, todo estaba recortado en el aire azul del otoño – fino – daba miedo tocarlo: en cualquier momento se desmoronaría y se esparciría como polvo de vidrio. Y algo así – dentro de mí: no debes pensar, no debes pensar, si no – –

Y no pensaba, y quizá ni siquiera viera de verdad, sólo registraba. En el pavimento – no se sabe de dónde – ramas con hojas verdes, ambarinas, carmesíes. Arriba – pájaros y aeromóviles revoloteando, cruzándose. Allí – cabezas, bocas abiertas, manos agitando ramas. Todo parece gritar, graznar, zumbar...

Luego – calles vacías, como barridas por alguna plaga. Lo recuerdo: tropecé contra algo insoportablemente suave, blando y sin embargo inmóvil. Me agaché: un cadáver. Yacía de espaldas, con las piernas dobladas y abiertas como una mujer. La cara...

Reconocí esos labios gruesos de negro que incluso ahora parecían aún salpicar una risa. Con los ojos muy cerrados, se reía en mi cara. Un segundo – di un paso por encima de él y seguí corriendo – porque ya no podía, tenía que hacerlo todo cuanto antes, de lo contrario – sentía – me rompería, me doblaría como un raíl sobrecargado...

Por suerte – quedaban sólo veinte pasos, ya había el letrero – las letras doradas de la Oficina de los Guardianes. En el umbral me detuve, tragué todo el aire que pude – y entré.

Dentro, en el pasillo – en una cadena interminable – una fila de números con hojas y gruesos cuadernos en las manos. Avanzaban despacio, un paso, dos – y luego se detenían de nuevo.

Corrí a lo largo de la cadena, la cabeza me daba tumbos, me agarraba a las mangas de todos, les suplicaba – como un enfermo que suplica que le den cuanto antes algo para que un segundo de tormento agónico lo libere de todo.

Una mujer, con el cinturón muy ceñido sobre el unifo, balanceaba los dos hemisferios abultados de sus glúteos de un lado a otro, no dejaba de moverlos como si tuviera los ojos justo ahí. Resopló hacia mí:

—¡A éste le duele la barriga! Llévenlo al lavabo – allí, la segunda puerta a la derecha...

Y en mí – una risa: y a causa de esa risa algo en la garganta, y estoy a punto de gritar o... o...

De repente alguien por detrás me agarró del codo. Me di la vuelta: orejas transparentes, aladas. Pero no eran rosadas, como de costumbre, sino de un rojo muy vivo: la nuez de la garganta se le movía – en cualquier momento se desgarraría su delgada funda.

—¿Por qué está aquí? —me preguntó, taladrando a toda prisa dentro de mí.

Me aferré a él.

—Enseguida – a su despacho... ¡Tengo que contárselo todo – ahora mismo! Mejor que sea a usted... Tal vez sea horrible que sea usted, pero está bien, está bien...

Él también la conocía, y eso me causaba aún más dolor, pero tal vez él también se estremecería cuando lo oyera y mataríamos los dos juntos, no estaría solo en ese último segundo...

La puerta se cerró de golpe. Lo recuerdo: abajo, un papel pegado a la puerta se enganchó y arañó el suelo cuando ésta se cerraba, y luego, como debajo de una campana de cristal, todo quedó envuelto en un peculiar silencio sin aire. Si hubiera dicho una sola palabra – la que fuera, la más insignificante de todas – lo habría soltado todo de una vez. Pero él guardaba silencio.

Y, todo tenso, hasta el punto de que me zumbaban los oídos – dije (sin mirar):

—Creo que siempre la he odiado, desde el principio. Luché... Por lo demás – no, no, no me crea: yo podía y no quería salvarme, quería morirme, eso era lo más valioso para mí..., es decir, no morirme, sino que ella... Incluso ahora – incluso ahora, cuando ya lo sé todo... ¿Sabe, sabe usted que el Benefactor me convocó?

—Sí, lo sé.

—Pero lo que Él me dijo... Verá – es como si alguien le quitara el suelo bajo los pies – y usted, con todo lo que está allí en la mesa – con los papeles, la tinta... La tinta se derramaría, y todo quedaría emborronado...

—¡Siga, siga! Y dese prisa. Hay otros esperando.

Y entonces yo – ahogándome, confundido – todo lo que había pasado, todo lo que está aquí escrito. Sobre mi yo de ahora y sobre mi yo peludo, y lo que ella había dicho aquella vez de mis manos – sí, así fue como empezó todo – y cómo yo me había resistido a cumplir con mi deber, y cómo yo me había engañado a mí mismo, y cómo ella había obtenido certificados falsos, y cómo yo me había oxidado día tras día, y los pasillos de allí abajo, y cómo allí – más allá del Muro…

Todo eso – en absurdos ovillos, jirones – me atragantaba, me faltaban las palabras. Los labios torcidos y doblemente curvados me trasladaron las palabras que necesitaba con una sonrisa irónica – yo asentía agradecido con la cabeza: sí, sí… Y entonces (¿qué es?) – aquí ya está hablando por mí, y yo sólo escuchaba: «Sí, y después… ¡Eso es exactamente lo que pasó, sí, sí!»

Lo siento: como por efecto del éter – empieza a hacer frío aquí, alrededor de la puerta, y con dificultad pregunto:

—Pero ¿cómo? – eso no ha podido sacarlo de la nada…

Una sonrisa irónica – silenciosa – cada vez más torcida… Y luego:

—¿Y sabe? – Hay algo que usted quería ocultarme. Enumeró a todos los que vio allí, detrás del Muro, pero se olvidó de alguien. ¿Dice que no? ¿No recuerda que allí de pasada, por un segundo, me vio también… a mí? Sí, sí: ¡a mí!

Una pausa.

Y de repente – con una claridad fulminante, descarada, me di cuenta: él – él también era uno de ellos…

Y todo yo, todos mis tormentos, todo lo que yo, exhausto, con mis últimas fuerzas, había llevado allí como una hazaña – todo era tan ridículo como el antiguo chiste de Abraham e Isaac. Abraham – bañado en un sudor frío – ya había levantado el cuchillo sobre su hijo – sobre él mismo – y de pronto una voz desde arriba: «¡No lo haga! Era una broma…»

Sin apartar los ojos de esa sonrisa cada vez más torcida, apoyé las manos en el borde de la mesa y, despacio, lentamente, me deslicé junto con la butaca; luego, me incorporé a toda prisa y corrí como un loco, dejando atrás los gritos, los peldaños, las bocas.

No recuerdo cómo fui a parar abajo, a uno de los aseos públicos de la estación del tren subterráneo. Arriba, todo se derrumbaba, la civilización más grande y racional de la historia se desmoronaba, mientras que ahí – por alguna ironía – todo seguía siendo igual de bello que antes. Paredes brillantes, agua murmurante y, como el agua, música invisible, transparente y digestiva. Y pensar que todo eso estaba condenado, que todo acabaría cubierto de hierba, que todo esto sólo perviviría en «mitos»...

Lancé un fuerte gemido de agonía. Y en ese momento sentí que alguien me acariciaba con suavidad la rodilla.

A la izquierda. Era mi vecino, el que ocupaba el asiento de la izquierda. Su frente – una enorme parábola calva; en la frente unas líneas amarillas e indescifrables de arrugas. Y esas líneas hablan de mí.

—Le entiendo, le entiendo de verdad —dijo—. Pero, de todos modos, cálmese: no viene a cuento. Todo esto volverá, volverá sin falta. Lo único importante es que todo el mundo se entere de mi descubrimiento. Usted es el primero al que se lo digo: lo he calculado, ¡*el infinito no existe*![86]

Le dirigí una mirada salvaje.

—Sí, sí, se lo digo: el infinito no existe. Si el mundo fuera infinito – la densidad media de la materia en él tendría que ser igual a cero. Y como no es igual a cero – eso lo sabemos – por consiguiente, el universo es finito, tiene forma esférica y el cuadrado del radio universal, y^2, es igual a la densidad media multiplicada por... Sólo me falta calcular el coeficiente numérico, y luego... ¿Entiende?: todo es finito, todo es sencillo, todo se puede calcular;[87] entonces, obtendremos una victoria filosófica, ¿comprende? Pero usted, querido, me impide completar los cálculos, está gritando...

No sé qué me resultó más chocante, si su descubrimiento o su firmeza en esa hora apocalíptica: en sus manos (sólo lo vi en ese momento) tenía un cuaderno y un cuadrante logarítmico. Y comprendí: incluso aunque todo muera, mi deber (ante ustedes, mis queridos desconocidos) es dejar mis notas terminadas.

Le pedí una hoja de papel – y en el aseo, con una música suave y clara como el agua, escribí estas últimas líneas...

Quería ya poner un punto – así como los antiguos ponían cruces sobre las fosas donde arrojaban a sus muertos, pero de pronto el lápiz se puso a temblar y se me cayó de los dedos...

—¡Oiga! —le di un tirón a mi vecino—. ¡Oiga lo que le estoy diciendo! Usted tiene que – usted tiene que responderme; allí donde termina su universo finito, ¿qué hay allí – más allá?

No le dio tiempo a responder; desde arriba – por la escalera – un ruido de pasos – –

Nota n.º 40
Resumen:

Hechos. Campana. Estoy seguro

Día. Claridad. Barómetro: 760.

¿De veras yo, D-503, he escrito estas doscientas veinte páginas? ¿Alguna vez sentí – o imaginé que sentía esto?

La letra es mía. Y más adelante – la misma letra, pero por suerte, sólo la letra es la misma. Sin delirios, sin metáforas ridículas, sin sentimientos: sólo hechos. Porque estoy sano, total y completamente sano. Sonrío – no puedo evitar sonreír: me han quitado una astilla de la cabeza, tengo la cabeza ligera, vacía. Mejor dicho: no está vacía, pero no hay nada extraño que me impida sonreír (sonreír es el estado normal de una persona normal).

Los hechos son los siguientes. Aquella noche a mi vecino, que había descubierto la finitud del universo, a mí y a todos los que estaban con nosotros – nos apresaron por no poseer el certificado de Operación y nos llevaron al auditorio más cercano (el número del auditorio, por alguna razón, me resultaba familiar: 112). Allí nos ataron a unas mesas y nos sometieron a la Gran Operación.

Al día siguiente yo, D-503, me presenté ante el Benefactor y le conté todo lo que sabía sobre los enemigos de la felicidad. ¿Por qué me había parecido eso tan difícil antes?

No lo entiendo. La única explicación posible: mi enfermedad anterior (el alma).

Por la tarde de ese mismo día me senté (por primera vez) – a una mesa junto a Él, el Benefactor – en la famosa Sala de Gas. Trajeron a aquella mujer. Tenía que prestar declaración delante de mí. La mujer guardaba un silencio obstinado y sonreía. Me di cuenta de que tenía unos dientes afilados y muy blancos, y que eso era hermoso.

Luego la condujeron debajo de la Campana. El rostro se le volvió muy blanco y, como sus ojos eran oscuros y grandes, era muy hermoso. Cuando empezaron a extraer el aire de debajo de la Campana – ella echó la cabeza hacia atrás, entrecerró los ojos, con los labios apretados – y eso me recordó algo. Me miró fijamente, agarrándose con fuerza a los brazos de la silla – miró fijamente hasta que sus ojos se cerraron del todo. Luego la sacaron; la hicieron volver en sí rápidamente con ayuda de electrodos y la volvieron a poner debajo de la Campana. Esto se repitió tres veces – pero ella siguió sin decir una palabra. Los demás, a quienes llevaron junto con esa mujer, resultaron más honestos: muchos de ellos empezaron a hablar desde el primer momento. Mañana subirían todos por los peldaños de la Máquina del Benefactor.

No se puede aplazar – porque en los barrios del oeste – todavía caos, rugidos, cadáveres, bestias y – por desgracia – una cantidad considerable de números que han traicionado a la razón.

Pero en la avenida transversal, la 40, lograron construir un muro temporal de ondas de alto voltaje. Y tengo esperanza – venceremos. Más aún: estoy seguro – venceremos. Porque la razón debe vencer.

NOTAS

Nota de la traductora

La presente traducción se ha hecho a partir de la edición *Mi. Tekst i materiali k tvorcheskói istorii romana* (Nosotros. Texto y materiales sobre la elaboración creativa de la novela), a cargo de Marina Liubímova y Julie Curtis, Mir, San Petersburgo, 2011. Esta edición rusa se basa en el único ejemplar mecanografiado existente de la novela, que se conserva en la biblioteca de la Universidad Estatal de Nueva York en Albany, con las correcciones de la viuda del autor, Liudmila Nikoláievna Zamiátina (1883-1965).

La distopía *Nosotros* no es una sátira. En palabras del autor, es «un panfleto social vestido con el elegante uniforme de una novela irónico-fantástica». La irracionalidad estilística de la novela, que se inspira en los subtítulos del cine mudo, se manifiesta en el exceso de guiones, frases sin verbo, etcétera, y contrasta con la racionalidad de su estructura, planificada matemáticamente por el protagonista, ingeniero de profesión, como el propio autor, Yevgueni Zamiatin (1884-1937).

Notas a esta edición

por Ferran Mateo

1. El nombre de la nave espacial se enfatiza siempre que aparece en la novela (más de cincuenta veces); al principio figura escrita en mayúsculas y luego en cursiva. Entre los numerosos significados del término «integral» está el de la idea de totalidad. Forma parte del lenguaje de las matemáticas desde el siglo XVII, cuando Isaac Newton (1643-1727) y Gottfried Leibniz (1646-1716) desarrollaron de forma independiente el cálculo integral. La *Integral* de Zamiatin se ha relacionado con los diseños arquitectónicos de Vladímir Tatlin (1885-1953) para la sede proyectada (pero no realizada) de la Internacional Comunista, o Komintern, organización auspiciada por la Unión Soviética cuyo objetivo era extender la revolución al resto de los países.
2. Los nombres propios de la inmensa mayoría de los personajes de la novela son combinaciones alfanuméricas. El de los personajes masculinos se forma con una consonante seguida de números impares, mientras que el de los femeninos, con una vocal seguida de números pares. D-503 y R-13 son los únicos números primos.
3. «No somos ranas pensantes, aparatos de objetivar y registrar con entrañas puestas en conserva; tenemos que dar a luz constantemente nuestros pensamientos desde nuestro dolor y proporcionarles maternalmente cuanto tengamos en nosotros de sangre, corazón, fuego, placer, tormento, conciencia, destino y fatalidad», Friedrich Nietzsche, *La gaya ciencia* (1882), trad. cast. de José Carlos Mardomingo, Edaf, Madrid, 2011.

4. Alusión a la escalera de Jacob (Génesis 28, 12): «Entonces tuvo un sueño: una escala apoyada sobre la tierra tenía la cima tocando el cielo, y los ángeles de Dios subían y bajaban por ella.»
5. Génesis 2, 2-3.
6. Sobre el significado de la nariz en el destino de un hombre, léase «La nariz» (1836) de Nikolái Gógol (1809-1852). Zamiatin participó en la redacción del libreto de la ópera estrenada en 1932, inspirada en la obra de Gógol, cuya partitura corrió a cargo de Dmitri Shostakóvich (1906-1975).
7. Motivo autobiográfico. El editor Innokenti Basaláiev recordó las manos de Zamiatin así: «Unas manos oscuras, peludas.»
8. Paralelismo con las Tablas de la Ley (Éxodo 31, 18), donde se dice que estaban escritos los diez mandamientos entregados a Moisés.
9. En esta novela, la de Zamiatin es una versión original del principio de extrañamiento (*ostranénie*) del crítico formalista Víktor Shklovski (1893-1984), como describe el protagonista en la Nota n.º 2: «Y luego, al igual que esta mañana en el hangar, pero como si fuera por primera vez en mi vida, lo he vuelto a *ver* todo.»
10. Uno de los grupos literarios que más influenció a Zamiatin fue el de «Los escitas» (1916-1924), del que formaron parte Andréi Bieli (1880-1934) y Aleksandr Blok (1880-1921). Tomó el nombre de la tribu nómada asiática —que para algunos incluso eran los antepasados directos de los eslavos— cuya forma de vida libre e independiente inspiró a muchos escritores de la época. En el artículo «¿Escitas?» (1918), Zamiatin sugirió que toda idea que acaba venciendo tiende a pervertirse, incluida la revolución bolchevique que él había apoyado: «El Cristo victorioso en términos prácticos es el gran inquisidor. Y lo que es peor, el Cristo victorioso en términos prácticos es un sacerdote barrigudo con una túnica púrpura forrada de seda, que dispensa bendiciones con la mano derecha y recoge donaciones con la izquierda [...] Tal es la ironía y tal es la sabiduría del destino. Sabiduría, porque esta ley irónica encierra la promesa del eterno movimiento hacia adelante. La realización, la materialización, la victoria práctica de una idea le da inmediatamente un matiz filisteo [...] La suerte del verdadero escita es la de las espinas de los vencidos. Su fe es una herejía [...] Su trabajo no es para el futuro cercano, sino para el lejano. Y este trabajo, bajo las leyes de todas las monarquías y repúblicas, incluyendo la república soviética, ha sido recompensado en todo momento con una estancia a cuenta del gobierno: la prisión. "La victoriosa Revolución de Octubre", como se

la denomina en las fuentes oficiales —en *Pravda* y en *Znamia trudá*— no ha escapado a la ley general al convertirse en victoriosa: se ha vuelto filistea.»

11. La palabra empleada, «riza», además de significar «casulla», también designa la cubierta, por lo general de metal dorado o plateado, que protege los iconos, las piezas artísticas del cristianismo oriental que el narrador mencionará a continuación.

12. Zamiatin vivió un tiempo en Inglaterra, cuyo sistema ferroviario británico era mundialmente conocido por su organización y puntualidad. A George Bradshaw (1800-1853) se le atribuye la elaboración del primer horario general de los trenes británicos (1839), que lo hizo famoso en toda Europa.

13. Frederick W. Taylor (1856-1915): ingeniero industrial estadounidense, considerado el padre de la organización científica del trabajo. Sus métodos de gestión para tiendas, oficinas y fábricas se introdujeron con éxito en muchos procesos industriales, especialmente en las acerías.

14. Alusión a las teorías de la evolución darwinista.

15. La epilepsia se asociaba habitualmente a la creatividad artística. Al parecer, Dostoievski padecía epilepsia del lóbulo temporal, al igual que algunos de sus personajes, como el príncipe Míshkin en *El idiota*: «La sensación de vivir la conciencia de sí mismo, casi se decuplican en aquellos instantes fugaces como el relámpago [...] Todas las agitaciones se calmaban, todas las dudas y perplejidades se resolvían a la vez en una armonía suprema, en una tranquilidad serena y alegre, plenamente racional y justificada.»

16. Aleksandr Skriabin (1872-1915), compositor y pianista ruso. En sus composiciones para piano, que incluyen nueve sonatas y piezas, como el *Poema satánico*, introdujo acordes construidos en cuartas en lugar de las tríadas mayores y menores convencionales, produciendo un efecto exótico y místico. Aspiraba a una fusión de las artes, y en su *Poema divino* (1904; la tercera de tres sinfonías), intentó fusionar música y filosofía.

17. No se trata de Frederick Taylor, sino de Brook Taylor (1685-1731), matemático inglés. Creó el teorema de Taylor, una fórmula importante en el cálculo diferencial, que relaciona una función con sus derivadas mediante una serie de potencias. En *Perspectiva lineal* (1715) expuso el principio de los puntos de fuga, que fue de gran valor para los artistas. Colin Maclaurin (1698-1746), matemático y filósofo natural escocés. Fue una autoridad en fluxiones (como se

denominó la versión del cálculo de Newton), así como en la teoría gravitatoria de Newton y en geometría. También hizo contribuciones en los campos de la astronomía y de la cartografía.
18. Nombre cómico para referirse al teorema de Pitágoras. Antiguamente, en los libros de texto escolares este teorema se demostraba con la prueba de la igualdad de la suma de las áreas de los cuadrados cuyos lados coincidían con los catetos de un triángulo rectángulo y la del área de un cuadrado cuyo lado coincide con la hipotenusa de ese mismo triángulo. Los dos primeros recuerdan el corte de unos pantalones, lo cual dio lugar al siguiente dicho: «Los pantalones pitagóricos son iguales en todos los lados.» Aquí su representación gráfica:

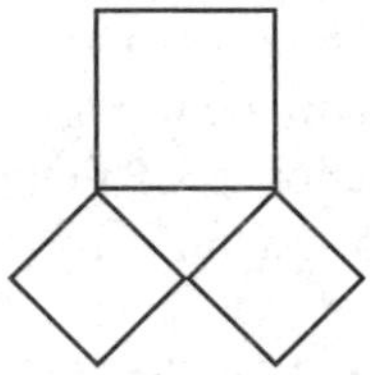

19. Joseph von Fraunhofer (1787-1826), astrónomo, óptico y físico alemán, conocido por el descubrimiento de las líneas oscuras de absorción en el espectro del sol, conocidas como líneas Fraunhofer.
20. Referencia al dicho «*My home is my castle*», del tratado *Institutes of the Lawes of England* (Instituciones de las leyes inglesas, 1628), del político y jurista inglés Edward Coke (1552-1634).
21. Alusión a la expresión «*miscere utile dulci*» (mezclar lo útil con lo dulce), contenida en el *Ars Poetica* (342-343) de Horacio.
22. Alusión a un verso de Friedrich Schiller (1759-1805).
23. Alusión a las ideas de renovación de la moral sexual y de amor libre propugnadas por la revolucionaria rusa Aleksandra Kolontái (1872-1952).
24. Otra alusión a las ideas de Aleksandra Kolontái.
25. El motivo del cristal es una clara referencia al Palacio de Cristal de Londres, erigido con motivo de la Exposición Mundial de 1851. Dostoievski describió el horror que le produjo aquella arquitectura transparente, triunfo de la matemática y la ausencia de intimidad, al visitarla en *Apuntes de invierno sobre impresiones de verano* (1863). El motivo volvería a aparecer en *Apuntes del subsuelo* (1864).
26. Visión inspirada en el metro de Londres, que Zamiatin tomaba para desplazarse durante su estancia en Inglaterra entre 1916 y 1917.

27. Andréi Kiseliov (1852-1940), matemático ruso, autor de diversos manuales de aritmética, álgebra y geometría.
28. Alusión a un aforismo del poeta Kozmá Prutkov (1803-1863), un autor de ficción salido de la imaginación de Alekséi Tolstói (1817-1875), que dice así: «Si tienes una fuente, ciérrala: déjala reposar», que después ha pasado a la lengua común de forma abreviada, por ejemplo, «cierra la fuente», como una invitación a callarse.
29. Referencia a la primera parte de *Apuntes del subsuelo* de Fiódor Dostoievski (1821-1881), uno de los autores preferidos de Zamiatin.
30. Con toda probabilidad, se trata de un cuadro de Iván Kramskói (1837-1887), más conocido con el título de *Retrato de una desconocida* (1883).
31. Alusión a un aforismo del poeta inglés Edward Young (1683-1765) recogido en *Conjeturas sobre la composición original* (1759).
32. Los tres criptónimos vocales de los personajes femeninos parecen situarse en los tres vértices del triángulo delta que simboliza a la protagonista. I y O, juntas, forman la letra cirílica Ю (que se pronuncia «Yu»).
33. Alusión a Proletkult (contracción de «Cultura proletaria»), institución artística experimental soviética que apareció con la Revolución de 1917. Aspiraba a transformar radicalmente el arte existente creando una nueva estética obrera. El nuevo Estado soviético agrupó todas las disciplinas artísticas en organizaciones que ejercían un férreo control y censura de sus miembros. En los siguientes años, estar excluido de esas organizaciones oficiales era sinónimo de ostracismo o, en el caso de la literatura, significaba escribir para el cajón.
34. Término introducido por el físico y médico alemán Julius Robert von Mayer (1814-1878), de quien Zamiatin escribió un extenso perfil biográfico.
35. Nono de Panópolis, poeta épico en lengua griega de la Antigüedad tardía.
36. Aquí Zamiatin anticipa el culto a la personalidad que llegará a su máximo apogeo con Stalin. «La verdadera literatura tan sólo tiene lugar cuando es creación, no de unos funcionarios dóciles y diligentes, sino de locos y anacoretas, de herejes y soñadores, de rebeldes y escépticos [...] Tengo miedo de que no habrá entre nosotros verdadera literatura mientras no nos curemos de esa especie de nuevo catolicismo que recela, no menos que el antiguo, de cualquier palabra herética. Y si la enfermedad es incurable, tengo miedo de que a la literatura rusa sólo le quede un futuro: su pasado», Yevgueni Zamiatin, «Tengo miedo» (1921), en Mijaíl Bulgákov y Yevgueni Zamiatin, *Cartas a Stalin*, trad. cast. de Víctor Gallego, Veintisiete Letras, Madrid, 2010.

37. Eco del célebre *Odi et amo* de Catulo (87 a.C.- 57 a.C.).

38. Alusión a la Checa (VChK), la «Comisión Extraordinaria Panrusa para la lucha con la Contrarrevolución y el Sabotaje», la primera de las organizaciones de inteligencia política y militar soviética, creada el 20 de diciembre de 1917.

39. Similar al tubo de rayos X inventado por el físico alemán Wilhelm Röntgen (1845-1923).

40. Este episodio alude a los experimentos con una bomba de aire (o máquina neumática) descritos en el libro de texto de física de Konstantín Kraiévich (1833-1892).

41. Es probable que Zamiatin tuviera conocimiento del tratamiento de enfermedades mentales mediante métodos quirúrgicos, en particular por experimentos infructuosos realizados en 1888 por el psiquiatra suizo Gottlieb Burckhardt (1836-1907) para extirpar los lóbulos frontales de seis pacientes. Más tarde, la lobotomía se utilizó para tratar una amplia gama de enfermedades psiquiátricas.

42. Tamerlán (1336-1405), comandante de Asia Central, conocido por su extraordinaria crueldad. Emprendió campañas militares que resultaron devastadoras en el actual Turquestán.

43. Se refiere a los sopletes para soldar, que aparecieron en Rusia en 1900-1902, después del desarrollo del método industrial de producción de carburo de calcio (1893-1895). Los primeros talleres de soldadura de gas se construyeron en Rusia en 1912.

44. Referencia al mito de Ícaro.

45. Se refiere al sueño letárgico. El letargo es un estado de somnolencia profunda, que acompaña a algunas enfermedades nerviosas, caracterizado por la inmovilidad y la ausencia de toda señal de vida. El fisiólogo Iván Pávlov (1849-1936) observó a un paciente cuyo proceso de inhibición protectora persistente duró más de dos décadas.

46. La terapia por electrochoque es un tratamiento psiquiátrico aplicado en distintas patologías cuando el paciente no responde al farmacológico. Se prescribió con cierta profusión en la primera mitad del siglo pasado al lograrse inducir comportamientos sumisos a pacientes con brotes violentos o agudos. El uso de la electricidad en el campo de la neurología recibió un renovado impulso a partir de mediados del siglo XIX, con los estudios sobre electrofisiología de Duchenne de Boulogne (1806-1875). En la segunda mitad de ese siglo, pero en Italia, se sentaron las bases de la criminología moderna por parte de Cesare Lambroso (1835-1909) y, especialmente, de sus discípulos Enrico Ferri (1856-1929) y Raffaele Garofalo (1851-1934),

quienes estudiaron los factores fisiológicos, sociales y ambientales que inducirían a comportamientos criminales. Con la óptica positivista de la época, se entendía que, si se actuaba de manera preventiva, al eliminar esos factores, se lograría evitar el crimen.

47. El soliloquio de D-503 sobre los derechos humanos tiene fuentes tan antiguas como la postura de Trasímaco, sofista que aparece en el Libro I en *La República* de Platón y defiende la ley del más fuerte. Estaría en oposición al derecho natural que recogen el propio Platón y Sócrates, según el cual existen unos derechos que emanan de la propia condición humana y que, posteriormente, defendieron otros filósofos como Rousseau, en contraposición a la tesis de Maquiavelo o Hobbes de que la fuerza es un generador de derechos.

48. Alusión irónica a Apocalipsis 2, 26-27: «Al que venza y al que guarde hasta el fin mis obras le daré potestad sobre las naciones, y las apacentará con cetro de hierro y las romperá como vasijas de barro.»

49. «Los químicos obtienen reactivos que hacen aparecer la tinta borrada sobre el papiro o el pergamino. Con estos reactivos se leen los palimpsestos», Anatole France, *El jardín de Epicuro*. Zamiatin publicó un obituario del autor francés en el que le definió como el pico más alto en el mapa de la cultura francesa del primer cuarto del siglo XX, como lo fue Tolstói para el de la rusa.

50. D-503 describe los habitantes de los dos planetas según las características de los dioses homónimos de la mitología romana y griega, respectivamente.

51. «Aunque estos señores mujan como toros en algunos casos y se enorgullezcan de ello, se desmoronan, como ya he dicho, ante lo imposible: ante la muralla de piedra. Pero ¿qué muralla es ésa? Evidentemente, son las leyes naturales, los resultados de las ciencias exactas, de las matemáticas [...] no tendrán más que admitirlo, porque dos y dos son cuatro. Esto pertenece al dominio de las matemáticas, y no hay discusión posible [...] Pero les repito por centésima vez que existe una excepción, que hay hombres que pueden desear lo que saben que es desfavorable para ellos [...] Porque esa insensatez, ese capricho, es quizá, señores, lo más ventajoso que existe para nosotros en la Tierra, sobre todo en ciertos casos [...] Y es que nos conserva lo principal, lo que más queremos: nuestra personalidad. Algunos afirman que esto es precisamente lo más preciado que tenemos», Fiódor Dostoievski, *Apuntes del subsuelo*.

52. Zamiatin escribió el drama histórico en cuatro actos titulado *Los fuegos de Santo Domingo* (1920), dedicado a la Santa Inquisición

española y a la lucha contra la herejía. En el prólogo, el autor describió el proceso de transmutación de los cristianos, que de ser perseguidos pasaron a ser ellos mismos los verdugos o inquisidores siglos después. «Pero las ideas jóvenes, aunque se conviertan en el objeto de grandes sacrificios, están predestinadas a vencer, del mismo modo que las ideas que envejecen están condenadas a morir, por más brutalidad y violencia con la que intenten mantener su antiguo poder sobre las mentes. Y en esta eterna sucesión de ideas, en esta eterna lucha contra el dogma, en esta imposibilidad de acabar mediante el castigo con la herejía, está la garantía del eterno progreso de la mente humana», Yevgueni Zamiatin, *Los fuegos de Santo Domingo*, trad. cast. de Rafael Torres, Berenice, Córdoba, 2014.

53. Zamiatin describió la aplicación de esta fórmula al arte y a la literatura en el artículo «Sobre sintetismo» (1922): «Una espiral, una escalera de caracol en la Torre de Babel, la trayectoria de un avión que se eleva en círculos, así es el arte. La ecuación del movimiento del arte es la ecuación de una espiral.»

54. «Un ideal distinto corre delante de nosotros, un ideal prodigioso, seductor, lleno de peligros, hacia el cual no quisiéramos persuadir a nadie, pues a nadie concedemos fácilmente el *derecho a él*: [...] el ideal de un bienestar y de un bienquerer a la vez humanos y sobrehumanos, ideal que parecerá *inhumano* con bastante frecuencia, por ejemplo cuando se sitúa al lado de toda la seriedad terrena habida hasta ahora, al lado de toda la anterior solemnidad en gestos, palabras, sonidos, miradas, moral y deber, como su viviente parodia involuntaria y sólo con el cual, a pesar de todo eso, se inicia quizá la *gran seriedad*, se pone por vez primera el auténtico signo de interrogación, da un giro el destino del alma, avanza la aguja, *comienza* la tragedia», Friedrich Nietzsche, *Ecce Homo*, trad. cast. de Andrés Sánchez, Alianza, Madrid, 2011.

55. «En 1908 me gradué en la Escuela de Ingeniería Naval del Instituto Politécnico y me seleccionaron para el Departamento de Arquitectura Naval [...] El invierno de 1915-1916 volvió a ser ventoso y tormentoso. Terminé con un desafío a duelo en enero y mi partida a Inglaterra en marzo [...] En Inglaterra, al principio, todo era hierro, máquinas, planos. Construí rompehielos en Glasgow, Newcastle, Sunderland, South Shields (entre ellos, uno de nuestros mayores rompehielos, el *Lenin*)», Yevgueni Zamiatin, «Autobiografía», 1927.

56. Durante la guerra y las hambrunas de la Rusia posrevolucionaria fue especialmente dura y cruel la situación de muchos huérfanos,

los llamados «*besprizornie*» o «niños de la calle». Se calcula que en 1921 había entre seis y siete millones de niños vagando, solos o en grupo, por las ciudades y el campo en busca de comida, algo que el nuevo gobierno silenciaba porque empañaba la imagen internacional del «paraíso» soviético. Al mismo tiempo, se decidió que el Narkomprós (Comisariado del Pueblo para la Educación) se encargara de atender a estos niños y adolescentes sin hogar y gestionar la red de orfanatos.

57. El 30 de junio de 1908, en Siberia Central, cerca del río Podkámennaia Tunguska se produjo una gran explosión —185 veces más fuerte que la bomba de Hiroshima— debida a un meteorito que se consumió en la explosión —conocido posteriormente como el «bólido de Tunguska»— y que arrasó con más de ochenta millones de árboles. El escritor polaco Stanisław Lem (1921-2006) contribuyó a su popularización con su primera novela publicada, *Astronautas*.

58. «El látigo todavía no ha recibido toda la atención como instrumento de progreso humano. No conozco ningún medio más potente que el látigo para levantar al ser humano de sus cuatro patas, para que no se arrodille ante cualquier cosa o persona. No hablo, por supuesto, de los látigos tejidos con correas de cuero, sino de los tejidos con palabras, los látigos de los Gógol, Swift, Molière, France, los látigos de la ironía, sarcasmo, sátira», Yevgueni Zamiatin, «Amor blanco», 1924. La evolución de ciertas herramientas parecería reflejar el curso del progreso humano, como el cambio de la flagelación punitiva a la ejecución en la silla eléctrica. La primera electrocución de un convicto tuvo lugar en 1890 en la prisión de Auburn, Nueva York.

59. Alusión a *Elogio de la locura* de Erasmo de Rotterdam (1466-1536) y a las reflexiones de Anatole France en *El jardín de Epicuro*: «Estoy convencido de que la humanidad siempre ha tenido la misma cantidad de locura y estupidez para derrochar. Es un capital que debe crecer de alguna manera. La cuestión es si, después de todo, la locura consagrada por el tiempo no es la inversión más sabia que un hombre puede hacer de su estupidez. Lejos de alegrarme cuando veo desaparecer algún viejo error, pienso en el nuevo error que ocupará su lugar, y me pregunto si no será más inconveniente o peligroso que el otro. Al fin y al cabo, los viejos prejuicios son menos dañinos que los nuevos: el tiempo, al desgastarlos, los ha pulido y los ha vuelto casi inocentes.»

60. «Estas figuras, el Amor y la Muerte, se mueven por el mundo como amigos íntimos, nunca separados, y juntos dominándolo en una especie de superioridad triunfal; y, sin embargo, como enemigos

acérrimos, persiguiéndose mutuamente, deshaciendo el trabajo del otro, luchando por los cuerpos y las almas de la humanidad», Edward Carpenter, *El drama del amor y de la muerte*, 1912. Citado por el escritor místico Piotr Uspenski (1878-1947) en *Tertium Organum* (1912), en la que desarrolló conceptos como el de la cuarta dimensión, que tanto influenció en las vanguardias artísticas.

61. «Acabo de leer un libro en el que un poeta-filósofo nos muestra a los hombres libres de alegría, dolor y curiosidad. Cuando dejamos esta nueva tierra de Utopía y volvemos a la Tierra, y vemos a los hombres luchando, amando y sufriendo a nuestro alrededor, ¡cómo nos sentimos atraídos a amarlos y qué felices somos de sufrir con ellos! ¡Qué bien se siente que sólo ahí está la verdadera alegría! Está en el sufrimiento como el bálsamo está en la herida del árbol generoso. Han matado la pasión, y al mismo tiempo han matado todo, la alegría y el dolor, el sufrimiento y la voluptuosidad, el bien, el mal, la belleza, todo y especialmente la virtud [...] ¡Progreso inexorable! Este pueblo de ingenieros ya no tiene pasiones, poesía ni amor. ¿Cómo van a saber amar, si son felices? El amor sólo florece en el dolor. ¿Qué son las confesiones de los amantes sino gritos de angustia?», Anatole France, *El jardín de Epicuro*.

62. La primera Constitución de la RSFSR se aprobó el 10 de julio de 1918 en el V Congreso de los Soviets de todas las Rusias, y en ella se establecía el gobierno de los trabajadores según el principio de la dictadura del proletariado. En ella también se suspendía el derecho a voto de, entre otros, monjes y clérigos, antigua aristocracia, empresarios, excombatientes del Ejército Blanco, etcétera. Desde entonces, las elecciones a los distintos soviets arrojaban resultados previsibles.

63. Alusión al texto del credo niceno-constantinopolitano del año 381, en el que se hace una declaración dogmática de los contenidos de la fe cristiana y se afirma: «Creemos [...] en un Iglesia Santa, católica y apostólica.»

64. La organización de estos actos recuerda los desfiles y celebraciones estatales soviéticas posteriores a la Revolución de Octubre, en cuyo diseño y organización participaron, en la primera década, importantes artistas de las vanguardias.

65. Alusión al pasaje bíblico sobre las instrucciones para la toma de Jericó (Josué, 6,1-20), cuya muralla se desplomaría tras el estruendo de trompetas.

66. MEFI se suele interpretar como una abreviatura de Mefistófeles. En el artículo «Paraíso» (1921), Zamiatin definió a Satanás como

«el maestro de la búsqueda y de la rebelión eternas». En este mismo texto se cita el fragmento de la novela *El fuego inagotable*, de H. G. Wells (1866-1946), en el que el arcángel san Miguel alza su espada contra Satanás y Dios lo detiene preguntándole que sería del mundo sin él. «Sin mí el tiempo y el espacio se congelarían en una perfección cristalina... Soy yo quien agita las aguas. Agito todas las cosas. Soy el espíritu de la vida... Si no hubiera sido por mí, el ser humano seguiría siendo un jardinero inútil pretendiendo cultivar un jardín sin malas hierbas, que crece bien porque no puede crecer mal... Piénsalo... ¡Flores perfectas! ¡Frutas perfectas! ¡Animales perfectos! ¡Cómo se habría aburrido el ser humano!» Además, en el borrador de una carta del autor al escritor Konstantín Fedin (1892-1977), describe a Mefistófeles como el gran escéptico del mundo y, al mismo tiempo, el mayor romántico e idealista: «Con todos sus venenos diabólicos —el patetismo, el sarcasmo, la ironía, la ternura— destruye cada logro, cada hoy, no porque le diviertan los fuegos artificiales de la destrucción, sino porque cree secretamente en el poder del hombre para llegar a ser divinamente perfecto.»

67. El autor utiliza distintos temas bíblicos. Fuera del Muro Verde están «los perros, los hechiceros, los impuros, los homicidas, los idólatras y todo el que ama y practica la mentira», Apocalipsis 22, 15.

68. La imagen recuerda el relato «El corazón ardiente de Danko», de M. Gorki (1868-1936), una de las tres partes de *La anciana Izerguil* (1895), cuyo protagonista guía en su camino por un peligroso bosque a un grupo de hombres y mujeres, en medio de la tormenta, abriéndose el pecho y levantando su corazón en llamas, como un faro.

69. La entropía es una magnitud física de la termodinámica que indica el grado de desorden molecular de un sistema o, en otras palabras, el carácter irreversible de una parte del universo físico delimitada para su observación. El físico y matemático Rudolf Clausius (1822-1888) introdujo el término en 1865, resumiendo la primera y la segunda leyes de la termodinámica: «La energía del universo es constante, y su entropía tiende a un máximo.» La oposición entre entropía y energía está presente en toda la obra de ficción y ensayística de Zamiatin: la primera representa el pensamiento dogmático y la muerte espiritual, mientras que la segunda, la revolución permanente, el progreso y la evolución. Zamiatin escribió en 1922 un perfil del físico y médico alemán Julius Robert von Mayer (1814-1878), quien enunció el principio de conservación de

la energía, para desarrollar también las implicaciones del concepto de entropía: «La entropía significa la tendencia de la energía del mundo al reposo, a la muerte [...] La energía del calor, según la ley de conservación de Meyer, no se pierde, sino que mengua su calidad, envejece. Se obtiene una distribución cada vez más uniforme del calor, y esa distribución uniforme es la muerte lenta del Universo [...] La doctrina de la entropía es una de las conclusiones filosóficas más profundas de toda la teoría moderna de la energía.» Y en «Sobre literatura, revolución, entropía y otros temas» (1923), afirmó: «La ley de la revolución es roja, ardiente, mortal; pero esta muerte significa el nacimiento de una nueva vida, una nueva estrella. Y la ley de la entropía es fría, azul hielo, como los gélidos infinitos interplanetarios [...] Cuando la esfera llameante, candente (en la ciencia, la religión, la vida social, el arte) se enfría, el magma ardiente se recubre de dogma, una costra rígida, osificada, inmóvil.»

70. La imagen de las ideas como hilos aparece en los escritos del filósofo, economista y autor de ciencia ficción Aleksandr Bogdánov (1873-1928), pero también en *El jardín de Epicuro* de Anatole France: «Los sistemas son como los finos hilos de platino que se colocan en los cristales astronómicos para dividir el espacio en partes iguales. Esos hilos son útiles para la observación exacta de las estrellas, pero pertenecen al hombre y no al cielo. Está bien que haya hilos de platino en las gafas. Pero es preciso no olvidar que fue el óptico quien los puso.»

71. Posible alusión al que se considera el precursor de los juicios espectáculo de la era estalinista contra doce prominentes miembros del Partido Social-Revolucionario antibolchevique, celebrado entre junio y agosto de 1922.

72. Zamiatin estuvo encarcelado dos veces, en 1905 y en 1922, la primera por revolucionario, la segunda por antirrevolucionario. Además, tuvo que abandonar San Petersburgo camino del exilio interior en 1906, 1911 y 1922.

73. «...los niños son los filósofos más valientes. Entran en la vida desnudos, sin estar cubiertos por la más pequeña hoja de parra de los dogmas, los absolutos, los credos. Por eso, cada pregunta que hacen es tan absurdamente ingenua y tan espantosamente compleja. Los hombres nuevos que hoy acceden al mundo están tan desnudos y se muestran tan intrépidos como los niños; y ellos también, como los niños, como Schopenhauer, Dostoievski, Nietzsche, preguntan ¿por qué? y ¿qué pasa luego?», Yevgueni Zamiatin, «Sobre literatura, revolución, entropía y otros temas», 1923.

74. El nombre del valle de Ben-Hinom (o la gehena), al suroeste de Jerusalén, aparece en la Biblia como un lugar de sacrificio al dios cananeo Moloc donde se quemaban vivos a niños: «...y erigieron los altares altos del Tófet (crematorio), en el valle de Ben-Hinom, para pasar por el fuego a sus hijos y a sus hijas», Jeremías 9, 30-31. Llegó a convertirse en lugar de reprobación y venganza divina contra los pecadores. Cuando estas prácticas desaparecieron, se convirtió en vertedero de la ciudad donde se quemaban las basuras y los animales muertos.
75. Zamiatin desarrolló el tema de la filosofía y el círculo trazado con compás en un artículo de 1922 sobre H. G. Wells: «La circunferencia trazada con compás del socialismo terrenal y la hipérbole de la religión, que se extiende en la distancia brumosa, son dos nociones diferentes e incompatibles.»
76. «Ciertamente, si se logra descubrir la fórmula de todos nuestros deseos, de todos nuestros caprichos; es decir, de dónde proceden, cuáles son las leyes de su desarrollo, cómo se reproducen, hacia qué objetivos tienden en tales o cuales casos, etcétera, es probable que el hombre deje inmediatamente de sentir deseos [...] El hombre descenderá inmediatamente a la categoría de una simple tuerca. Porque ¿qué es un hombre despojado de deseo y voluntad, sino una tuerca, un simple engranaje? [...] Peor cuando nos lo hayan explicado todo, cuando todo se haya puesto en orden y fijado previamente (lo que es muy posible, pues es una tontería creer que ciertas leyes de la naturaleza van a ser siempre indescifrables), es evidente que ya no habrá sitio para los deseos. [...] El deseo es la expresión de la totalidad de la vida humana, sin excluir de ella la razón ni los escrúpulos; y aunque la vida, tal como ella se manifiesta, suela tener un aspecto desagradable, no por eso deja de ser la vida y no la extracción de una raíz cuadrada», Fiódor Dostoievski, *Apuntes del subsuelo*.
77. «Nosotros hemos descubierto la felicidad, nosotros sabemos el camino, nosotros encontramos la salida de milenios enteros de laberinto [...] Fórmula de nuestra felicidad: un sí, un no, una línea recta, una meta...», Friedrich Nietzsche, *El Anticristo*, trad. de Andrés Sánchez, Madrid, Alianza, 2011. Esta misma síntesis de la fórmula de la felicidad aparece también como aforismo 44 en el apartado «Sentencias y flechas» del *Crepúsculo de los ídolos*.
78. La versión más aceptada de la tercera ley de la termodinámica, el principio de inalcanzabilidad, establece que cualquier proceso no puede alcanzar la temperatura de cero absoluto en un número de

pasos y tiempo finitos. El debate había estado abierto desde que el químico Walther Nernst lo formuló en 1912 hasta que fue probado en 2017. Véase L. Masanes y J. Oppenheim, «A general derivation and quantification of the third law of thermodynamics», *Nat. Commun.* 8, 14538, 2017.

79. La imagen de la «astillita humana» aparece en una carta que escribió el 9 de abril de 1906 a su entonces prometida, Liudmila Usova (1884-1965), a quien conoció en 1905 cuando ella era estudiante de medicina: «Cuando algo te atrapa como una ola, te arroja a algún lugar ajeno a tu voluntad, ¡qué maravilla! ¿Conoces esa sensación? ¿Nunca has nadado en el mar? Ahora recuerdo mi último baño en Jaffa. Una ola enorme, verde y turbia, cubierta de espuma blanca y viscosa, rueda lentamente acercándose más y más, y de repente, con un rugido, te agarra con su poderoso brazo, te arrastra, te lleva... Te sientes como una pequeña astilla en su poderoso dominio, sin fuerza, sin voluntad, encuentras un extraño placer en la conciencia de tu nada e impotencia, en rendirte al poder de ese monstruo, cálido, fuerte...»

80. Alusión a *La teosofía: religión psicológica* (1893), del historiador de la religión y fundador de la mitología comparada Friedrich Max Müller (1823-1900), citado en *Tertium Organum* de Piotr Uspenski: «El objeto principal de la religión fue unir estos dos mundos nuevamente [el mundo visible y el invisible], ya sea mediante bóvedas de la esperanza y el temor, o las férreas cadenas de los silogismos lógicos.»

81. Maiakovski dedicó un poema a Lenin, leído el 28 de abril de 1920 en la Casa de la Prensa, titulado *¡Vladímir Ílich!*, en el que habla de «cuando se alzó sobre el mundo / la enorme cabeza de Lenin».

82. «El hombre sólo necesita un deseo independiente, sin importar lo que valga esta independencia y a lo que pueda conducir»; «[...] al hombre, siempre y en todas partes, sea quien sea, le gustaba actuar como quería, y no como le mandaba la razón y su beneficio», Fiódor Dostoievski, *Apuntes del subsuelo*.

83. Inspirado en la máxima «No con la cólera, sino con la risa se mata» del *Zaratustra* de Nietzsche, que el más feo de los hombres le recordará en la cuarta parte, «La fiesta del asno». En el artículo «Sobre una distribución equitativa», de 1918, Zamiatin concluye: «...la risa mata mejor que la espada.» Es conocida la vinculación entre risa y diablo que trazó Baudelaire en *De la esencia de la risa y*

la comicidad en las artes plásticas (1855): «Lo que bastaría para demostrar que lo cómico es uno de los más claros signos satánicos del hombre y de las numerosas semillas contenidas en la manzana simbólica, es el acuerdo unánime de los fisiólogos de la risa, en cuanto a la razón primera de ese monstruoso fenómeno. Por lo demás, su descubrimiento no es muy profundo y no va muy lejos. La risa, dicen ellos, viene de la superioridad. No me sorprendería que ante este descubrimiento el fisiólogo se pusiera a reír pensando en su propia superioridad. También habría que decir: la risa viene de la idea de su propia superioridad. ¡Idea satánica ejemplar!», Baudelaire, *De la esencia de la risa y la comicidad en las artes plásticas*, trad. de Nadia Cordero, *Revista de la UNAM*, octubre de 2020.

84. «Se habla a veces, de hecho, de la crueldad bestial del hombre, pero esto es terriblemente injusto y ofensivo para las bestias: una bestia nunca puede ser tan cruel como el hombre, tan artística, tan plásticamente cruel», Fiódor Dostoievski, *Los hermanos Karamázov*, 1880; trad. cast. de Fernando Otero, Marta Rebón, Marta Sánchez-Nieves, Alba, Barcelona, 2013. Hay un paralelismo entre este encuentro y el del gran inquisidor y Cristo en la novela de Dostoievski.

85. Zamiatin explica en dos artículos el paralelismo entre la creación literaria y la química de las soluciones saturadas: «A partir de las piedras que el escritor recoge de la vida, la trama puede construirse con uno de los dos métodos: inductivo o deductivo. En el primero, el proceso de construcción de la trama ocurre de la siguiente manera: algún suceso o persona trivial y a menudo anodina impacta con la imaginación del escritor y le da el impulso inicial. En ese momento, la imaginación creativa del escritor se encuentra evidentemente en un estado que puede compararse al de una solución en proceso de cristalización. Basta con echar la última pizca de sal en la solución saturada, y toda la solución comienza a solidificarse, creciendo cristal sobre cristal hasta que se forma toda una estructura fantástica. Lo mismo ocurre aquí: el impulso proporcionado por la persona o el suceso percibido desempeña el papel de la última pizca de sal; la asociación, el papel del cemento que une los cristales individuales del pensamiento. La idea, la generalización, el símbolo que da profundidad a la trama, viene más tarde, después de que una gran parte de la historia haya cristalizado», Yevgueni Zamiatin, «Tema y argumento», 1919-1920.

«Los químicos conocen el significado del término "solución saturada". Un vaso parece estar lleno de agua incolora, familiar y ordinaria, pero basta con echar en ella un grano más de sal y la solución cobra vida. Formas de diamante, agujas, tetraedros y después de unos segundos, en lugar de agua incolora, tienes las relucientes facetas de los cristales. A veces nosotros también estamos en un estado de solución saturada, y entonces una impresión visual fortuita, un fragmento de una frase oída en un vagón de tren, una noticia de dos líneas en un periódico puede ser suficiente para cristalizar varias páginas impresas», Yevgueni Zamiatin, «Entre bastidores», 1929.

86. «El resultado final enunciado por Einstein fue: el universo, tanto en extensión como en masa, tiene límites finitos y puede ser medido. Si alguien pregunta si esto puede ser imaginado, no lo privaré de la esperanza. Todo lo que se requiere es un poder de imaginación lo suficientemente grande como para seguir una descripción pictórica y que pueda adoptar la actitud correcta hacia una especie de representación figurativa», Alexander Moszkowski, *Conversations with Einstein*, Horizon Press, Nueva York, 1970.

87. «Según todo lo anterior, se les plantea a los astrónomos y a los físicos un problema altamente interesante, el de si el mundo en que vivimos es infinito o, al estilo del mundo esférico, finito. Nuestra experiencia no basta ni de lejos para contestar a esta pregunta», Albert Einstein, *Sobre la teoría de la relatividad especial y general*, trad. de Miguel Paredes, Anaya, Madrid, 1998. El matemático soviético Alexander Friedman (1888-1925) desarrolló en la década de 1920 las soluciones cosmológicas de las ecuaciones de la relatividad general de Einstein para universos con curvatura positiva (finito), cero (infinito) y negativa (infinito). Fue el pionero de la teoría de un universo en expansión regido por las ecuaciones que llevan su nombre. Para Zamiatin, los descubrimientos de las matemáticas modernas servían para liberar la imaginación de las limitaciones de la realidad euclidiana tridimensional.

Índice

Notas